La Ragazza di Venezia

Traduzione di Stefy Ma

Siobhan Daiko

Asolando Books

Copyright

Pubblicato da Asolando Books
Prima Edizione 2022

Prologo

Lidia, 1938

Lidia scostò le tende della sua camera da letto e aprì le persiane. L'aria umida del mattino le accarezzò il viso, e si infilò dietro l'orecchio un ribelle ricciolo scuro. Passò le mani sul freddo davanzale di marmo e guardò la laguna. La facciata rosa perlato del Palazzo Ducale brillò sotto il sole di inizio autunno, i suoi colonnati e balconi erano la testimonianza dell'immenso potere che un tempo vi risiedeva.

Quando la sua pelle formicolò, Lidia si allontanò dalla finestra. Alle fondamenta, lungo la strada che costeggiava il canale sottostante, due camicie nere di Mussolini – una squadra armata il cui compito era quello di mettere in riga chiunque gli si opponesse – marciavano intenzionalmente verso lo stazionamento dei vaporetti. Era insolito vederle per strada, e la loro vista le fece battere il cuore. Per quanto ne sapeva, gli squadristi tenevano un profilo basso, essendo stati avvisati di non spaventare i turisti.

Il turismo era vitale per l'economia, e Mussolini aveva ordinato alle camicie nere di desistere da certe pratiche come quella di appendere a un albero i "guastafeste" e ficcargli in gola un litro di olio di ricino. Lidia rabbrividì. Venezia vantava pochi alberi, ma le camicie nere avrebbero trovato dei pilastri dove compiere segretamente quell'atto spregevole. Lei era una fervente antifascista come Renzo, il suo ragazzo, e il suo gruppo di compagni di università. Avevano assunto il compito di tenere d'occhio le camicie nere, ma a distanza, poiché lei non voleva avvicinarsi troppo a una di loro.

L'aroma invitante del caffè in infusione le colpì le narici. Attraversò lo stretto corridoio che conduceva in cucina, una stanza quadrata sul retro del sontuoso appartamento. Suo padre alzò lo sguardo dal libro che stava leggendo. «Sei pronta per il rientro all'università?» chiese aggiustandosi gli occhiali sul naso sottile.

Lei si servì dalla moka sul fornello, poi scostò una sedia dal tavolo. «Lo aspetto con impazienza da settimane.» *Così come di poter vedere di più Renzo.*

Aggiunse due cucchiaini di zucchero al caffè. Tracannò il dolce liquido scuro e sorrise a suo padre. «Hai molti pazienti da visitare?» Suo padre faceva il suo giro di visite al mattino.

«Troppi, mia cara. Non vedo l'ora che tu sia abilitata in modo da poterti unire a me nella pratica.»

Lidia prese un pezzo di pane e vi spalmò sopra della marmellata. «Mancano ancora cinque anni. Sembra una vita...»

«Per te, perché sei giovane. Per me cinque anni passeranno in un lampo.»

Dopo che lei e suo padre ebbero finito di fare colazione, Lidia portò i piatti al lavello, li sciacquò con acqua calda e lasciò vagare la mente. Quanto le sarebbe piaciuto che sua madre fosse stata lì per vederla cominciare il secondo anno di medicina. Sua madre era stata professoressa d'inglese all'università finché non aveva perso la sua battaglia contro il cancro sei anni prima. Era stato grazie a lei che Lidia aveva imparato a parlare fluentemente inglese e ad apprezzare le sue radici ebraiche. Sua madre aveva arricchito la loro vita familiare con tradizioni ebraiche come accendere candele il venerdì sera, cucinare piatti ebraici e celebrare le loro festività. Tuttavia, Lidia e i suoi genitori andavano alla sinagoga solo in caso di matrimoni o funerali. Erano ebrei laici, italiani che celebravano la Pasqua ebraica invece che quella cattolica. Lidia mandò giù il groppo di tristezza che aveva in gola. Le mancava ancora tanto sua madre.

Lidia prese il cappotto dal piccolo armadio in corridoio e se lo infilò. Suo padre stava già aprendo la porta d'ingresso. Superarono la loro vicina, la signora Rossi, ai piedi delle scale che conducevano agli appartamenti.

«Buongiorno,» li salutò la paffuta donna di mezza età, con un sacchetto di pani appena sfornati sotto il braccio.

Risposero al saluto e uscirono dal palazzo sulle fondamenta. «Ci vediamo stasera, mia cara,» disse il padre di Lidia, facendo ondeggiare la borsa da medico. «Goditi l'inizio del nuovo semestre.»

«Lo farò.» Lidia baciò la guancia liscia di suo padre, inspirando il familiare profumo speziato del suo dopobarba. Lui era la sua roccia e lei lo amava incondizionatamente.

Alla stazione del vaporetto Zitelle si separarono: Lidia prese il vaporetto per Zattere da dove avrebbe raggiunto a piedi l'università, e suo padre si diresse verso lo stretto di San Marco per visitare il primo paziente di quella mattina.

Lidia si sedette a prua e abbracciò lo zaino quando fu inserita la retromarcia e la barca si allontanò dal molo nel Canale della Giudecca. Marta sarebbe salita alla prossima fermata?

Marta era la sua migliore amica. Si erano incontrate alle superiori e avevano in comune il disprezzo per il culto di Mussolini. Una volta, erano state costrette a leggere la sua biografia in classe e avevano ridacchiato sotto i baffi leggendo del Duce che giocava con un leone in una gabbia dello zoo. In precedenza, il padre di Marta aveva detto loro che il leone doveva essere stato sdentato.

Il vaporetto arrivò alla fermata del Redentore. Lidia la salutò con la mano non appena vide i capelli biondi di Marta tra la folla dei pendolari del mattino. «Ciao,» urlò.

Marta si precipitò verso la prua della barca e prese posto accanto a lei. «Pensi che dissezionerai ancora più cadaveri quest'anno?» chiese con una smorfia.

«No, lo lascerò fare alle matricole,» sorrise Lidia. «Invece, non vedo l'ora di conoscere i diversi tipi di malattie.»

Marta emise un verso disgustato. «Meglio che lo faccia tu che io.» Stava studiando per diventare un architetto ed era più interessata all'arte che alla scienza. «Almeno stiamo facendo entrambe qualcosa col nostro cervello.» Abbassò la voce a un sussurro. «Se fosse per Mussolini, a quest'ora saremmo mogli e madri.»

Lidia gettò un'occhiata alle persone sedute accanto. Non era una buona idea dare voce ai propri pensieri in pubblico. Si portò un dito alle labbra e fece l'occhiolino alla sua amica.

Quindici minuti dopo, lei e Marta si avviarono a braccetto verso la Ca' Foscari. Lidia conosceva quelle calli strette, il nome con cui i veneziani chiamavano le loro strade pedonali. Conosceva i ponti che attraversavano i piccoli canali lungo la strada. Conosceva le piazze, o campi. Conosceva i vicoli bui, così stretti che se avesse allungato le mani avrebbe toccato entrambi i muri. Quella era la sua città, e la conosceva come se stessa.

Non molte università al mondo erano ubicate in un palazzo gotico che si affacciava sul bellissimo Gran Canale di Venezia, Lidia si meravigliò quando entrò nel cortile insieme a Marta. Le si mozzò il respiro. C'era Renzo, più alto e bello che mai. Ma cosa ci faceva in piedi sui gradini? Il giorno prima aveva detto che avrebbe avuto lezione presto alla facoltà di legge e che si sarebbero incontrati a pranzo nella mensa, un posto dove mangiavano sempre durante l'orario scolastico.

Sfilò il braccio da quello di Marta. «Vado a salutare Renzo.»

«Corri dal tuo *moroso*,» rise Marta. «Ti aspetto qui...»

Renzo l'aveva vista e stava scendendo i gradini. Si incontrarono in mezzo al cortile.

Il suo cuore saltò un battito quando vide la sua espressione seria. «Cosa c'è che non va?»

Renzo fece saettare lo sguardo da un'estremità all'altra del patio prima di guardarla negli occhi.

I suoi erano colmi di tristezza. «Tutti gli ebrei sono stati espulsi dall'università,» disse senza preamboli.

Lei sussultò. «Cosa intendi per "espulsi dall'università"?»

«Sono andato a registrarmi, e mi hanno spinto davanti agli occhi un pezzo di carta. Era un regio decreto che esclude gli ebrei dai pubblici uffici e dall'istruzione superiore.» La voce baritonale di Renzo sembrava essere salita di un'ottava.

Lidia scosse la testa. «Deve esserci un malinteso. Non possono farci questo.»

«Siamo ebrei, e per loro è un motivo sufficiente.»

Lidia strinse le labbra. «Be', continuo a pensare che ci sia stato un errore. Questa è l'Italia, non la Germania...'

«Ogni giorno che passa somigliamo sempre di più alla Germania.»

«Spero di no.» Lidia si guardò intorno in cerca di Marta.

Marta li stava raggiungendo, si avvicinò a loro e toccò la mano di Lidia. «Faremo meglio ad andare a registrarci,» disse.

«Non posso.»

«Perché no?»

Lidia le spiegò tutto, e le guance di Marta divennero paonazze. «Mi dispiace. Questo mi fa vergognare di essere italiana.»

«Anch'io e Renzo siamo italiani,» disse Lidia. «Deve esserci qualcosa che possiamo fare...»

«Sta' attenta, cara.» Renzo le cinse la spalla con un braccio. «La gente ci sta fissando.»

«Renzo ha ragione. Non attirate l'attenzione su di voi,» consigliò Marta. «Ci sono camicie nere che si fingono studenti, sai?»

Lidia annuì. Contrasse la mascella, determinata a non lasciare che le lacrime di rabbia e frustrazione le uscissero dagli occhi.

«Sarà meglio che andiamo a casa.» La presa di Renzo sulla sua spalla si rafforzò. «Lascia che ti accompagni alla stazione del vaporetto.»

«Ci vediamo dopo, Lidia.» Marta le scrutò il viso. «Dopo che lo avrai detto a tuo padre.»

Oh, Dio, suo padre. Lidia si chiese se lo sapesse già.

«Questa sarà la goccia che farà traboccare il vaso per i miei genitori,» borbottò Renzo. «È da un po' che stanno pensando di lasciare l'Italia.» Strinse il braccio di Lidia. «Spero che tu e tuo padre veniate con noi...»

Il petto di Lidia si strinse. *Lasciare Venezia? Suo padre avrebbe preso in considerazione l'idea? E, nello specifico, lei lo avrebbe fatto? Amava quella città e si sentiva sempre come se le mancasse qualcosa quando la lasciava.*

Lidia trascorse il resto della mattinata a gironzolare avvilita per l'appartamento. Renzo le telefonò nel pomeriggio e parlarono per più di un'ora, cercando di escogitare qualche modo per continuare gli studi. Forse avrebbero potuto studiare privatamente? Tuttavia, il costo delle lezioni sarebbe stato proibitivo e per ottenere le qualifiche avrebbero dovuto sostenere gli esami.

Alle sei e cinque, il suono di una chiave che veniva girata nella serratura la avvisò dell'arrivo di suo padre. «Com'è andata la giornata, mia cara?» domandò ad alta voce, lasciando cadere la borsa da medico nel corridoio e togliendosi la giacca. «Hai imparato qualcosa di nuovo?»

«No, non l'ho fatto.» Con esitazione, Lidia proseguì raccontandogli del regio decreto.

Per un momento, il viso di suo padre si rabbuiò prima che tornasse ad assumere la sua abituale espressione solare. «Sono sicuro che la situazione sia solo temporanea. Tra poche settimane il decreto sarà revocato.»

Suo padre vedeva sempre il lato positivo delle cose.

«Non posso fare a meno di sentirmi sconvolta.» Le tremava la voce di Lidia. «Come può Mussolini far fare questo al re? È così ingiusto.»

«Su, su.» Suo padre le accarezzò il braccio mentre andavano a sedersi sul divano del soggiorno. «Sono sicuro che si tratti solo di un gioco politico di Mussolini per arruffianarsi Hitler.»

Lidia si passò le mani tra i capelli. «Non capisco come tu possa essere così calmo al riguardo...»

Suo padre la sbirciò da sopra gli occhiali. «Non ha senso comportarsi diversamente.» Era sul punto di aggiungere qualcosa alla sua dichiarazione quando lo squillo del telefono lo interruppe. Rispose alla chiamata e Lidia lo lasciò parlare con chiunque fosse, probabilmente un paziente.

In cucina Lidia si versò un bicchiere d'acqua. L'atteggiamento stoico di suo padre era il suo modo di reagire alla situazione. *Dovresti provare a essere più come lui, Lidia.*

Si girò di scatto quando suo padre entrò dalla porta. «Era Giacomo Zevi al telefono. Lui ed Eva ci hanno invitato a cena.» Suo padre si accarezzò la pancia. «La loro domestica sta preparando branzino alla griglia con pinoli e uvetta.»

Giacomo ed Eva erano i genitori di Renzo. Lidia si morse il labbro, ricordando cosa gli aveva detto Renzo a proposito di lasciare Venezia.

«Non è un po' tardi per uscire?»

«Prenderemo un motoscafo per risparmiare tempo,» suggerì suo padre.

«Ce ne sarà sicuramente uno alla stazione del vaporetto.»

«Dammi solo un minuto per darmi una rinfrescata.»

Lidia sospirò. Un sapore amaro le riempì la bocca dandole il voltastomaco. Come poteva essere più simile a suo padre? Stava per perdere tutto ciò che aveva immaginato fosse il suo futuro.

In camera sua, Lidia indossò una camicetta pulita e applicò sulle labbra un rossetto rosso scuro. I fascisti disapprovavano le donne che mettevano il rossetto, ma lei si sentiva in vena di provocare. Dopo una breve occhiata allo specchio, districò i nodi della sua chioma ribelle.

Raggiunse suo padre in corridoio e mezz'ora dopo stavano scendendo lungo il molo di San Toma sul Canal Grande. Da lì, camminarono fino all'appartamento degli Zevi in Calle del Forno.

Giacomo si era arricchito vendendo gioielli costosi ai turisti nel suo negozio in piazza San Marco e l'appartamento degli Zevi rifletteva quell'opulenza. I lampadari pendevano dai soffitti e le tende di velluto adornavano le finestre.

Renzo salutò sulla porta Lidia e suo padre e li condusse in sala da pranzo. La ragazza colse la rassegnazione negli occhi di Renzo, e il suo cuore soffrì per lui.

«Prima godiamoci la cena e poi discuteremo della situazione,» suggerì Giacomo, versando a tutti un bicchiere di vino bianco.

A Lidia erano sempre piaciuti i genitori di Renzo. Facevano parte della sua vita da quando ne aveva memoria.

La comunità ebraica di Venezia era piccola, e loro e i suoi genitori si conoscevano fin da bambini, proprio come lei e Renzo. Come potevano gli Zevi anche solo pensare di allontanarsi dalle proprie radici? Lidia sperava che non sarebbe successo.

Ma le sue speranze furono deluse a fine cena quando tutti si spostarono nel soggiorno opulento.

Eva accarezzò il divano e Lidia si sedette accanto a lei sul cuscino sfarzoso. Renzo si appollaiò dall'altra parte, invece suo padre e Giacomo si sistemarono sulle poltrone di fronte. «Queste leggi razziali sono un insulto,» dichiarò Giacomo tamburellando le dita.

Il padre di Lidia annuì. «Sono d'accordo, ma è solo una seccatura temporanea...»

«Non penso.» Giacomo scosse la testa con veemenza. «Ora tutti i giornali si esprimono con un'unica voce, e quella voce è contro noi ebrei. Il movimento è cresciuto costantemente nel corso degli anni. Un editoriale qui, un memorandum ufficiale lì. È come se fosse una campagna attentamente pianificata.»

«Stai esagerando, amico mio,» sbuffò il padre di Lidia. «Io e te non abbiamo combattuto insieme ai nostri connazionali contro gli austriaci durante la Prima guerra mondiale? Il nostro servizio militare è la prova della nostra fedeltà all'Italia.»

«Che cosa ne pensa del *Manifesto degli scienziati razzisti*, dottor De Angelis?» chiese Renzo al padre di Lidia. L'articolo era stato pubblicato un mese prima nel *Giornale d'Italia*, e asseriva che gli ebrei non erano veri italiani, ma una razza straniera.

«È solo propaganda. Non c'è antisemitismo in Italia, lo ha detto anche il Duce,» asserì il padre di Lidia agitando un dito. «Siamo una piccola minoranza, profondamente integrata nella cultura e nella società italiana. Siamo qui dai tempi dei Romani. Non è come nel resto d'Europa. Lo stesso Mussolini ha criticato il razzismo della Germania nazista. Una volta aveva un'amante ebrea, no?»

«Allora perché ha fatto decretare al re questa legge orribile?» Lidia piegò la testa verso suo padre.

«Te l'ho detto, mia cara. Mussolini vuole far alleare l'Italia con la Germania. È tutta scena, e non porterà a nulla.»

«Hai troppa fiducia nel regime,» intervenne Eva. «Sono mesi che io e Giacomo stiamo pensando di andare in Svizzera. Qualcuno ci ha fatto un'offerta per la nostra attività, e dopo quello che è successo oggi, abbiamo preso la decisione di partire.»

Lidia si accasciò su se stessa. Sapeva cosa stava per dire Giacomo, e infatti le sue parole successive lo confermarono: «Perché tu e Lidia non venite con noi? Vi daremo una mano a sistemarvi finché non potrai aprire un nuovo studio a Lugano.»

Il padre di Lidia si irrigidì. «Grazie, ma non posso accettare la vostra carità. Inoltre, non voglio andarmene. Io e Lidia non abbiamo fatto niente di male. La nostra vita è qui. I miei pazienti hanno bisogno di me, e Lidia ha i suoi studi a cui pensare. Le cose torneranno presto alla normalità.»

Normalità? Come avrebbe potuto essere normale la vita senza Renzo? Lidia si torse le mani in grembo. Si ricordò del loro primo bacio. Avevano solo sei anni a quel tempo, e stavano camminando attraverso piazza San Marco al seguito della tata inglese di Renzo. Lui le aveva preso la mano e le aveva dato un bacio sulla guancia. «Vuoi essere la mia *morosa*?» le aveva chiesto. Il cuore le si era riempito di gioia e aveva accettato di essere la sua ragazza. Da quel giorno in poi erano stati inseparabili.

Ma, se mi ama, muoverà mari e monti per restare a Venezia.

Quel pensiero si formò spontaneamente nella testa di Lidia, e anche se cercò di soffocarlo, l'idea divenne più forte nel corso della serata mentre la discussione tra suo padre e gli Zevi diventava un semplice rumore di sottofondo e un disgustoso sentimento di sgomento invadeva la sua anima.

Capitolo 1

Charlotte, 2010

Sollevai la borsa con i quaderni attraverso le porte aperte dell'ascensore e li trascinai per il corridoio che conduceva al mio appartamento. Con un sospiro, recuperai le chiavi dalla borsetta. Un altro giorno alla Tower High. Un altro giorno a combattere contro l'indisciplina dei ragazzi. Un altro giorno a sobbarcarmi una ridicola quantità di scartoffie. Sbadigliai, ero così stanca che mi sarei potuta addormentare in piedi.

Raggiunsi barcollando la zona giorno a pianta aperta, posai la borsa sul divano e mi tolsi le scarpe col tacco. Stavo arrancando con le correzioni, perché nell'ultimo mese andavo tutti i giorni a trovare la nonna all'hospice. *La cara nonna.* Il mio cuore divenne pesante per la tristezza. Lei c'era sempre stata per me da quando ero andata in collegio a undici anni.

Avevo sentito una forte nostalgia di casa quando ero arrivata per la prima volta nel Regno Unito, essendo stata cresciuta come una ragazzina viziata, emigrata a Hong Kong. I lunghi fine settimana e le brevi vacanze scolastiche che avevo trascorso con la nonna nell'Herefordshire erano stati una piacevole tregua dalla nostalgia che sentivo dei miei amici, e avevano creato un legame stretto tra di noi. Un legame che era cresciuto quando mi ero trasferita a Londra dopo essermi specializzata come insegnante di storia. La nonna era rimasta vedova poco prima del mio arrivo in Inghilterra, e speravo che sarei riuscita ad aiutarla a superare il lutto così come lei aveva aiutato me a familiarizzare con la nuova situazione. Cercai un fazzoletto in tasca e mi asciugai gli occhi. Mia nonna stava morendo, e non sapevo come avrei fatto senza di lei. Novantuno anni era una bella età, ma il cancro al pancreas l'aveva assalita in modo subdolo, condannandola ancor prima che avesse il sentore che qualcosa non andasse. Perché doveva soffrire? *La vita poteva essere così ingiusta.*

Mi preparai una tazza di tè, poi mi spogliai dei miei abiti da lavoro e indossai un paio di jeans e un maglione. Ero abituata a tornare a casa e a trovare l'appartamento vuoto. Anche quando Gary viveva con me, tornavo sempre prima di lui. Tuttavia, non ero abituata a stare da sola la notte. Lo avevo cacciato a calci dopo aver scoperto che aveva avuto l'avventura di una notte con Mel, la mia migliore amica, mentre a metà semestre ero impegnata in una gita scolastica sulle spiagge interessate dallo sbarco in Normandia. Aveva lasciato l'orecchino sul comodino. Che cliché! Avevo riconosciuto immediatamente gli orecchini di perle che le avevo regalato in occasione del suo ultimo compleanno.

Avevo pianto sulla spalla di mia nonna. Il collegio mi aveva allontanato dai miei genitori, non che fossimo mai stati vicini. Essi conducevano una vita sociale attiva a Hong Kong, dove mio padre era un pezzo grosso della Far East Bank, e le sere in cui mi abbandonavano a casa con le nostre cameriere filippine mi erano rimaste impresse più di qualunque altro momento trascorso insieme in famiglia. Sarebbe stata dura sopportare la morte di mia nonna. *Molto dura.*

Fissai la borsa con i quaderni sul divano. *Avrei fatto meglio a occuparmene.* Feci un lungo sospiro e li portai alla scrivania nell'angolo della stanza. La sera prima, quando ero andata a trovare mia nonna, lei era profondamente sedata e aveva dormito per la maggior parte del tempo. Divisi la pila in due e riposi la metà nella borsa. La avrei portata con me all'hospice nel caso in cui mia nonna fosse stata ancora fuori combattimento.

La 02 Arena lungo il Tamigi entrò nella mia visione periferica mentre camminavo sul marciapiede esterno al caseggiato. Una ciocca di capelli scuri mi colpì il viso a causa della forte brezza. Presi un elastico dalla tasca e legai la mia criniera ribelle in una coda di cavallo. Essere trascinata dal vento era lo svantaggio di vivere nei Docklands, così vicino al fiume. Non che mi lamentassi, visto che l'appartamento era dei miei genitori e io pagavo solo una quota simbolica.

Distava cinque minuti a piedi dalla stazione DLR, e non dovevo aspettare a lungo per il treno. Dopo due cambi, uno a Canning Town e quello successivo a Stratford, arrivai a Hackney Central. L'hospice si trovava in un edificio moderno nelle vicinanze.

Firmai il registro delle visite alla reception e andai in reparto. La vista del volto pallido di mia nonna, bianco come il cuscino sul quale stava riposando, mi fece stringere il petto. *Come poteva la mia esuberante nonnina essere sdraiata lì immobile e indifesa?* Solo un paio di mesi prima era solita venire con me nei negozi di Oxford Street e a teatro nel West End.

Posai a terra la borsa con i quaderni, mi chinai e le baciai la guancia secca come pergamena. Il suo respiro era lento e regolare.

Con un sospiro, le presi la mano che sentii floscia e calda nel mio palmo. «Sono io, Lottie,» sussurrai. *Poteva sentirmi sotto l'effetto di tutta quella morfina?*

Non ci fu risposta.

Come il giorno precedente.

Il giorno prima aveva avuto le allucinazioni e aveva urlato la parola "Sant'Illaria" prima di aprire gli occhi itterici e posarli su di me. «Stiamo finendo le munizioni,» aveva detto chiaro come il sole. «Dobbiamo nasconderci...» Poi si era riaddormentata.

Non avevo idea di cosa stesse parlando. Forse di qualche film che aveva visto?

Un giovane infermiere si affrettò a controllare la sua flebo, i livelli di ossigeno e il cardiofrequenzimetro.

«Come sta?» chiesi avvicinando una sedia.

«Meglio di quanto ci si possa aspettare.» Le misurò la temperatura annotandola nella cartella della nonna. «Le abbiamo dato degli oppiacei extra per il dolore.»

«Grazie.» Non sapendo cos'altro aggiungere, non dissi nulla.

Quando l'infermiere andò via, presi un quaderno dalla sacca ai miei piedi e una penna dalla borsetta.

Il compito che avevo assegnato alla mia classe della secondaria consisteva nell'intervistare qualcuno che ricordava la Seconda guerra mondiale o nel fare una ricerca su Internet, ed era stato svolto secondo vari livelli di competenza. In tutti quelli che correggevo dovevo dare dei consigli su come migliorare, perciò procedevo con lentezza, soprattutto perché facevo più cose contemporaneamente: raccontavo a mia nonna della mia giornata e la aggiornavo sugli ultimi inciuci della sua soap opera preferita, *Coronation Street.* Non sapevo se potesse sentire o capire quello che stavo dicendo, ma mi sembrava giusto farlo.

Tornò l'infermiere. «Il dottore vorrebbe parlare con lei,» disse dandomi un'occhiata compassionevole.

Il cuore mi batté forte. *Oh, merda...*

Il dottore di mia nonna mi stava aspettando nella sala d'aspetto. Era una donna di mezza età, con i capelli grigio acciaio tagliati in un caschetto severo, ma aveva un sorriso dolce come i suoi occhi.

«Siediti, per favore,» disse.

Le sue parole mi fecero tremare le viscere e deglutire a fatica.

Si sedette su una sedia di fronte a me. «Devi prepararti, cara. A tua nonna non resta molto tempo.» Fece una pausa. «C'è qualcun altro che dovrebbe essere qui?»

«Mia madre.» Sarebbe dovuta arrivare due giorni fa. *Quale figlia aspettava che sua madre esalasse l'ultimo respiro prima di andarla a trovare?* «La chiamerò subito.»

La dottoressa mi lasciò da sola, e tirai fuori dalla tasca il mio cellulare. Era notte fonda a Hong Kong, ma mia madre aveva detto di chiamarla se la nonna fosse stata sul punto di morire. Cliccai sul nome "mamma" tra i miei contatti e aspettai che rispondesse.

«Lottie?» La sua voce sembrò intontita.

«È arrivata l'ora,» dissi con voce tremante. «Devi prendere il prossimo volo se vuoi dire addio...»

Due giorni dopo io e mia madre eravamo sedute una vicino all'altra accanto al letto di mia nonna. Il mio cuore si stava spezzando mentre cercavo di memorizzare ogni dettaglio del suo caro viso, contavo i suoi respiri, che diventavano sempre più lenti col sopraggiungere della sera. La nonna giaceva immobile come una morta, ed era come se ci avesse già lasciati.

Gettai una rapida occhiata a mia madre da sotto le ciglia. La sua espressione era impassibile come al solito. Era l'archetipo della regina di ghiaccio. La passionalità fremeva e ribolliva sotto la sua superficie gelida o era completamente assente?

Era impossibile da dire. Non era mai crollata davanti a me. Come fosse riuscita a sciogliersi e a innamorarsi di mio padre rimaneva un mistero per me. Mia nonna mi diceva che mia madre somigliava a suo padre, non solo nell'aspetto ma anche nella personalità. Ricordavo mio nonno a stento... solo che era alto, aveva un aspetto distinto e sembrava avere sempre il naso in un libro.

Mi irrigidii.

Il respiro della nonna era cambiato.

Emise un rantolo.

E poi nulla.

Il cuore mi batté forte.

Quando alla fine espirò, sospirai di sollievo.

Tuttavia, un paio di minuti dopo, le lacrime mi offuscarono la vista e mi rigarono le guance. La nonna morì in silenzio, serenamente, inspirando ed esalando il suo ultimo respiro.

Il cardiofrequenzimetro divenne piatto ed emise un segnale acustico, avvertendo l'infermiere che si avvicinò per controllarle il polso. Scosse la testa quando non sentì nessuna pulsazione. «Mi dispiace,» disse.

Baciai la fronte di mia nonna, sorpresa di sentire che aveva già perso il suo calore. «Addio, nonna. Ti voglio bene.» Feci un passo indietro in attesa che mia madre facesse lo stesso. *Sicuramente voleva farlo, no?*

Invece, rimase semplicemente in piedi accanto al letto con un'aria contrariata.

Era come se la nonna, morendo, le avesse causato un inconveniente.

Alla fine le accarezzò la gamba. «Riposa in pace, mamma. Se vedi papà dall'altra parte, per favore, digli che gli voglio bene.»

Avrei voluto che mia madre mi abbracciasse e mi confortasse in modo da poterlo fare anch'io con lei.

Invece, la seguii fuori dal reparto con le spalle che mi tremavano per il pianto.

All'ingresso dell'hospice, mia madre si voltò. «Smettila di piagnucolare, stai dando spettacolo.»

Tirai su col naso e asciugai il moccio col dorso della mano. «Tua madre è appena morta, non ti importa?» sputai fuori.

«Certo che mi importa.» Mi gettò un'occhiata esasperata. «Vengo da un mondo diverso dal tuo, tutto qui. Sembra che dopo la morte di Lady Diana nessuno sappia più autocontrollarsi.»

Fermò un taxi di passaggio e vi entrammo. «Chiameremo tuo padre non appena arriveremo all'appartamento. Vuole partecipare al funerale.»

«Se non sarà troppo impegnato.» Lo era sempre, lo era stato persino per partecipare alla mia laurea.

«Era affezionato a tua nonna, e sono certa che vorrà essere qui.» Mia madre arricciò le labbra.

Fissai fuori dal finestrino lo skyline di Londra. Sentire parlare della nonna al passato, mi fece venire un doloroso groppo in gola.

«Comincerò a occuparmi dei preparativi domani mattina.» Mia madre sbadigliò. «Dopo aver parlato con tuo padre me ne andrò dritta a letto. Questo jet lag è estenuante.»

«Sì, fa' come ti pare,» dissi sgarbatamente. Mia nonna mi mancava già così tanto. Se fosse morta mia madre, la nonna mi avrebbe abbracciata stretta, come se non avesse voluto lasciarmi andare. Come aveva fatto a partorire una figlia così algida? Gettai un'occhiata di sbieco a mia madre. Le volte in cui l'avevo vista insieme alla nonna erano più uniche che rare. C'era stato uno screzio tra loro? Cosa lo aveva causato? Perché nessuna delle due ne aveva mai parlato?

Sollevai il mento, determinata a scoprirlo.

Capitolo 2

Lidia, 1943

Alla scrivania accanto alla finestra della sua camera da letto, Lidia sollevò le pagine dell'ultima lettera di Renzo portandosele al naso per cercare di percepire il suo odore un tempo familiare. Tuttavia, tutto ciò che riuscì a sentire fu quello dell'inchiostro e della carta. Era stupido da parte sua aspettarsi il contrario. Emise un profondo sospiro, erano passati cinque anni da quando era andato in Svizzera insieme ai suoi genitori. Cinque anni passati a scrivergli. Cinque anni che gli mancava. Lisciò le pagine sgualcite e chiuse gli occhi ricordando i baci di addio di quando si erano salutati.

La notte prima che lui partisse erano andati a fare una passeggiata e avevano trovato un posto tranquillo sotto un ponte dove si erano abbracciati e avevano fatto vagare le mani sui loro corpi, come se facendolo, avessero potuto conservare l'uno il ricordo dell'altra. Non erano mai andati oltre quelle esplorazioni innocenti perché erano giovani e avevano paura delle conseguenze.

Il cuore di Lidia si struggeva per una preoccupazione ricorrente. Renzo aveva incontrato una ragazza in Svizzera di cui stava esplorando il corpo? Le sue lettere, all'inizio così piene di amore e di desiderio per lei, ora riguardavano più la vita quotidiana. E, a peggiorare le cose, non lo sentiva da più di tre mesi.

Lidia sbatté le palpebre, cercando di immaginarlo. All'inizio le aveva mandato delle fotografie. Immagini di lui e dei suoi genitori in piedi al lago di Lugano. Circa un anno prima gliene aveva mandata una di lui, alto e bello come lo ricordava, sui gradini di fronte all'Università di Zurigo. In quel momento Lidia era stata sopraffatta dalla gelosia perché lui aveva potuto continuare i suoi studi mentre lei aveva dovuto sospenderli. Renzo aveva già preso la laurea in giurisprudenza e stava studiando per prendere anche il master.

Lidia fu assalita da un senso di disperazione. Il suo sogno di diventare un medico era andato in frantumi come un vetro. Non solo c'erano le leggi razziali da affrontare, ma anche una guerra infinita.

Sei mesi dopo aver salutato Renzo in lacrime, mentre stava aiutando suo padre come assistente non ufficiale nei suoi giri, Mussolini aveva annesso l'Albania, adducendo come giustificazione l'affinità etnica tra albanesi e italiani. Tutti sapevano che quella mossa era stata una reazione all'annessione dell'Austria e all'occupazione della Cecoslovacchia. Mussolini aveva voluto mostrare la sua forza.

Era stato un sollievo quando, in un primo momento, l'Italia era rimasta fuori dal conflitto della Germania con la Gran Bretagna e la Francia. Ma, nella primavera del 1940, quando sembrava che la Francia stesse per cadere e che i combattimenti stessero per finire, Mussolini si era schierato dalla parte della Germania, quasi certamente sperando in un bottino territoriale.

Lidia si ricordava di come l'armistizio franco-tedesco avesse interrotto l'attacco iniziale dell'Italia alle Alpi francesi nel giugno del 1940. La vera guerra per il suo Paese era iniziata solo a ottobre, quando Mussolini aveva attaccato la Grecia dall'Albania. Era stata una campagna disastrosa che aveva costretto i tedeschi a salvare le truppe italiane e a conquistare la Grecia da soli.

«Mussolini ha messo a dura prova l'Italia aprendo più fronti in Africa, nei Balcani, nell'Europa orientale e nel Mediterraneo,» aveva detto il padre di Lidia, quando la seconda battaglia decisiva di El Alamein aveva portato alla resa delle truppe in Nord Africa quattro mesi prima. «Forse sarebbe filato tutto liscio, ma l'ingresso in guerra dell'Unione Sovietica e degli Stati Uniti ha messo fine ai suoi piani,» aveva aggiunto suo padre.

La cosa peggiore era che un quarto di milione di soldati italiani in Russia, inviati in aiuto degli invasori tedeschi, avevano sofferto disagi indicibili. Durante l'epica ritirata invernale della divisione alpina erano morte migliaia di persone tra cui Osvaldo, il figlio della signora Rossi, la loro vicina. Lidia non avrebbe mai dimenticato di aver trovato la donna grassoccia a terra sulla porta aperta lo scorso febbraio mentre urlava il suo dolore stringendo in mano un telegramma, e suo marito che cercava di aiutarla a rialzarsi intanto che la implorava di raccontargli cosa era successo.

Lidia era corsa da suo padre, che le aveva dato un tranquillante. Poi l'avevano aiutata a coricarsi e si erano offerti di dare a lei e al signor Rossi tutto l'appoggio possibile, facendo la spesa, cucinando per loro e aiutandoli con il bucato finché non fossero stati in grado di cavarsela da soli. Da allora erano passati più di sei mesi e la coppia di mezza età mangiava ancora a malapena, il loro dolore era intenso. La signora Rossi non era più grassoccia e i capelli di suo marito erano diventati grigi quasi da un giorno all'altro.

La scorsa primavera Lidia aveva scritto una lettera speciale a Renzo, raccontandogli degli scioperi in tutto il nord del Paese. Grandi manifestazioni contro la guerra. Gli aveva detto che avrebbe voluto poter marciare anche lei. Ventidue anni di fascismo. La disastrosa alleanza con la Germania. Cinque anni in cui Lidia veniva trattata come una cittadina di serie B. Uscire e unirsi a migliaia di altre persone urlando: "Basta!" sarebbe stato meraviglioso. Tuttavia, non aveva inviato la lettera per timore della censura, soprattutto dopo che i manifestanti avevano chiuso le fabbriche e quasi certamente contribuito a spodestare Mussolini.

A luglio si erano susseguiti degli eventi inquietanti in rapida successione. Il giorno 10 c'era stata un'invasione combinata della Sicilia da parte degli Alleati e, nove giorni dopo, il bombardamento di Roma. Il 25 il re Vittorio Emanuele III aveva ordinato l'arresto e la carcerazione di Mussolini, nominando capo del governo il generale Pietro Badoglio. Gli Alleati avevano occupato la Sicilia alla fine di agosto e, solo una settimana prima, le forze dell'Ottava Armata britannica erano sbarcate nella "punta" dell'Italia.

Lidia sospirò mestamente. La mattanza continuava sul suolo italiano. Innumerevoli vite perse a causa di Hitler e Mussolini. In un certo senso, era sollevata che Renzo fosse al sicuro nella Svizzera neutrale, anche se, essendo ebreo, non sarebbe stato chiamato a combattere per l'Italia.

Lidia rimise la lettera nella busta e la ripose con le altre nel cassetto del comodino. Forse gli avrebbe scritto il giorno dopo per chiedergli il motivo per cui non aveva risposto alla sua ultima lettera. Guardò l'orologio: era l'ora del radiogiornale della sera;

lo ascoltava sempre insieme a suo padre. Poi sarebbe andata da Marta per incontrarsi con lei e il loro gruppo di amici.

Lidia era appollaiata sul divano accanto al padre, che aveva già acceso la radio e si era sintonizzato sull'emittente del servizio pubblico. Lo sentì irrigidirsi accanto a lei quando una voce solenne cominciò a leggere:

"Il governo italiano, riconoscendo l'impossibilità di continuare la lotta impari contro una schiacciante forza nemica, per evitare ulteriori e più gravi disastri per la Nazione, ha chiesto l'armistizio al generale Eisenhower, comandante in capo degli Alleati angloamericani. La richiesta è stata accolta. Di conseguenza, tutti gli atti di ostilità contro le forze angloamericane da parte di quelle italiane dovranno cessare ovunque. Tuttavia, potranno reagire a eventuali attacchi provenienti da qualsiasi altra fonte."

Il padre di Lidia balzò in piedi. «È finita. La guerra è finita.» La sua voce era gioiosa.

«Sei sicuro?» chiese Lidia con la speranza nel cuore. «Badoglio ha detto che le nostre forze potranno reagire a eventuali attacchi provenienti da qualsiasi altra fonte.»

«Se non stiamo più combattendo contro gli inglesi e gli americani, chi altro potrebbe attaccarci?»

Lidia non voleva mettere un freno al suo entusiasmo, ma non poté farne a meno. «Hitler sarà furioso che l'Italia abbia cambiato schieramento.»

«Non abbiamo cambiato schieramento,» affermò suo padre. «Abbiamo semplicemente smesso di combattere contro gli Alleati.»

«Se non combatteremo contro gli Alleati, allora dovremo farlo contro i tedeschi.»

«Non sono d'accordo, mia cara. La Spagna è neutrale in questa guerra, e potrà esserlo anche l'Italia. Il Paese non sarà più subordinato e soggiogato dalla Germania nazista.» Il suo sorriso si allargò. «Le leggi razziali saranno abrogate. Potrai tornare all'università.»

Suo padre era ottimista come al solito. «Spero di sì,» disse Lidia. Non c'era motivo di discutere. Si alzò in piedi. «Ti dispiace se esco un po'? Devo incontrare Marta e gli altri.»

Sarebbe stato interessante ascoltare il loro punto di vista della situazione.

«Non tornare a casa tardi. La nostra lista di pazienti di domani è lunga quanto il mio braccio. Dovremo cominciare presto.»

«Certo, papà.» Gli baciò la guancia ispida. «Te lo prometto.»

Lo lasciò mentre si sintonizzava su *Radio Londra* alla BBC e uscì dall'appartamento. Percorse la fondamenta Croce fino al rio omonimo, un ampio canale che tagliava l'isola della Giudecca, e dove galleggiava sull'acqua una fila di barchette di residenti. Suo padre non si era mai preso la briga di avere una barca tutta sua, ma il padre di Marta, il signor Pivetta, era l'orgoglioso proprietario di una a remi con fondo piatto e motore fuoribordo. Lidia la notò sotto un lampione, legata a un palo di legno, e la guardò con nostalgia. Marta aveva imparato a navigare nei canali della laguna e, nella calura dei mesi estivi, prima che la vita cambiasse, Lidia e Renzo erano andati con lei. Quanto si erano divertiti a tuffarsi nelle acque tiepide per fare una nuotata e rinfrescarsi. Lidia desiderava tanto che quei giorni tornassero. Ma voleva ancora che Renzo ne facesse parte? Sospirò tra sé. Lui avrebbe comunque preferito restare in Svizzera alla fine della guerra.

Lidia suonò il campanello della casa della famiglia Pivetta, un semplice edificio di due piani dove viveva Marta con i genitori e la sorella minore. Suo padre, croupier al Casinò di Venezia, e sua madre, insegnante di scuola elementare, erano felici che gli amici di Marta si ritrovassero nel loro salotto lontano da occhi indiscreti e spie in camicia nera. «Almeno sappiamo che sei al sicuro con noi,» le avevano detto.

Marta aprì la porta e condusse Lidia in soggiorno. «Hai sentito la notizia?» Il suo tono era serio e il cuore di Lidia sprofondò.

Lidia si avvicinò al gruppo che beveva e fumava attorno al tavolino da caffè al centro della stanza. «Ciao,» disse, sorridendo ad Angelo, Stefano, Giovanna e Marisa. Sia Angelo che Stefano erano riusciti a evitare la coscrizione nell'esercito a causa di condizioni mediche. Erano tra i pochi studenti maschi rimasti all'università. Giovanna e Marisa erano le loro fidanzate.

La salutarono mentre lei scostava una sedia. «Un po' di vino?» le offrì Marta, sollevando la bottiglia per versarvi un bicchiere di rosso.

«Grazie.» Lidia bevve un sorso. «Mio padre pensa che la guerra sia finita.»

Angelo scoppiò in una risata cinica. «Alle forze armate è stato ordinato di rispondere agli attacchi provenienti da "qualsiasi altra fonte". Questo può riferirsi solo alla Germania.»

«Hitler considererà l'armistizio come un insulto personale e la farà pagare all'Italia,» aggiunse Stefano, scuotendo la testa.

«Abbiamo sentito che i tedeschi hanno qualcosa come centomila soldati sulla penisola.» Giovanna fece un tiro dalla sua sigaretta ed espirò una nuvola di fumo. Le donne che fumavano erano un'altra cosa che i fascisti non vedevano di buon occhio. «Kesselring è riuscito a portare i suoi uomini fuori dalla Sicilia sulla terraferma il mese scorso.» Giovanna spazzò via un mucchio di cenere.

«Non importa quello che dice *Radio Londra*, gli Alleati, facendo evacuare le nostre truppe e i tedeschi, non hanno ottenuto quella che avevano definito "disfatta".» Marta tirò fuori una sigaretta dal pacchetto sul tavolo e si sporse in avanti mentre Stefano la accendeva.

«Oh, Dio,» gemette Lidia. «Speravo che tornassero tutti in Germania.»

«Nessuna possibilità.» Angelo tracannò il contenuto del suo bicchiere. «A detta di tutti, Hitler si aspettava che Badoglio cambiasse schieramento, e da luglio aveva inviato qui altre otto divisioni.»

«Oh, Dio,» ripeté Lidia, incapace di nascondere la costernazione nel suo tono. «Cosa accadrà ora?»

«Le SS arriveranno a Venezia, ecco cosa,» borbottò Marisa. «E non perderanno tempo a versarti l'olio di ricino in gola.» Fece una smorfia. «Ti uccideranno direttamente.»

Lo stomaco di Lidia si annodò. «Cosa possiamo fare?»

«Passare al controattacco. O questo o diventeremo uno stato vassallo della Germania.» Marta guardò Lidia. «Tu e tuo padre dovreste andarvene. Andate in Svizzera. Gli ebrei non saranno al sicuro qui quando arriveranno i tedeschi.»

Lidia scosse la testa. «Sono italiana come te. Non sarò costretta a lasciare la mia casa.»

Stefano si chinò sul tavolo e le toccò la mano. «Abbiamo sentito di cose terribili che stanno accadendo nei territori occupati dai tedeschi,» disse a bassa voce. «Si segnalano deportazioni di massa di ebrei.»

«E dove li portano?» sussultò Lidia.

«Nei campi di lavoro,» disse Marta. «Uomini, donne e bambini di tutte le età, in buona salute o meno sono stati arrestati e portati via, e le loro case e i loro beni sequestrati.»

«Ascoltaci, Lidia.» Angelo la guardò negli occhi. «Devi convincere tuo padre ad andarsene. Una volta arrivati i tedeschi, potresti non poterlo più fare.»

«Forse potrei provarci.»

Lidia si passò una mano tra i capelli. Non sarebbe mai riuscita a convincere suo padre. I suoi amici erano in buona fede, ma non avevano idea della sua testardaggine e della convinzione che tutto sarebbe andato bene alla fine.

Capitolo 3

Charlotte, 2010

La pioggia batteva contro la finestra della cucina della nonna. Tremavo: faceva freddo per essere l'inizio di aprile e il riscaldamento era spento. Mi avvolsi le braccia intorno al corpo e lanciai un'occhiata a mia madre che stava aprendo e chiudendo le ante della credenza con la fronte corrugata. «Che collezione eterogenea di stoviglie,» disse. «Darò tutto a un negozio di beneficenza.»

«Non vuoi tenere niente? Voglio dire, dev'esserci qualcosa che ha un valore sentimentale...»

Scosse la testa. «Cosa potrei farmene? L'appartamento nei Docklands è minuscolo. E non mi entusiasma il pensiero di spedire roba a Hong Kong.»

Presi la tazza preferita della nonna, l'ultima di un set che aveva comprato da Marks & Spencer anni prima. La tristezza improvvisa mi provocò un groppo in gola. Avrebbe dovuto essere lì con me e mia madre. Invece, giaceva in una tomba fredda nel cimitero di Highgate, dove l'avevamo fatta seppellire accanto al nonno una settimana prima.

Strinsi la tazza tra le mani. «La terrò in ricordo della nonna.»

«Per favore, non tenerti troppe cose, però,» sbuffò mamma. «Sai che io e papà preferiamo l'aspetto minimalista.»

«Sì, lo so.» *Così minimalista da rasentare una mancanza di personalità.* «Forse potrei restare qui finché non troviamo un acquirente?» Avevo sempre amato la casa della nonna. Sì, certo, era datata, ma c'era un'atmosfera calda e familiare in quel posto.

Mia madre mi fece un secco cenno del capo. «Buona idea. Avrai il tempo di smistare un po' alla volta tutta la sua spazzatura e portarla alla discarica.»

Le rivolsi un'espressione implorante. «Devi davvero tornare a Hong Kong così presto?» Doveva prendere il volo la mattina successiva. «Sarebbe bello avere un aiuto...»

Scosse la testa. «Devo tornare e aiutare tuo padre a intrattenere alcuni importanti clienti di Tokyo.»

«Peccato che non sia potuto rimanere anche lui più a lungo.» Mio padre era riuscito a trattenersi per un paio di giorni. Aveva incastrato la sua visita con un viaggio d'affari, ovviamente, ed era partito poco dopo la lettura del testamento della nonna, avvenuta nell'ufficio del suo avvocato.

La nonna aveva lasciato in eredità a me e a mia madre una quota a testa di quella proprietà, ma a quanto pareva la successione avrebbe richiesto almeno nove mesi, il che significava che non potevamo ancora metterla sul mercato. Nonostante ciò, mia madre si era portata avanti e il giorno prima l'aveva fatta valutare da un agente immobiliare che aveva detto: "L'imponente e notevole casa vittoriana nel cuore di Islington avrebbe bisogno di essere un po' rimodernata, ma una volta terminati i lavori sarà una casa di famiglia davvero straordinaria". La mia bocca si era spalancata quando l'agente aveva raccomandato di chiedere 1.9 milioni di sterline. «Potrai comprarti un appartamento tutto tuo,» aveva detto la mamma.

Avevo annuito, troppo stupita per parlare.

«Qual è il problema?» Mi aveva rivolto uno sguardo indagatore. «Non è da te essere a corto di parole.»

Gli alloggi a Londra erano tra i più costosi al mondo e le terrazze di Islington erano diventate molto ricercate. Ma non avrei mai immaginato che la casa vecchio stile della nonna potesse valere così tanto. «Sono solo sorpresa,» avevo risposto.

«Possiamo iniziare a sgomberare ora, se vuoi.» Mia madre chiuse l'anta della credenza della cucina, riportandomi al presente. «Che ne dici di iniziare dalla stanza di tua nonna?» Prese il rotolo di sacchi neri della spazzatura che avevamo portato con noi.

Mia madre mi precedette su per le scale, oltre i saloni al primo piano, fino alla camera da letto matrimoniale al secondo. Sentivo il cuore pesante mentre calpestavo il tappeto che portava al massiccio armadio di noce. Il profumo preferito della nonna, il mughetto, aleggiava nella mia direzione, e io lo inspiravo intanto che toglievo dalle grucce un vestito dopo l'altro, gonne e camicette per infilarli nei sacchi.

Mia madre, nel frattempo, si stava occupando della cassettiera della nonna. Lavoravamo in silenzio, ognuna persa nei propri pensieri. Ripensai alle vacanze che avevo passato in quel posto. La nonna si era sempre adoperata per regalarmi qualcosa di speciale come uno spettacolo teatrale o un musical a West End quando terminavo la scuola. Mi ricordai di come entrambe amavamo *Mamma Mia* e ogni giorno durante la mia pausa di metà semestre, nell'estate in cui avevo compiuto sedici anni, avevamo ballato in salotto sulle note di *Dancing Queen* diffuse dal suo stereo. Avevo passato la maggior parte del tempo a ripassare per gli esami e avevo accolto con favore quei momenti frivoli che mi regalavano un po' di spensieratezza.

Il rumore che fece mia madre quando inspirò, mi fece cadere un cardigan di lana sul pavimento. «Cosa c'è che non va?»

Il suo viso era diventato pallido e si accasciò sul materasso, tenendo una fotografia tra le mani tremanti. «Oh, mio Dio,» sbottò.

Corsi al letto e mi sedetti accanto a lei.

Mi passò una foto in bianco e nero sbiadita.

Sussultai.

Era come se stessi fissando me stessa, vista la somiglianza così forte tra me e la donna al centro dell'immagine. Avevamo gli stessi capelli scuri, lo stesso viso a cuore, la stessa espressione determinata. Le nostre bocche, con lo stesso arco di Cupido, erano identiche. La donna era in piedi insieme a un gruppo di altri giovani davanti all'iconico Palazzo Ducale di Venezia.

«È la nonna,» dichiarai sbalordita. I suoi capelli erano grigi quando l'avevo incontrata per la prima volta ed erano diventati bianchissimi con il passare degli anni. Le rughe solcavano le sue guance e la sua mascella sembrava essersi fusa con il suo collo. Ma c'era qualcosa nella donna nella foto, l'inclinazione della testa e la curva del suo sorriso che mi facevano capire che era mia nonna.

«È l'unica foto che ho visto di lei prima del suo arrivo in Inghilterra. Era nascosta in fondo al cassetto,» disse mia madre con voce tremante.

Le toccai il braccio. «Dev'essere stato strano non aver visto nessuna foto della nonna da giovane.»

«Sì, è così...»

«Le hai mai chiesto una spiegazione?»

«Oh, sì. Diverse volte.» Mia madre scosse la testa. «Ma è sempre stato tutto inutile. Alla fine mi sono sentita come se mi mancasse una parte di me.»

«Cosa vuoi dire?» Mi avvicinai.

«Avrei voluto che mi dicesse da dove veniva. Avrei voluto sapere chi fossero i suoi genitori. Avrei voluto conoscere il suo background per capire di più me stessa.»

Non potei fare a meno di fissare mia madre. Era la persona più autocontrollata che conoscessi. *O pensavo che lo fosse*. «Hai litigato con lei per questo motivo?»

«Non proprio.» Mia madre strinse le labbra. «Si chiudeva in se stessa e ripeteva: "il passato è nel passato e voglio che rimanga lì".»

«E il nonno? Voglio dire, avrebbe potuto parlarti di lei, no?»

«Diceva solo che non potevamo parlarne per la sanità mentale della mamma.» Mia madre riprese la foto e la fissò. «Ho dovuto rispettare il suo volere, anche se è stato incredibilmente difficile. Mio padre ha cercato di rimediare facendomi conoscere i suoi genitori.» Incontrò il mio sguardo. «I nonni nell'Herefordshire. Te li ricordi?»

«Insomma. Morirono molto prima che iniziassi il collegio. Non trascorremmo con loro un paio di settimane in quel villaggio pittoresco in bianco e nero quando avevo circa cinque anni?»

Mia madre annuì. «Furono estremamente gentili con i miei genitori quando si sposarono, ma anche loro avrebbero voluto saperne di più su di lei e non tolleravano l'idea di non poterlo fare.»

«Il nonno avrebbe dovuto fidarsi di te abbastanza da raccontartelo...»

«Non credo che non lo abbia fatto per questo motivo. Il divario generazionale tra genitori e figli era molto più marcato durante la mia adolescenza. Oggigiorno sembra che tutti parlino di tutto. A quei tempi, era normale che gli adulti nascondessero le cose ai bambini. Molti di noi avevano genitori che avevano subìto esperienze orribili durante la guerra e preferivano dimenticarle completamente.»

Come insegnante di storia, sapevo che era vero. Solo di recente alcune persone che avevano vissuto il conflitto avevano iniziato a raccontare le loro storie ai posteri. Avrei voluto che la nonna fosse stata una di loro, ma chiaramente i suoi ricordi erano ancora troppo dolorosi per riviverli. Persino i miei nonni paterni non ne avevano mai parlato.

Fissai di nuovo la foto. «Mi chiedo se sia originaria di Venezia.»

Mia madre emise un sospiro. «Non ne ho idea.» Alzò le spalle. «So solo che era italiana, anche se non l'avresti mai capito dal suo accento.»

Mi ricordai che una volta le avevo chiesto da che parte d'Italia venisse, una cosa che sapevo di lei. In televisione stavano trasmettendo un programma di cucina di Antonio Carluccio. La sua faccia aveva perso colore e aveva spento il televisore. Era stato allora che mi aveva detto categoricamente che non avrebbe voluto parlarne. «Ora sono inglese,» mi aveva detto. «Mi chiamo Helen, non Elena. Per favore, non chiedermelo più, cara.»

E non lo avevo più fatto. Avevo semplicemente rispettato i suoi desideri. Forse da nipote per me era stato più facile che per mia madre. Solo che ora aveva stuzzicato la mia curiosità. «Mi chiedo se ci siano altri indizi disseminati per la casa.»

«Mh.» L'espressione della mamma si fece pensierosa. «Ne dubito. Penso che questo sia un pezzo unico. Qualcosa che non avrebbe dovuto esserci.» Guardò l'orologio. «Si sta facendo tardi, Lottie, e ho un volo domattina presto.»

Mia madre era tornata al suo solito modus operandi, ma a me non importava. Era stata più disponibile con me di quanto non lo fosse mai stata in passato. «Allora torniamo all'appartamento,» dissi. «Possiamo ordinare del cibo da asporto e rilassarci davanti alla televisione.»

«Sembra una buona idea,» sorrise.

Tre settimane dopo, ero nella soffitta della nonna, seduta a gambe incrociate sul pavimento e stavo esaminando una pila di scatole di cartone. Fino a quel momento, le mie ricerche non avevano portato alla luce nulla del suo passato. Tutte le foto che avevo scoperto erano di nonno da ragazzo e da giovane e le lettere che avevo trovato erano tutte indirizzate a lui. In quel momento le stavo esaminando ed ero distratta da quelle che aveva ricevuto dai suoi genitori mentre era di stanza in Medio Oriente durante la guerra. Erano interessanti: suo padre giocava con lui a scacchi a distanza e registrava ogni mossa, e sua madre scriveva di razionamenti, carenza di cibo e creava vestiti con vecchie tende.

Presi una busta marrone sigillata e la aprii con cura.

Il cuore mi batté forte.

Tre lettere dall'Italia: riconobbi i francobolli.

Il timbro postale indicava Sant'Illaria ed era datato 1974.

Feci una smorfia: avevo già sentito quel nome, ma dove?

Le lettere erano tutte indirizzate al nonno, ma le buste non erano state aperte.

Ne girai una per vedere se c'era il nome del mittente.

Rosina Zalunardi.

Chi poteva essere?

Con un sussulto, mi ricordai improvvisamente di dove avevo già sentito il nome di quel posto. Mia nonna aveva urlato *Sant'Illaria* nell'hospice, durante una delle sue crisi provocate dagli oppiacei. Tirai fuori il telefono dalla tasca dei jeans e cliccai sull'icona di Google. Dopo aver inserito il nome, lessi: "Sant'Illaria è un comune del Veneto dell'Italia nord-orientale."

Il fatto che mia nonna fosse stata fotografata in Veneto e che mio nonno avesse ricevuto delle lettere da parte di qualcuno di quella regione non poteva essere una coincidenza. Lei doveva essere originaria di quelle parti. Ma perché il nonno non aveva aperto le lettere? *Che strano.*

Scesi in cucina per prepararmi un panino per pranzo, poi cliccai sul nome di mia madre tra i miei contatti. La telefonata a Hong Kong andò a buon fine, e io le raccontai ciò che avevo scoperto.

«Hai aperto le lettere?» mi chiese.

«Volevo parlarne prima con te. E se contenessero delle informazioni private che nonno non avrebbe voluto che conoscessimo?»

«È strano che lui non le abbia mai lette...»

«Ancora più strano che lui non le abbia gettate via.»

«Ho il sospetto che siano in italiano, e nessuno di noi due sa leggerlo, figuriamoci parlarlo.»

Mi mordicchiai il labbro quando un'idea mi balenò in testa. «E se facessimo un viaggio a Venezia?» suggerii. «O persino a Sant'Illaria?»

«A che scopo?»

«Ricordi che hai detto che c'è una parte di te che ti manca? Se andassimo lì, potresti scoprire delle cose che colmerebbero le tue lacune...»

«Sarebbe una ricerca vana, Lottie.»

«Forse sì, forse no. Potremmo andarci durante le mie vacanze estive. Stavo risparmiando per dare un acconto per l'acquisto di un appartamento, ma ora non ne ho più bisogno e ho abbastanza soldi per pagarmi le spese.»

«Oh, tesoro, non posso.» Il suo tono era intriso di rimpianto. «Tuo padre e io partiremo per la Cina. C'è una fiera a cui deve partecipare a Chengdu, e poi abbiamo già prenotato per andare al lago Lugu nello Yunnan per sfuggire alla calura.»

Sarei dovuta andarci da sola? Quel pensiero mi intimoriva.

«Forse potrei andarci da sola,» andai dritta al punto. «Ho sempre voluto visitare l'Italia. Per un quarto sono italiana e non ho potuto visitarla quando la nonna era viva per non turbarla...»

«Da sola?» Il suo tono era scettico. «Peccato che tu abbia rotto con Gary. Viaggiavate insieme ogni estate, vero?»

«Starò bene da sola. Infatti, lo preferisco. Gary prendeva sempre il comando, organizzava tutto e insisteva che ci attenessimo ai suoi piani. Sarà liberatorio fare le cose a modo mio...»

«Va bene, tesoro,» disse. «Spero che non rimarrai troppo delusa quando non troverai nulla.»

«Vale la pena provare, penso.»

Augurai la buonanotte a mia madre e tornai in soffitta. C'era un ultimo scatolone che volevo controllare prima di chiudere quella giornata. Sollevai il coperchio e trovai una pila di documenti: estratti conto, fatture pagate e persino liste della spesa. Borbottando tra me e me, li sfogliai.

Wow, c'era il certificato di matrimonio dei miei nonni datato maggio 1946. Si erano sposati nello Hereford e il nome da nubile di mia nonna era Moretti. Fui invasa da un senso di calore per aver trovato un altro indizio.

Ce n'erano altri? Continuai a rovistare nella scatola finché non trovai un piccolo libro.

C'era una scritta in ebraico sulla copertina, con le parole:

Libro di Preghiere. Ebraico-Italiano.

Mia nonna era ebrea e aveva sofferto a causa della sua fede? *Oddio, sperai di no.*

Capitolo 4

Lidia, 1943

Era il giorno libero di Lidia, e siccome non doveva aiutare suo padre, era andata al cinema al Lido insieme a Marta. Avevano attraversato la laguna sulla barca del signor Pivetta per non dover prendere il vaporetto. Venezia brulicava di tedeschi e lei cercava di avere il minor contatto possibile con loro: sedersi accanto a un soldato della Wehrmacht in uniforme grigioverde sul vaporetto le avrebbe fatto accapponare la pelle.

In galleria, lei e Marta scivolarono nell'ultima fila, che per fortuna era priva di persone che indossavano un'uniforme tedesca. Le luci in sala si abbassarono, le pulegge fecero aprire le tende di velluto rosso e una musica squillante riecheggiò in sala.

Fu proiettato un cinegiornale dell'Istituto Luce.

Lidia si irrigidì.

I carri armati tedeschi e le auto blindate stavano entrando a Roma attraverso la Porta di San Paolo.

Aveva sentito la notizia più di tre settimane prima, ma il suo stomaco si contrasse di nuovo: vedere l'evento svolgersi davanti ai suoi occhi la fece rendere conto che la Wehrmacht era riuscita a occupare i quattro quinti del Paese.

Trattenne il fiato quando il cinegiornale mostrò improvvisamente un fotogramma di Mussolini. Indossava un soprabito scuro e un cappello e sembrava leggermente frastornato mentre scendeva da un piccolo aereo stringendo la mano di Hitler. Lidia sibilò insieme al resto del pubblico. Due settimane prima, il Duce era stato "salvato", a detta dei fascisti, o "rapito", secondo quelli che non lo erano, dai soldati delle SS nell'albergo dove era stato rinchiuso sul Gran Sasso, un remoto altopiano al centro dell'Appennino. E ora era diventato il principale burattino di un governo fantoccio che Berlino aveva chiamato Repubblica di Salò.

Il servizio si spostò a Napoli, nel sud, dove dopo quattro giorni di insurrezione locale contro i nazifascisti, gli Alleati avevano preso il controllo.

Lidia sorrise tra sé, ma la sua esultanza ebbe vita breve.

«Coraggio, concittadini!» tuonò la voce del narratore. «Il Reich è venuto a dare manforte all'Italia! La Quinta Armata americana e la 56a Divisione britannica sono trattenute sulla nostra linea difensiva al Volturno! Ci sarà una difesa a tutto spiano di Roma! La linea Gustav reggerà!» Quasi come un ripensamento, la voce narrante concluse: «L'Armata Rossa ha riconquistato Smolensk.»

Il pubblico si agitò, mormorò e si sedette ai propri posti per guardare il lungometraggio *Ossessione*. Lidia non vedeva l'ora di vedere il suo attore preferito, Massimo Girotti, nel ruolo di Gino, un vagabondo.

Lidia cercò di concentrarsi sulla trama, ma i pensieri le svolazzarono nella mente come falene attorno a una fiamma.

Due settimane prima, il professor Jona, leader della comunità ebraica, si era suicidato dopo essere stato invitato a consegnare alle autorità tedesche l'elenco degli ebrei residenti a Venezia. Lidia ricordava la sensazione di malessere allo stomaco quando glielo aveva detto suo padre. Aveva incontrato solo una volta quell'uomo gentile che aveva lavorato come medico all'Ospedale Civile ed era stato soprannominato "il dottore dei poveri".

«Pensi che ci arresteranno?» Lidia si era infilata le mani sotto le ascelle per impedire loro di tremare. Non riusciva a immaginare il motivo per cui volessero il suo nome, quello di suo padre e del resto della comunità.

«Non mi risulta che abbiamo fatto qualcosa per essere arrestati, mia cara,» l'aveva tranquillizzata suo padre. «Il re dice che in Italia non ci sono cittadini più esemplari degli ebrei.»

Ascoltare *Radio Londra* era un'attività proibita, ma aveva deciso di non ricordarglielo. Invece, aveva scosso la testa e gli aveva detto: «Ma, papà, il re stesso è fuggito dai tedeschi. Non pensi che forse dovremmo farlo anche noi?»

«E dove suggerisci di andare?»

«Marta conosce alcune persone del Comitato di Liberazione Nazionale che potrebbero aiutarci a raggiungere un villaggio di campagna in cui potremmo nasconderci.»

«Non ce n'è bisogno, mia cara. Gli Alleati hanno promesso al re che avrebbero inviato quindici divisioni nella sola Roma, questo è quello che ho sentito. Questa guerra finirà prima che ce ne rendiamo conto.»

L'ottimismo di suo padre non aveva limiti.

Al cinema, Lidia chiuse gli occhi, e invece di guardare il film sullo schermo, nella sua mente se ne proiettò uno diverso. La voce narrante del cinegiornale aveva detto che gli Alleati erano bloccati sulla linea difensiva tedesca. Le montagne italiane erano simili a una fortezza ripida e impenetrabile e si estendevano dal nord al sud della penisola. Il nemico quasi certamente le avrebbe usate per bloccare un'avanzata anglo-americana. Avrebbero fatto di tutto per non concedere le fertili pianure del Nord Italia, piene di fattorie e fabbriche, cibo per soldati e civili, tessuti per divise, aerei, camion, automobili e manodopera.

Hitler NON avrebbe rinunciato a tutto quello senza combattere.

La debole eco delle campane della chiesa riecheggiò attraverso la laguna quando Lidia prese sottobraccio Marta dopo la fine del film. Si stava facendo buio e dovevano tornare alla Giudecca prima del coprifuoco notturno. Al molo, scesero i gradini e saltarono sulla barca del signor Pivetta. Lidia slegò le cime e Marta accese il motore fuoribordo.

Non appena entrarono in acqua, un suono si riverberò nell'aria e la pelle di Lidia formicolò. Alzò lo sguardo al cielo.

I bombardieri degli Alleati passarono sopra la sua testa, pronti per gettare una pioggia di distruzione sulle città del nord.

Non su Venezia, per fortuna, che grazie ai suoi tesori architettonici e artistici era stata risparmiata dai bombardamenti. *Fino a quel momento.*

Lidia abbassò lo sguardo e il suo cuore martellò. «Fa' attenzione,» urlò.

Sembrava che una nave tedesca fosse apparsa dal nulla, con le luci accese e i ponti carichi di truppe.

Marta virò il timone bruscamente a sinistra, riuscendo a scansarla per un pelo.

«Dio buono.» Indicò gli uomini che si sporgevano sul parapetto. «Quelle sono le *nostre* truppe!»

Lidia fissò le uniformi navali blu scuro. Ma perché le truppe italiane erano su una nave tedesca? E, nello specifico, dove le stavano portando i tedeschi?

La nave stava passando accanto a Lidia e Marta, dirigendosi verso il mare Adriatico.

Lidia afferrò il braccio di Marta.

Una figura solitaria si era lanciata dal bordo della nave tuffandosi ad angelo nella laguna.

Quando entrò in acqua provocò a malapena uno schizzo.

«Oh, Dio,» piagnucolò Lidia. *I soldati tedeschi gli avrebbero sparato da un momento all'altro.*

«C'è una corda in fondo alla barca.» Marta abbassò la voce. «Proverò ad avvicinarmi così potrai lanciargliela.»

Lidia socchiuse gli occhi alla luce del crepuscolo nel tentativo di individuare l'uomo.

«È laggiù.» Marta lo indicò con la mano libera e con l'altra girò il timone.

La massiccia scia lasciata dalla nave fece beccheggiare e sprofondare la loro piccola imbarcazione, ma riuscirono a destreggiarsi. Lidia lanciò la corda. La barca oscillò pericolosamente, minacciando di capovolgersi mentre sollevavano l'uomo a bordo.

Alla fine, con un grugnito, si sdraiò ai piedi di Marta. Poi la guardò e disse: «Sono in paradiso? Sei così bella che devi essere un angelo.»

Una risata isterica gorgogliò in fondo alla gola di Lidia. Era l'ultima cosa che si aspettava che dicesse, e la battuta più stravagante che avesse mai sentito.

Marta lo fissava. Lidia si aspettava la consueta bocciatura da parte dell'amica, che stava per prendere la laurea in architettura ed era così concentrata sui suoi studi da aver affermato di non essere interessata agli uomini. Invece, si limitò a sorridere. «Come ti chiami?» chiese gentilmente.

«Giorgio. Qual è il tuo?»

Marta glielo disse e sbatté le ciglia. Giorgio aveva una netta somiglianza con la spavalda star del cinema Errol Flynn, e lei doveva averlo notato. Si era persino dimenticata di presentare Lidia, perciò la ragazza lo fece da sola.

Il moto ondoso sollevò e fece cadere la piccola barca. Sembrava che Marta fosse a corto di parole. Lidia si chinò verso di lei e le chiese: «Cosa dobbiamo farne di lui?»

«Lo porteremo a casa mia e poi decideremo.»

Giorgio aveva cominciato a tremare per il freddo della sera di fine settembre e batteva i denti. Lidia si tolse il cappotto e glielo avvolse intorno alle spalle. «Farai meglio a tenere la testa bassa,» disse. «Due ragazze non attirano l'attenzione, ma se una pattuglia tedesca nel canale ti individuasse, punterebbe dritta verso di noi.»

I genitori di Marta dissero che Giorgio sarebbe potuto rimanere per la notte, ma se ne sarebbe dovuto andare il giorno dopo o avrebbe messo in pericolo la famiglia. Lo portarono di sopra in soffitta, gli diedero dei vestiti asciutti, del cibo e un vaso da notte prima di lasciarlo da solo.

Marta andò con Lidia alla porta. «Invierò un messaggio al Comitato di Liberazione Nazionale all'alba,» disse. «Loro sapranno cosa fare.»

In circostanze diverse, Lidia avrebbe preso in giro Marta per il modo in cui Giorgio la guardava e per come lei gli rispondeva, ma quello non era il momento.

«Sta' attenta.» Lidia la baciò su entrambe le guance. «Che peccato che debba tornare a casa a causa del coprifuoco.»

«Ci vediamo domani?» chiese Marta.

«Ci proverò...»

Lidia si affrettò lungo la fondamenta ed entrò nell'appartamento annunciando: «Papà, sono a casa.» Aveva deciso di non dirgli nulla di Giorgio, poiché non era una cosa che lui doveva conoscere, così come lo teneva all'oscuro dei volantini che lei, Marta e i loro amici avevano recentemente iniziato a mettere clandestinamente nelle cassette delle lettere. Volantini in cui trasmettevano ai veneziani le notizie che il loro gruppo carpiva da *Radio Londra* per contrastare la propaganda nazifascista de *Il Gazzettino* e i principali quotidiani.

«Com'era il film?» chiese suo padre più tardi a cena, avvolgendo gli spaghetti ai rebbi della forchetta.

«Non così bello come pensavamo,» sospirò Lidia. Era dibattuta se dirgli della nave truppa – tralasciando ogni accenno a Giorgio – ma ci ripensò. Suo padre era fermamente convinto che gli Alleati avrebbero sconfitto i tedeschi da un momento all'altro e, fino a quando le sue speranze non fossero state deluse, non avrebbe voluto causargli alcun dispiacere.

Trascorsero il resto della cena chiacchierando dei suoi pazienti, dopodiché Lidia si ritirò nella sua stanza con la scusa che voleva scrivere a Renzo, ma non ne aveva voglia. Si sedette alla sua scrivania e guardò la foto che le aveva mandato, scattata sui gradini dell'Università di Zurigo e che tirava fuori di tanto in tanto per ricordarsi che aspetto avesse.

Erano separati da così tanto tempo ormai e lei gli era stata sempre fedele. Il suo istinto le diceva che lui aveva incontrato un'altra ed era determinata a fargli rompere il silenzio. Tuttavia, se fosse venuta fuori la verità, a lei non sarebbe importato al punto da essere preoccupata.

Ripensò all'uomo che lei e Marta avevano salvato dalla laguna. Chi era e cosa lo aveva portato a rischiare la vita tuffandosi da quella nave? Quelle domande e ciò che aveva visto nel cinegiornale le ronzarono in testa, facendola dormire male. Suo padre, vedendo i suoi occhi cisposi, a colazione le concesse un altro giorno libero.

Sentendosi in qualche modo in colpa, Lidia si infilò il cappotto non appena lui andò via per il suo giro di visite. Dopo pochi minuti arrivò davanti alla porta di casa dei Pivetta. Stava per bussare quando la raggiunse Stefano. «Marisa ha portato il messaggio di Marta al Comitato,» disse. «La notte scorsa Marta è uscita di nascosto per incontrarla. Marisa mi ha telefonato e mi ha chiesto di vederci qui...»

Marta li fece entrare e li condusse nel soggiorno, dove Giorgio era seduto al tavolino.

Stefano si sedette accanto a lui e lo fissò con determinazione. «Come facciamo a essere sicuri che tu non sia una spia?»

«Ve lo giuro sulla vita di mia madre.»

Lidia sapeva che quando un maschio giurava sulla vita della propria madre, allora probabilmente stava dicendo la verità. Ma come poteva esserne sicura al cento percento?

«Puoi dirci perché ti trovavi su quella nave?» chiese, scostando una sedia.

«Ero con la Decima Mas, la decima flottiglia dei mezzi d'assalto dell'unità di comando sommozzatori. Dopo che i tedeschi ci hanno disarmato, la maggior parte dei miei colleghi ha deciso di arruolarsi e combattere per la repubblica di Mussolini.» Giorgio si passò una mano sulla fronte. «Ma io mi sono rifiutato. Odio i tedeschi. Quella nave stava portando me e altri dissidenti a sud. I bastardi hanno detto che volevano che rinforzassimo una linea difensiva a nord di Napoli per fermare l'avanzata degli Alleati su Roma. Preferisco morire piuttosto che combattere per quei miserabili figli di puttana.»

Lidia si appoggiò allo schienale della sedia, sopraffatta dal terrore. Si ricordò del suicidio del professor Jona, delle immagini dei carri armati e dei mezzi corazzati tedeschi che occupavano Roma che aveva visto nel cinegiornale, e di Mussolini che, scendendo dall'aereo, aveva stretto la mano di Hitler. La previsione di suo padre secondo cui la guerra sarebbe finita al più presto non sarebbe mai diventata realtà, poiché gli Alleati erano stati bloccati.

Ma la cosa peggiore, per lei e per suo padre era che la Gestapo stava già dando la caccia agli ebrei a Venezia. Non avevano una lista, ma non sarebbe bastato quello a fermarli.

La porta del salotto dei Pivetta si spalancò con un tonfo.

Caterina, la sorella minore di Marta, irruppe nella stanza. «Sono venuti per te,» disse.

Capitolo 5

Charlotte, 2010

Guardai fuori dal finestrino dell'Airbus 319 mentre scendeva verso l'aeroporto Marco Polo. Non riuscivo a credere che lo stessi facendo da sola. La città era circondata dall'acqua. Vidi i canali, le piazze e le guglie delle chiese, ed era quasi come se potessi allungare la mano e toccarli. Era lì che la nonna aveva trascorso la sua infanzia e la sua giovinezza? Aveva novantuno anni quando era morta, solo ventiquattro, la mia età, quando l'Italia aveva cambiato schieramento e si era unita agli Alleati. Avrei voluto che se la fosse sentita di parlare della sua vita con me e mia madre. *Il suo passato doloroso era ancora troppo vivo per poter essere rivissuto.* Rabbrividii. Dovevo scoprire cosa era successo alla nonna in quei momenti turbolenti, lo dovevo alla sua memoria e alla serenità di mia madre.

Un'ora dopo, dopo essere passata per l'ufficio immigrazione e aver ritirato i bagagli, seguii le indicazioni per prendere il vaporetto, trascinando la mia valigia lungo il passaggio pedonale coperto verso la laguna di Venezia. Stava soffiando un vento leggero che stemperava piacevolmente la calura di fine luglio. *Sono finalmente in Italia*, continuavo a ripetermi. Avrei scoperto qualcosa o sarebbe stato come cercare un ago in un pagliaio?

Al molo, il rombo del motore del vaporetto quasi soffocò le chiacchiere di un gruppo di turisti cinesi che si era radunato dietro di me. La brezza mi scostò i capelli dal viso quando andai a sedermi a prua. Inspirai l'aria salmastra e mi strinsi le braccia intorno al corpo. Stavo per arrivare a Venezia, e non riuscivo a smettere di sorridere. Ero eccitata, ma allo stesso tempo nervosa.

I motori della barca rombavano, e seguendo il percorso dei pali di legno colorati arrivammo in un ampio canale. Dopo aver superato una chiesa con una severa facciata di mattoni che si protendeva verso il cielo, iniziarono a emergere dall'acqua edifici alti e poi palazzi con ingressi bassi, separati dal mare solo da pochi gradini. Alzai lo sguardo verso le finestre ad arco ogivale e la pietra traforata come merletto. *Venezia era ancora più bella di quanto immaginassi.*

L'hotel che avevo prenotato era nel sestiere di San Marco e mi godetti ogni minuto del viaggio del vaporetto lungo il Canal Grande. Quando passammo sotto il Ponte di Rialto, vidi la mia prima gondola. Un giro costava 80 euro, ma farlo sarebbe stato troppo costoso oltre che stravagante, visto che ero da sola.

Per un attimo, molto breve, ero dispiaciuta che Gary non fosse lì con me nella città più romantica del mondo. Mi aveva telefonato il giorno prima, di punto in bianco, per dire che aveva saputo che mia nonna era morta e voleva porgermi le sue condoglianze. Ero stata gentile con lui, forse troppo, quando lo avevo ringraziato. Con mia grande sorpresa, era andato avanti a parlare e mi aveva detto che gli mancavo e che avrebbe voluto che tornassimo insieme, che era dispiaciuto per quello che era successo con Mel e che sarebbe riuscito a farsi perdonare. «È troppo tardi,» gli avevo risposto con fermezza. «Sono andata avanti.» E lo avevo fatto. Ormai l'indignazione che avevo provato quando avevo scoperto il suo tradimento, era solo un ricordo lontano.

Ma evidentemente, Gary doveva aver frainteso il senso del mio "sono andata avanti", poiché mi aveva chiesto in tono irritato: «Hai un altro?»

Per poco non gli avevo mentito per fargli capire quanto mi importasse poco di lui, ma siccome ero una pessima bugiarda, mi avrebbe scoperto subito.

«No,» gli avevo risposto in modo breve e conciso. A dire il vero, la nostra rottura mi aveva allontanato dagli uomini, e infatti preferivo stare da sola.

«Vediamoci,» aveva suggerito. «In nome dei vecchi tempi. Non ho secondi fini, te lo giuro.»

In quel momento lo avevo immaginato che sorrideva entusiasta mentre gli cadevano sulla fronte quei capelli biondo dorato che gli avevo sempre scostato dagli occhi azzurro chiaro. Se avessi dovuto descriverlo, avrei detto che era un bel ragazzo. Il mio opposto, visto che avevo la pelle olivastra e i capelli scuri. «Non posso,» gli avevo risposto. «Domani parto per Venezia.»

«Perché?» *Diretto come sempre.*

«Per trovare le mie radici.» Mi ero pentita di quelle parole subito dopo averle pronunciate. Lui mi aveva fatto il terzo grado e io mi ero ritrovata a dargli delle lunghe spiegazioni circa i miei motivi.

«Sei pazza,» mi aveva detto. «La possibilità che tu scopra qualcosa è una su un milione.»

«Non lo saprò mai se non ci provo.»

«Abbi cura di te,» si era raccomandato. «Sta' attenta agli stalloni italiani.»

«Li stai stereotipando,» avevo ribattuto. «Devo finire di preparare le valigie, Gary. Grazie per la telefonata, e stammi bene.»

Ero furiosa per la sua grossolana osservazione sugli uomini italiani, e per il modo in cui aveva cercato di dissuadermi dal partire.

Ma Venezia brillava sotto i raggi del sole, la sua bellezza mi seduceva, perciò decisi di dimenticare tutto ciò che riguardava Gary e concentrarmi sul compito che dovevo svolgere.

Salii sul pontile alla fermata di Santa Maria del Giglio e trasportai la mia valigia lungo un vicolo tranquillo fino al mio hotel dove, dopo aver fatto il check-in, salii nella mia camera singola che si affacciava su un canale stretto. Dopo una veloce rinfrescata, mi avventurai di nuovo fuori, per strade affollate di turisti che curiosavano tra i negozietti di souvenir e maschere di carnevale.

Venni quasi subito catturata dall'orda che fluiva verso piazza San Marco, un luogo segnalato con cartelli a ogni angolo, e rimasi sbalordita quando la folla mi sputò fuori nell'iconica piazza. Certo, avevo già visto alcune foto, ma vederla dal vivo mi tolse il respiro. Le colonne e le cupole della cattedrale brillavano alla luce del sole pomeridiano. Rimasi immobile a fissarne la magnificenza prima di dirigermi verso il Palazzo Ducale e andare proprio nel punto in cui la nonna aveva posato insieme a quel gruppo di giovani tanti anni prima. Mia madre me ne aveva scannerizzato una copia e il mio respiro rallentò quando la guardai nella galleria del mio telefono. Mi immaginai quei ragazzi lì in piedi, proprio dov'ero io in quel momento, e mi vennero i brividi. *Quella foto era stata scattata prima o dopo la guerra?*

Mi diressi verso il lungomare. Il cielo era sbiadito in un azzurro fumoso e il sole proiettava sfumature dorate sugli edifici. Le gondole, legate agli ormeggi, dondolavano in balia delle onde davanti a me. Vi passai davanti, scattando foto e fissando meravigliata un'isola dall'altra parte della laguna. Il campanile di una chiesa sembrava un'enorme matita che puntava verso il cielo come se volesse scrivere un messaggio. Seguii la folla attraverso un canale stretto e intravidi il famoso Ponte dei Sospiri.

Il profumo del pesce alla griglia proveniente da un ristorante più avanti mi provocò un crampo allo stomaco per la fame, perciò mi fermai a mangiare un boccone prima di tornare all'hotel. Mi feci una doccia e mi sdraiai sul letto.

Avrei dovuto aprire le lettere inviate al nonno dall'Italia nel 1974? Avevo rimandato quel momento. Erano nella mia valigia, ma ero così stanca che nel giro di pochi secondi mi addormentai profondamente.

Dopo la colazione continentale servita nella sala da pranzo dell'hotel e composta da cappuccino, croissant e una succosa pesca, mi diressi a piedi al ghetto ebraico, corroborata da una buona notte di sonno.

Avevo letto che nella piazza c'era un monumento con l'elenco degli ebrei veneziani che erano stati deportati nei campi di concentramento tra il 1943 e il 1944. La pelle mi formicolava, speravo che non avrei trovato il nome della famiglia della nonna inciso sul memoriale.

Evitai di proposito il percorso turistico principale e vagai per le calli nascoste e lungo i ponticelli che attraversavano una rete di minuscoli canali. Mi guardai intorno, affascinata, e tirai fuori dalla borsa il telefono per inquadrare i fili della biancheria appesi a una finestra sopra la mia testa. Dovevo assolutamente immortalare con una foto il contrasto tra i colori vivaci e le pareti pastello dell'edificio.

Mi persi un paio di volte dopo essermi addentrata in vicoli bui prima di trovarmi in una strada senza uscita. Alla fine, emersi alla luce del sole di un campo, dove i tavoli riparati da ombrelloni mi invogliarono a fare una pausa. Mi sedetti e ordinai un cono gelato al cioccolato con un bicchiere di acqua minerale frizzante per sciacquarmi la bocca. Mi portarono il gelato, ed era delizioso. Gli feci una foto e la inviai a mia madre con la frase "vorrei che tu fossi qui." Il mio telefono trillò quasi subito, ma non era lei, bensì Gary.

Fammi sapere come te la stai cavando.

Sto andando al ghetto. Ci sentiamo dopo...

Mi mordicchiai il labbro, rimuginando su un pensiero che mi assillava. Era strano che mi avesse contattato solo dopo aver saputo della morte della nonna. Quando vivevamo insieme nell'appartamento dei miei genitori, risparmiavamo per mettere da parte i soldi necessari per accedere a un mutuo per la nostra futura casa. Gary era insegnante come me, perciò non avevamo degli stipendi esorbitanti. Forse aveva fatto due più due e aveva capito che avevo ereditato dalla proprietà della nonna abbastanza denaro da potermi permettere una casa tutta mia? Se fosse stato il mio partner ne avrebbe avuto tutto il diritto...

Emisi un respiro lungo e lento, mi alzai dalla sedia e andai a pagare il conto. Controllai la mia posizione su Google Maps, grazie al fatto che a Venezia c'era il Wi-Fi gratuito in tutta la città, e inserii il nome della mia destinazione. Era arrivato il momento di smettere di vagare come un'anima perduta e fare ciò che mi ero prefissata.

Ben presto mi ritrovai ad attraversare il ponte di legno di Gheto Novo con un groppo in gola. Il ponte mi condusse in uno degli onnipresenti vicoli bui. Tuttavia, avevo letto che c'era un cancello all'estremità, che veniva chiuso di notte dai guardiani cristiani dopo l'istituzione del ghetto nel 1541. La pratica era cessata nel 1797 quando Napoleone aveva conquistato Venezia.

Sbucai di nuovo in una piazza assolata, e il mio sguardo fu subito attirato dal monumento su un muro di mattoni rossi alla mia destra. Affrettando il passo, mi avvicinai.

Si trattava di un treno che rovesciava il suo carico di esseri umani condannati.

Il monumento era scolpito in bronzo anche se sembrava di legno.

I volti e i dettagli della scena sembravano essere sfocati di proposito.

Nella parte posteriore del rilievo, c'erano delle grandi assi allineate orizzontalmente dietro un cancello di ferro, simili alle stecche di legno dei carri bestiame.

Lo stomaco mi si contrasse quando lessi, scolpiti sulla superficie, i nomi e i cognomi nonché l'età di tutte le vittime, molte delle quali bambini. Erano 246 in totale: *Todesco, Kuhn, Levi, Polacco, De Angelis, Savini, Gremboni*. Nomi ebrei che si erano fusi anticamente all'italiano. Una fusione di religione e cultura. Ogni nome indicava una vita perduta, e il mio cuore si spezzò.

Quando arrivai all'ultimo nome, provai un senso di sollievo. Moretti non c'era. La famiglia della nonna non aveva vissuto la Shoah, o forse non era affatto ebrea e il libro di preghiere non aveva niente a che fare con lei.

Con gambe tremanti, mi diressi verso una panchina pubblica all'ombra di un albero frondoso, dove rimasi per un po' persa nei pensieri. *Cosa avrei dovuto fare?*

Avevo così tanti dubbi. La nonna era venuta da Venezia? Ma all'improvviso mi venne un'idea e cercai su Google come ottenere un certificato di nascita in Italia. Il mio cuore precipitò, poiché non potevo recarmi di persona, ma avrei dovuto scrivere al municipio e inviare copie del mio documento d'identità. Probabilmente ci sarebbero volute settimane prima di ricevere le informazioni. Avrei dovuto pensarci prima e fare la richiesta prima di lasciare l'Inghilterra.

Irritata con me stessa, mi alzai in piedi e mi diressi verso la fermata del vaporetto. La giornata era diventata insopportabilmente calda e avevo sete, perciò comprai una bottiglia d'acqua da un distributore di bevande e la bevvi prima di salire sul vaporetto.

Tornai in hotel e mi sdraiai sul letto, pensando alle opzioni che avevo. Gary aveva pontificato che la probabilità che io scoprissi il passato della nonna era simile a quella di trovare un ago in un pagliaio. Mia madre mi aveva messo in guardia sul fatto che sarebbe stata una ricerca vana. Tuttavia, sebbene fossi sollevata di non aver trovato il nome Moretti sul memoriale, quello sarebbe stato un indizio significativo.

Serrai la mascella, non mi sarei arresa al primo ostacolo. Scesi dal letto e attraversai la stanza fino al portapacchi su cui la mia valigia giaceva aperta. Sospirando, presi la busta di manila contenente le lettere scritte al nonno, le tirai fuori e le fissai.

Sant'Illaria.

Rosina Zalunardi.

Con cautela, aprii la lettera con la data più vecchia e tirai fuori quella scritta in italiano, una lingua che capivo poco. Tuttavia, c'era sempre Google Translate, ricordai a me stessa. Sarebbe stato massacrante controllare sul telefono, ma non mi persi d'animo. Sarei andata a Sant'Illaria per scoprire se Rosina Zalunardi fosse ancora viva. Se fosse stato così, le avrei chiesto il motivo per cui aveva scritto a mio nonno e se aveva conosciuto mia nonna.

Capitolo 6

Lidia, 1943

Lidia passeggiava avanti e indietro per la fondamenta mentre aspettava che Marta tornasse dalla visita a Giorgio all'isola di Pellestrina. Sarebbe rimasto con i pescatori del luogo fino a quando non si fosse trovata una barca che lo avesse portato a sud per unirsi alla Marina.

Lidia si strinse le braccia intorno al corpo nel freddo pomeriggio di dicembre, ricordando lo spavento che aveva provato quando la sorella di Marta aveva fatto irruzione nel salotto dei Pivetta più di due mesi prima. Il cinegiornale che aveva visto al cinema sul Lido l'aveva resa nervosa. Era stata sollevata quando erano arrivati Angelo e un rappresentante del Comitato di Liberazione Nazionale per portare Giorgio in un rifugio sull'isola. Lei invece aveva pensato che fossero venute a prenderla le camicie nere.

Giorgio ora passava il suo tempo ad aiutare a riparare le reti da pesca e veniva nutrito con sostanziosi stufati di pesce dalle donne di Pellestrina, che avevano perso i loro uomini in guerra e cercavano un sostituto, con grande preoccupazione di Marta. Quello era il motivo dei suoi frequenti spostamenti attraverso la laguna sulla barca di suo padre: voleva assicurarsi che il focoso Giorgio non cedesse al fascino di qualche altra donna.

Lidia le aveva ripetuto più volte che lui era troppo invaghito di lei per avere una relazione clandestina. Ma Marta non si fidava, e Lidia non poteva biasimarla. D'altronde, anche Renzo era invaghito di lei una volta. Lidia sospirò. Alla fine gli aveva scritto, chiedendogli una spiegazione per il suo silenzio, ma non aveva ancora ricevuto una risposta. Tuttavia, anche se lui non si considerava più il suo ragazzo, la feriva che non ci tenesse alla loro amicizia.

Accelerò il passo mentre era assalita dalla preoccupazione. Marta avrebbe dovuto già essere tornata a quell'ora. Si stava facendo tardi e, se una motovedetta tedesca l'avesse scoperta in acqua dopo il coprifuoco notturno, si sarebbe trovata nei guai. Tuttavia, Lidia scacciò via il nervosismo, poiché Marta sapeva badare bene a se stessa. Si era unita alla Resistenza veneziana e quando non studiava o si sbaciucchiava con Giorgio, trascorreva le sue giornate aiutando i suoi compagni a cercare armi – perlopiù vecchi fucili e pistole lasciate dai militari – da inviare ai partigiani che stavano formando brigate tra le montagne.

Il rombo di un motore fuoribordo echeggiò attraverso l'acqua e, nell'oscurità, Lidia individuò Marta al timone della barca di suo padre. Quella sera Lidia doveva andare a casa dei Pivetta per passare un po' di tempo con Marta prima di lasciare Venezia l'indomani. Incredibilmente, alla fine era riuscita a convincere suo padre a partire.

Nonostante Mussolini avesse definito gli ebrei "nemici stranieri" a novembre, e molti dei loro amici giudei avessero silenziosamente lasciato le proprie case, svanendo senza preavviso e senza dire a nessuno dove stessero andando, suo padre aveva continuato a essere fermamente convinto che a lui e Lidia non sarebbe successo nulla se avessero mantenuto un profilo basso.

Anche quando avevano sentito la notizia di mille ebrei radunati e deportati dal ghetto di Roma, e la stessa cosa era accaduta a Trieste e Genova, suo padre aveva detto: «Questa è Venezia. Non accadrà qui.»

Due giorni prima aveva riferito quella conversazione a Marta, che aveva alzato le mani per la disperazione. «In questo preciso momento,» aveva detto Marta, «le SS stanno scrivendo i nomi e gli indirizzi di ogni ebreo della città da consegnare alla polizia. C'è stata una breve battuta d'arresto poiché il professor Jona ha bruciato tutti i documenti, ma il tempo a vostra disposizione è scaduto. Secondo il *Manifesto* di novembre, possono essere sequestrati tutti i beni degli ebrei, pertanto il vostro appartamento non vi appartiene più e potrebbero confiscarvelo da un giorno all'altro.»

«Come fai a sapere che accadrà? Come fai a esserne così sicura?» aveva chiesto Lidia.

«La Resistenza ha sentito cosa stanno progettando le SS. Abbiamo avvertito quanti più ebrei possibile, ma non tutti ci ascoltano. Tuo padre è uno di loro.»

«È un inguaribile ottimista.»

«Ecco perché potrebbe essere impossibile salvarlo. Ma possiamo salvare *te*. Non c'è tempo da perdere.»

«Quindi dovrei lasciare il mio caro papà in mano ai nazifascisti? Non potrei...»

«Temo che tu non abbia altra scelta.»

«Tu lasceresti i tuoi genitori?» Lidia aveva alzato il suo tono di voce.

«È una scelta terribile. Ma devi farla.»

«*Tu* ci riusciresti?»

Marta aveva distolto lo sguardo. «Non lo so.» Si era fermata, apparentemente persa nei suoi pensieri. «Forse se dicessi a tuo padre che partirai senza di lui, potrebbe cambiare idea.»

«Non posso mentirgli.»

«Provaci, Lidia. Sfrutta l'amore che prova per te a tuo vantaggio. Il suo e il tuo futuro dipendono da questo.»

La gravità dell'avvertimento di Marta le aveva fatto tremare il cuore. Era andata a casa da suo padre e aveva attinto alle capacità di recitazione che aveva appreso in un club che aveva frequentato dopo le lezioni ai tempi delle superiori, e aveva recitato la performance della sua vita. Come al solito suo padre aveva ribattuto che non erano in pericolo, ma Lidia era rimasta ferma nella sua decisione. «Me ne vado,» aveva detto. «Domani avrò una nuova identità e il giorno dopo partirò.»

Suo padre aveva assunto un'espressione abbattuta. «Non puoi essere seria, mia cara. Non abbandoneresti mai il tuo caro vecchio papà.»

«E invece lo sono,» aveva ribattuto guardandolo negli occhi.

«Dove andrai?»

«In campagna. Mi mimetizzerò tra la gente del posto e vivrò come una di loro. La maggior parte degli italiani è solidale con noi ebrei. Le persone da cui andrò mi proteggeranno.» Aveva sperato che le sue parole fossero vere.

«Hmmm.» Suo padre aveva inclinato la testa. «Come puoi esserne sicura?»

Gli aveva posato una mano sulla spalla. «Abbi fede. Troverò degli amici.» Anche dopo aver pronunciato quelle parole, aveva temuto che suo padre non abboccasse al suo stratagemma. Cosa avrebbe fatto in quel caso? Non sarebbe potuta andar via senza di lui.

Suo padre era rimasto in silenzio e lei gli aveva gettato quella che sperava fosse un'occhiata convincente.

L'uomo aveva aggrottato la fronte e aveva tamburellato un dito contro il labbro. «Sei seria?»

Lei gli aveva fatto un brusco cenno del capo, non fidandosi di quello che avrebbe potuto dire.

A quel punto suo padre aveva fatto un sospiro profondo e poi aveva detto: «In questo caso, verrò con te.»

Dopo la cena dai Pivetta, Lidia aspettò con Marta che qualcuno della Resistenza portasse i suoi documenti falsi e quelli di suo padre. A partire dal giorno dopo si sarebbero chiamati Elena e Alberto Moretti. Avrebbero dovuto fingere di essere parenti delle persone che li avrebbero ospitati e avrebbero dovuto comportarsi come cattolici. Suo padre aveva già consegnato il denaro che teneva nascosto nell'appartamento come suo contributo per la "causa". Stava trascorrendo la serata con i suoi libri preziosi, poiché avrebbero potuto mettere in valigia solo ciò che sarebbero stati in grado di trasportare. Lei sarebbe andata da lui il mattino dopo, e insieme avrebbero preso il treno per Treviso.

Lidia accettò la Nazionali che Marta le offrì. Non era una fumatrice accanita, ma in quel momento ne aveva bisogno per calmarsi. Era troppo tardi per lei e suo padre per partire verso l'ignoto? Il Regno d'Italia aveva dichiarato guerra alla Germania. Il Paese era sconvolto non solo dal conflitto con la Wehrmacht ma anche dalla guerra civile tra fascisti e antifascisti. E Marta le aveva detto di aver sentito che la polizia di altre città aveva iniziato a collaborare con i tedeschi nel rastrellamento degli ebrei, e che presto sarebbe successo anche a Venezia. Ogni nervo del corpo di Lidia era teso.

Improvvisamente, il suono delle sirene dei raid aerei squarciò l'aria.

Con il battito cardiaco accelerato, Lidia balzò in piedi e corse fuori con Marta.

Trovarono il signor Pivetta sulla fondamenta, che guardava il cielo.

Marta gli corse incontro. «Babbo, è solo un'esercitazione?»

«Con tutte queste nuvole e questa nebbia, non è certo una notte adatta per un raid aereo,» urlò sopra il frastuono. «Un pilota non sarebbe in grado di vedere due metri davanti a sé.» A tre uomini che battevano i piedi per il freddo mentre fumavano, chiese: «Avete sentito qualche notizia?»

«Niente alla radio. Mia moglie sta chiamando sua sorella a Marghera per vedere se ha visto qualcosa,» gridò di rimando il più alto dei tre.

La gente stava uscendo dalle proprie case, avvolta in cappotti e scialli e si faceva domande a voce alta a causa di quell'incessante baccano. Tutti volevano sapere cosa stesse succedendo. Venezia non era mai stata bombardata dagli Alleati. L'avevano messa nella loro lista di luoghi da preservare, ma non c'era nessuna certezza.

Si avvicinò un uomo con un soprabito scuro, consegnò un pacco a Marta e disse: «La polizia e gli agenti fascisti stanno andando di casa in casa ad arrestare gli ebrei.» Fissò Lidia. «Ho portato il tuo nuovo documento d'identità. Devi sparire stanotte. Con queste sirene e tutto il caos, potremo portarti in salvo.»

«E mio padre?»

«La polizia potrebbe essere già nel tuo appartamento.»

«Non posso lasciare papà!» Lidia si voltò e si preparò a correre.

«Lidia, aspetta!» Marta la afferrò e la fece fermare.

Ma si divincolò dalla presa della sua amica e si mise a correre.

Oh, eccome se lo fece.

Corse come se ne andasse della sua vita. I suoi piedi battevano sul selciato mentre inspirava ed espirava. Non le importava che potesse imbattersi in una violenta camicia nera che le avrebbe imposto di rispettare il coprifuoco; voleva solo andare da suo padre.

Le sirene dell'incursione aerea continuavano le loro urla incessanti; era come se fosse il cielo stesso ad emettere quelle grida.

Attraversò il ponte sul canale e corse su per la fondamenta.

Oh, Dio. Fissò con orrore un falò sul marciapiede sotto il palazzo. Le fiamme stavano bruciando un mucchio di libri e documenti. *I libri e i documenti di suo padre.*

«Se n'è andato, Lidia,» la voce del signor Rossi risuonò dalla porta del palazzo. «Tuo padre se n'è andato.»

«Andato? Dove?» Lidia scosse la testa, senza capire. «Cosa intende?»

«È arrivata la polizia con alcuni fascisti. Non so dove lo abbiano portato...»

Lidia superò il vicino e si diresse all'appartamento, salendo due gradini alla volta. La porta d'ingresso era stata scheggiata e scardinata. Entrò e i suoi occhi si spalancarono. L'intero appartamento era stato saccheggiato.

Stoviglie rotte.

Frammenti di vetro.

Vestiti sparsi ovunque.

Con una brutta sensazione allo stomaco, andò di stanza in stanza, sperando che il signor Rossi si fosse sbagliato.

«Papà!» gridò.

«Lidia...» Era Marta, doveva averla seguita. «Vieni con me. Non puoi stare qui. Ti staranno cercando, potrebbero tornare.»

«Devo scoprire dove hanno portato papà.»

«Sì, sì.» Marta la tranquillizzò. «Ma dobbiamo andarcene di qui prima che sia troppo tardi.»

Capitolo 7

Lidia, 1943

Lidia stava trascorrendo il resto della notte nella soffitta dei Pivetta, proprio come aveva fatto Giorgio più di due mesi prima. Aveva insistito per stare lassù non volendo mettere a rischio Marta e la sua famiglia. La Giudecca era una piccola comunità e non tutti erano antifascisti. Sarebbe bastato che anche solo una persona avesse detto di aver visto Lidia lasciare il palazzo con la sua amica, e avrebbero facilmente capito dove era andata.

Si sedette su un materasso scomodo sul freddo pavimento di legno e si asciugò una lacrima. Ciò a cui aveva assistito quella sera, la distruzione deliberata della casa in cui abitava con suo padre, l'aveva messa di fronte alla triste realtà della sua situazione. Evidentemente, le sirene dell'incursione aerea erano servite a mo' di distrazione: tutti avevano gli occhi puntati al cielo e il rumore aveva impedito loro di sentire quello che stava succedendo. Ma avrebbero fatto qualcosa? Lidia ne dubitava, poiché avrebbero avuto troppa paura...

Si sentì un colpo alla botola della soffitta e Lidia quasi saltò per lo spavento. Ci furono due bussate in rapida successione, seguite da un colpo e poi da altri due. Le ginocchia di Lidia smisero di tremare. Era Marta, che usava il manico di una scopa per battere il segnale concordato, lo stesso che aveva usato per Giorgio.

Giusto per essere sicura, Lidia sbirciò attraverso una fessura nel legno.

Il caro viso di Marta la stava fissando.

Con mani tremanti, Lidia sollevò la botola, andò a prendere la scala appoggiata al muro del solaio e la tirò giù.

Marta salì i gradini e tirò la scala dietro di sé. Baciò Lidia su entrambe le guance e le chiese come si sentisse.

«Spaventata,» sussurrò Lidia.

«Penso che l'abbiamo fatta franca,» disse Marta, abbracciandola. «Se qualcuno ci avesse denunciato, la polizia sarebbe già stata qui. Oh, e so dove hanno portato tuo padre...»

Lidia le afferrò il braccio. «Dove?»

«Al collegio Mario Foscarini, la scuola privata nel sestiere di Cannaregio. Angelo ha scoperto che è lì insieme a centinaia di ebrei arrestati dalla polizia.»

«Oh, Dio.» Il petto di Lidia si strinse. «Il mio povero caro papà. Devo andare lì e stare con lui.»

Marta si irrigidì. «Non intendi davvero che...»

Lidia sostenne il suo sguardo. «Dove va lui, vado anche io. Farebbe lo stesso per me.»

«Sei matta?» Marta scosse la testa. «Da quello che ho sentito, tuo padre e gli altri saranno presto trasportati in un campo di lavoro.»

«Avrà bisogno del mio aiuto.» La voce di Lidia tremava. «L'ho sempre fatto.»

«Tuo padre non si aspetta questo da te. Sono sicura che te lo direbbe se potesse.»

«Devo consegnarmi.» Lidia sollevò il mento. «Domani mattina come prima cosa andrò alla polizia.»

«Non farlo,» la implorò Marta. «Ti prego.» Tacque per un momento prima di proseguire: «Ti andrebbe bene se trovassimo un modo per farti parlare con tuo padre e dirgli quello che stai pianificando?»

Lidia sospirò. Pensava che non aveva alcun senso andare a trovarlo. Fissò Marta, e la sua amica sostenne il suo sguardo. Lidia colse l'affetto e la preoccupazione nei suoi occhi. Lo avrebbe fatto per lei. «Bene. Gli parlerò. Ma come mi proponi di farlo? Voglio dire, probabilmente ci saranno delle guardie.»

«Alcune guardie sono più indulgenti di altre.» Marta fece un sorriso ironico. «Cerca di dormire un po', bella.» Abbracciò di nuovo Lidia. «Ti voglio bene.»

«Anch'io ti voglio bene, bellissima,» ribatté Lidia. Ed era vero. Oh, Dio, Marta le sarebbe mancata. Tanto.

Lidia si girò e rigirò nel letto per il resto della notte. Anche se l'inguaribile ottimismo di suo padre gli avrebbe fatto vedere il lato positivo della situazione, e stava sicuramente aiutando coloro che ne avevano bisogno, Lidia non poteva fare a meno di essere preoccupata per lui.

A colazione, Marta le portò del pane e del latte, oltre a una ciotola d'acqua, del sapone, un asciugamano per il viso e uno per il corpo. «Giovanna è venuta a vedere come stai reagendo. Passerà più tardi con maggiori informazioni su cosa sta succedendo in quella scuola.»

«Sono seriamente intenzionata a consegnarmi,» ripeté Lidia.

Marta le cinse le spalle con un braccio. «Sii paziente, bella.»

Lei annuì. «Ci proverò.»

Rimase in attesa e in preda alla preoccupazione per tutta la mattinata, poi Marta tornò all'ora di pranzo e la ragguagliò: «A quanto pare, la polizia non ti sta cercando. Scendi in cucina e mangia con noi. Puoi stare nella mia stanza stanotte.»

«Che ne dici di andare adesso, solo noi due, al collegio?» Lidia le rivolse uno sguardo implorante.

«Penso che sarebbe più sensato andare domani. Meglio aspettare fino a quando non sapremo di più su ciò che sta accadendo lì.»

«Va bene.» Avrebbe aspettato ancora un giorno. Se non fosse riuscita a trovare un modo per parlare con suo padre, si sarebbe consegnata. Era solo per amore di Marta che aveva accettato di parlare con lui.

Giovanna e Marisa passarono prima del coprifuoco notturno. Le quattro ragazze sedevano insieme nel salotto dei Pivetta.

«La scuola è stata trasformata in un rudimentale centro di detenzione,» disse Giovanna senza preamboli.

«Non ci sono mezzi,» aggiunse Marisa. «Anche i vecchi e i malati stanno dormendo sulle panche o sul pavimento.»

«Oh, Dio,» mormorò Lidia. «Spero che venga dato loro del cibo.»

Giovanna scrollò la cenere dalla sigaretta. «Temo di no. Alcuni vicini, sentendo i bambini piangere per la fame, hanno passato pane, frutta e formaggio attraverso le finestre.»

«È terribile.» Lidia soffocò un singhiozzo.

«È vero.» Marisa si chinò verso di lei. «Ma puoi sfruttare la situazione a tuo vantaggio. Se ti mescolassi alle persone che stanno aiutando i detenuti, potresti chiedere di tuo padre.»

Lidia si asciugò gli occhi. Lo avrebbe fatto. Non aveva niente da perdere. Se fosse stata catturata, sarebbe stata imprigionata con suo padre. E, se non fosse stata catturata, sarebbe andata comunque direttamente alla stazione di polizia. «Andrò da sola a piedi al collegio,» disse, rivolgendo a Marta uno sguardo deciso. «Sarebbe troppo pericoloso se venissi con me.»

«Assolutamente no.» Marta scosse la testa. «Andremo sulla barca del mio babbo. Le pattuglie non si accorgeranno di noi. Considerano le donne come qualcosa di cui non vale la pena preoccuparsi. Sono passata accanto a loro molto spesso...»

«Ma non consumeremo molto carburante?» chiese Lidia. «La scuola è dall'altra parte di Venezia.»

«Possiamo attraversare San Marco passando per i canali minori. Conosco il percorso dalla tomba di mia nonna al cimitero di San Michele.»

Lidia decise di non insistere sull'argomento. Quando Marta era entusiasta per qualcosa, non si arrendeva mai. Lidia si appoggiò allo schienale e ascoltò i suoi amici mentre parlavano delle imminenti celebrazioni natalizie e di quanto sarebbero stati infelici con i tedeschi che infestavano la città come una piaga. Lidia si guardò le mani. *Hanukkah* sarebbe iniziato il 22 dicembre di quell'anno. Qualunque cosa fosse accaduta, sapeva che non avrebbe acceso le candele della *menorah* con suo padre, e quel pensiero le provocò una stretta al cuore.

I canali erano tranquilli quando il mattino dopo attraversarono i sestieri di San Marco e Cannaregio. Era come se l'intera città stesse trattenendo il respiro. Ormeggiarono al Rio de Santa Caterina e poi passeggiarono per calle Foscarini, ansiose di raggiungere quelli che passavano il cibo attraverso le finestre del collegio.

Ma non c'era nessuno in giro. Lidia si accasciò contro il muro di mattoni di terracotta dell'edificio, sopraffatta da una profonda delusione. Aveva sperato di vedere suo padre e di parlargli, anche solo per raccontargli del suo piano.

All'improvviso, si udì una voce provenire da una finestra alta. «Aiutateci, per favore. Abbiamo bisogno di cibo...»

Lidia guardò Marta. Desiderò che avessero portato un po' di cibo con loro, anche se non sarebbero state in grado di sfamarle tutte, visto che lì dentro c'erano centinaia di persone.

Il suono di passi veloci risuonò lungo la strada. Arrivò un gruppo di una ventina di persone con dei sacchi di tela di iuta che cominciò subito a distribuire cibo a quelli che avevano le mani tese.

Lidia e Marta si unirono a loro, frugarono nei sacchi consegnando pane, formaggio, arance, mele, pere e uva. Il cuore di Lidia batteva forte. Sarebbe arrivata la polizia e li avrebbe arrestati? Non le importava per se stessa, ma era l'ultima cosa che voleva per Marta.

«Sarebbe possibile parlare con il dottor De Angelis?» chiese urlando alla fine. A quanto pareva, chi sorvegliava i detenuti stava chiudendo un occhio sul fatto che venissero nutriti. E giustamente, visto che avrebbero dovuto solo vergognarsi per il trattamento che stavano riservando ai propri simili.

«Perché?» chiese qualcuno.

«Sono sua figlia.»

«Tuo padre è un uomo meraviglioso. Si è preso cura dei malati. Te lo vado a chiamare.»

Oh, papà. Non avevo dubbi che avresti aiutato le persone.

Continuò a dare una mano con la distribuzione del cibo fino a quando non udì la voce roca di suo padre: «Lidia, cosa ci fai qui?»

«Sono venuta a trovarti,» disse con un tono falsamente allegro.

«È troppo pericoloso. E se venissi catturata?»

«Ho intenzione di consegnarmi. Non voglio separarmi da te.»

Lo sentì inspirare bruscamente. «Non farlo. Per favore.»

«Ma perché? Hai detto che saremmo stati sempre insieme...»

«Ascoltami, mia cara. Ascolta attentamente. Se mi disobbedirai, lo riterrò una mancanza di rispetto, e non ti perdonerò mai.»

Lidia sussultò alle sue parole severe. «Oh, papà. Come puoi parlare così?»

«Devi fare quello che avevamo pianificato. Resta con le persone di cui ti fidi e che ti proteggeranno. Ora ho capito che avremmo dovuto lasciare Venezia settimane fa. Sono un vecchio sciocco testardo e mi dispiace di essere arrivato a questo punto.»

«No, papà. Non è colpa tua, nemmeno io volevo lasciare Venezia. È l'unica casa che abbia mai conosciuto e la adoro.»

«Devi partire subito, mia cara. Promettimelo!»

«E tu?»

«Ci è stato detto che ci porteranno in un campo di lavoro.»

«Voglio venire con te,» pianse.

«No, figliola. Te lo proibisco.»

Lidia non aveva mai disobbedito a suo padre. «Ma come farai a sopportarlo?»

«Andrà tutto bene. Non sarà così terribile. Non ho paura del lavoro e forse potranno essere utili le mie abilità di medico.» Allungò la mano sul davanzale alto della finestra e le porse un piccolo libro rettangolare. Il *Siddur* di sua madre. «Sono riuscito a recuperarlo dalla pila di libri che quei teppisti stavano gettando sulla fondamenta sotto il nostro appartamento,» disse. «Tienilo al sicuro finché non ci incontreremo di nuovo.»

Si alzò in punta di piedi e prese il libro di preghiere. Poi baciò la sua mano tesa, bagnandola con le sue lacrime. «Tornerò a trovarti domani,» disse.

E così fece. Per i tre giorni successivi, lei e Marta diedero una mano a distribuire il cibo ai prigionieri contribuendo come potevano. Ogni giorno Lidia parlò con suo padre, cercando di convincerlo a permetterle di consegnarsi. Ma inutilmente, poiché lui rimase irremovibile.

Il terzo giorno, la calle era stranamente tranquilla. Lei diede un colpetto a Marta. «Dove sono finiti tutti?»

«Non lo so,» sussurrò Marta.

Un improvviso calpestìo squarciò l'aria.

Marta afferrò Lidia e la tirò dietro una porta.

Lidia trattenne un grido.

C'erano degli uomini in uniforme con camicie nere.

Lei li fissò con orrore mentre irrompevano nella scuola.

«Dobbiamo andare,» mormorò Marta.

Invece, rimasero immobili, pietrificate a guardare quegli uomini radunare in strada le famiglie, molte delle quali con bambini piccoli. Dov'era suo padre? Lidia fece saettare lo sguardo sulla folla. Era riuscito a scappare? No, era lì, proprio dietro. *Oh, Dio!*

I fascisti fecero mettere tutti in fila. «Vi porteremo alla stazione dei treni,» annunciò il loro capo.

Il cuore di Lidia sprofondò. Così presto. Non aveva nemmeno salutato suo padre.

Afferrò la mano di Marta. «Seguiamoli.»

«Solo se non farai niente di stupido,» la avvertì l'amica.

Sfrecciando da una porta all'altra, Lidia li seguì a distanza di sicurezza con Marta alle calcagna.

La lunga fila di detenuti si trascinò pigra per Cannaregio, attraversando ponti e campi che costeggiavano il ghetto, dove Lidia andava di tanto in tanto alla sinagoga.

Alla fine arrivarono alla stazione di Santa Lucia. Le guardie fermarono i prigionieri davanti agli ampi gradini che portavano all'edificio modernista e iniziarono a fare la conta.

Ora o mai più, pensò Lidia. Corse da suo padre e gli gettò le braccia al collo. «Addio,» singhiozzò. «Prenditi cura di te. Spero che presto saremo di nuovo insieme.»

Suo padre la baciò prima di spingerla via delicatamente. «Vai ora, mia cara. Non è sicuro per te farti vedere insieme a me. Oh, e ho dimenticato di dirti che ho trasferito l'appartamento a nome del signor Rossi la settimana scorsa. Se ne occuperà lui per conto nostro così potremo tornare di nuovo a vivere lì dopo la guerra.»

Lidia sentì il braccio di Marta cingerle la spalla e, con le lacrime che le rigavano il viso, si lasciò condurre in salvo dalla sua più cara amica.

Capitolo 8

Charlotte, 2010

Il sole del tardo pomeriggio proiettava un bagliore roseo su un'imponente montagna che si ergeva come una gobba di cammello dietro Sant'Illaria, mentre fermavo la mia Fiat 500 noleggiata nel parcheggio a lato dell'Hotel Villa Corradini. File di cipressi si ergevano come sentinelle lungo le creste delle colline, uliveti e vigneti coprivano i pendii più bassi. Case coloniche pittoresche erano incastonate negli avvallamenti tra le colline, le pareti color pastello sormontate da tegole in terracotta. Avrei trovato gli indizi che stavo cercando in mezzo a tutta quella bellezza? *Per favore, non lasciare che sia un'altra ricerca vana.*

L'aria era calda, quasi troppo, e il sudore mi imperlava il labbro superiore. Lo asciugai con il dorso della mano, poi aprii il bagagliaio dell'auto per prendere la mia valigia. La stanchezza filtrava attraverso le mie ossa. Avevo trovato traffico sulla strada a nord di Mestre e il viaggio aveva richiesto più tempo del previsto. Forse era stata colpa mia perché ero partita tardi, ma quella mattina volevo prendere il vaporetto per il Lido e fare una nuotata al largo della spiaggia pubblica. Se la nonna era davvero cresciuta a Venezia, ci aveva nuotato? Mi rassicurava immaginare di seguire le sue orme e visitare i luoghi che le erano stati familiari.

Portai la mia valigia davanti all'edificio, non vedendo l'ora di fare una doccia rinfrescante e bere una bella bibita fresca. *Wow, quel posto era stupendo*. Tre alte finestre ad arco che si aprivano su balconi balaustrati occupavano il centro dell'edificio color crema al primo e al secondo piano, con vista sul giardino fiorito, sui campi da tennis e sulla piscina. Il palazzo risaliva al Sedicesimo secolo, a quanto pareva, e stavo facendo una pazzia a spendere 150 euro a notte, anche se in pensione completa, poiché era ben oltre il mio budget. Tuttavia, se avessi trovato quello che cercavo, ne sarebbe valsa la spesa.

Dopo aver trascinato la mia valigia su per i gradini di marmo, entrai in un atrio quadrato con il pavimento piastrellato in bianco e nero e un banco della reception. Un uomo alzò lo sguardo dal suo computer e mi fece un sorriso cordiale. Mi avvicinai e sbirciai la sua targhetta, *Alessandro Corradini, Manager*. Avevo letto online che quello era un hotel a conduzione familiare. Era il proprietario? Immaginai che avesse poco più di trent'anni, a giudicare dalle rughe di espressione agli angoli dei suoi occhi verde bosco e dal fatto che i folti capelli castani alle tempie avevano cominciato a diradarsi leggermente. Non era un "belloccio" ma dotato di una bellezza classica. *Bellissimo e sposato con figli, immaginai.*

Gli porsi il mio passaporto e lui lo scansionò al computer. «Ha prenotato per tre notti. Giusto, signorina?» La sua voce era profonda e melodica, con un lieve accento italiano.

«Se volessi restare più a lungo, sarebbe possibile?» Non sapevo quanto tempo avrei impiegato per trovare Rosina Zalunardi.

Il direttore dell'albergo annuì. «Abbiamo una dependance dall'altro lato del giardino per gli ospiti che soggiornano più a lungo. Sarà disponibile sabato. Il prezzo è la metà di quello che si paga per una camera nella villa e la colazione è inclusa.»

Hmmm. Ero tentata. «Posso decidere domani? Oh, ma se nel frattempo arriva una prenotazione, non si preoccupi per me...»

«Non sarà un problema, signorina. Agosto è il mese più gettonato dai turisti. Avremo altre prenotazioni.»

La sua formalità sembrava in contrasto con la sua cordialità. «Per favore, mi chiami Lottie,» dissi senza pensarci.

«Lottie?» Inclinò la testa.

«È il diminutivo di Charlotte.»

«E io sono Alex. Diminutivo di Alessandro.» Mi tese la mano e io gliela strinsi. «La cena viene servita nella sala da pranzo dalle 19:30 alle 21:00, e i drink sulla terrazza a partire dalle 18.00.» Sorrise mostrando le fossette sulle sue guance, un'aggiunta alla sua bellezza e al suo fascino.

Anche Gary era di bell'aspetto, ricordai a me stessa, e ricorreva al suo fascino quando gli faceva comodo. *Non dimentichiamoci di com'era andata a finire.*

Presi la mia chiave magnetica da Alex e mi diressi verso l'ascensore. Con la coda dell'occhio, vidi una splendida bionda uscire dalla porta dietro il banco della reception. *Sua moglie, senza dubbio.*

La mia camera al secondo piano era bellissima. Si capiva che una volta era stata una residenza di campagna privata, poiché somigliava poco a un hotel. Soffitti con travi a vista, pavimenti in parquet cerato e splendidi mobili artigianali, descritti sul sito web di Corradini come in stile veneziano. Il mio riflesso nell'elegante specchio da parete con cornice in legno dipinto d'oro mi fissava. Ugh, ero un disastro: i miei capelli si erano arricciati anche più del solito e la mia camicetta era madida di sudore e stropicciata.

Mi spogliai e camminai sul pavimento in gres porcellanato finemente decorato del bagno. Mi sentii subito rinfrescata da tutto quel blu e verde, e quella sensazione crebbe dopo la doccia. Tornata nella mia stanza, disfeci le valigie e indossai il mio vestito preferito: un modello estivo degli anni Sessanta, bianco fluttuante, stretto in vita e senza maniche, che abbinai a dei favolosi sandali con plateau color nudo. Mi tirai su i capelli e applicai un po' di lucidalabbra. Ero grata che le mie folte ciglia scure non avessero bisogno di mascara che mi sarebbe colato sul viso a causa del caldo. *Grazie, nonna, per avermi trasmesso i tuoi geni.*

Afferrai la mia borsetta, uscii dalla stanza e scesi le scale tappezzate per uscire sulla terrazza. Degli enormi ombrelloni a pergola riparavano i tavoli dal tramonto luminoso, e io tirai fuori una sedia da sotto uno di essi. Era notte fonda a Hong Kong, perciò mandai a mamma e papà un messaggio avvisandoli che ero arrivata sana e salva e che li avrei contattati il giorno dopo. Sorrisi tra me e me. Ci eravamo sentiti tramite FaceTime prima che partissi per Venezia e mi avevano augurato buona fortuna per la mia ricerca. Ero grata che mia madre non mi avesse più scoraggiato, ma pensai che lo avesse fatto perché si era resa conto che non avrei cambiato idea.

Una giovane cameriera si avvicinò per sapere cosa volessi ordinare da bere. Mi suggerì un cocktail Bellini, preparato con prosecco e succo di pesca, e io seguii il suo consiglio. Sentendomi rilassata, respirai il profumo delle rose e dei gerani rossi che pendevano dalle fiorierie ai margini del patio. Un calabrone si lanciò e sfrecciò su un letto pieno di lavanda, facendo a gara con il brusio degli ospiti e l'allegro cinguettio dei passeri che si tuffavano nella vasca per uccelli sul prato ben curato. La cameriera tornò con il mio Bellini, e io ne bevvi un sorso, le bollicine di prosecco mi solleticarono il naso. Sospirai contenta e tirai fuori dalla borsetta la lettera più vecchia con il timbro di Sant'Illaria.

Digitai meticolosamente la prima frase italiana usando Google Translate. *Perdonami per averti contattato di nuovo,* lessi, *ma sono preoccupata per l'assenza della tua risposta. Spero che Leonessa stia bene.*

Leonessa? Cosa diavolo? Inserii di nuovo la parola italiana "leonessa", e quando spuntò fuori ancora una volta lo stesso significato, scossi la testa in preda all'esasperazione.

«Va tutto bene?» risuonò una voce alla mia sinistra. Alzai lo sguardo dal telefono. Alex si era avvicinato senza che me ne accorgessi.

«Sì, benissimo, grazie. Il tuo hotel è meraviglioso.»

«Sono contento che ti piaccia.» Fece un sorriso. «Ti dispiace se mi siedo con te? Sto facendo una breve pausa prima di cena.»

«Prego.» Gli lanciai una rapida occhiata.

«Allora,» disse, «cosa ti porta dalle nostre parti in Veneto?»

Ci pensai per un momento, poi decisi di dire la verità. Forse Alex conosceva la donna che aveva scritto al nonno. «Sto rintracciando le mie radici,» dissi. «Mia nonna è morta di recente. Sappiamo solo che era italiana.» Continuai a raccontargli la storia completa, o almeno quella che sapevo.

Alex si toccò il mento con il lungo dito indice. «Non conosco nessuno che si chiami Rosina Zalunardi qui a Sant'Illaria. Se è ancora viva e ha conosciuto tua nonna, deve essere molto anziana, quindi è probabile che io non l'abbia mai incontrata.»

«Mia nonna aveva novantuno anni quando è morta. Ma perché Rosina ha chiesto a mio nonno di una leonessa? Sono così confusa...»

Rise. «Lo siamo entrambi.» Sorrise. «A meno che tua nonna non si fosse unita a un circo...»

Risi con lui. «Altamente improbabile.»

«Sant'Illaria è un posto piccolo. Chiederò in giro.» La sua espressione si rabbuiò. «Peccato che i miei genitori non siano più vivi. Forse la conoscevano, ma sono morti in un incidente d'auto quando ero un bambino. Mio nonno ha cresciuto me e mia sorella. Quando abbiamo ereditato la villa da lui cinque anni fa, abbiamo deciso di trasformarla in un hotel.»

Gli feci le mie condoglianze per la sua perdita e restammo in silenzio mentre sorseggiavo il mio Bellini. Vidi la splendida bionda avvicinarsi al nostro tavolo col volto increspato da un sorriso. *Lo stesso sorriso di Alex.*

Lui ricambiò. «È ora di annunciare la cena?»

Lei annuì e mi guardò con curiosità.

«Questa è mia sorella, Francesca,» la presentò Alex. «Perché non ti unisci a noi dopo cena per un bicchierino, Lottie?»

Ringraziai Alex e strinsi la mano a Francesca, poi tutti e tre ci dirigemmo verso la sala da pranzo.

Se qualcuno un mese fa mi avesse detto che sarei stata felice di mangiare da sola nel ristorante di un hotel elegante, avrei pensato che fosse pazzo. Invece, ero seduta a un tavolino rotondo in un angolo e mi gustavo ogni singolo boccone di un risotto ai gamberi e prosecco, seguito da fette sottili di tagliata di manzo, servita con patate arrosto e un'insalata di verdure fresche. Quando la cameriera mi chiese se volessi il dessert, mi accarezzai la pancia e dissi che tutto era stato delizioso, ma che non sarei riuscita a mandare giù un altro boccone.

Durante il pasto, avevo visto Alex e Francesca assistere i loro ospiti. Erano un duo di classe, ed ero curiosa di saperne di più su di loro. Rimasi seduta e aspettai che la sala da pranzo si svuotasse; non sapevo se dovessi andare da loro o se fossero venuti a prendermi. Ma non dovetti preoccuparmi, poiché non appena l'ultimo ospite se ne fu andato, apparve Alex e mi condusse sulla terrazza che in quel momento era illuminata da lucine. Francesca era già lì, seduta a un tavolo con una bottiglia di vino rosso e tre bicchieri davanti a sé.

«Siamo fuori servizio ora,» disse versando il vino. «Perciò possiamo bere.»

Avevo ordinato solo acqua minerale frizzante a cena ed ero felice di far tintinnare i bicchieri con le persone nuove che avevo conosciuto. «Salute,» dissi. «Ma avete cenato?»

«Mangiamo ciò che possiamo mentre ci prendiamo cura dei nostri ospiti,» rispose Francesca.

«Il risotto era fantastico,» dissi. «Mia nonna era una brava cuoca, ma non cucinava piatti italiani. Evitava tutto ciò che aveva a che fare con l'Italia.»

Alex si chinò verso di me. «Spero non ti dispiaccia, ma ho detto a Francesca della tua ricerca.»

«Non mi dispiace affatto... soprattutto se ciò potrebbe aiutarmi a trovare Rosina Zalunardi.»

«Potrei portarti al municipio domattina,» suggerì Francesca. «Lì c'è un registro di tutti gli abitanti di Sant'Illaria. Potremmo andare a chiedere a loro se possono aiutarti.»

L'avevo appena ringraziata quando il mio telefono iniziò a squillare. Controllai chi mi stesse chiamando. *Gary*. Senza esitazione, rifiutai la chiamata e spensi il telefono.

«Possiamo andarcene se vuoi parlare in privato,» disse Alex, guardandomi negli occhi.

Scossi la testa. «Non è importante.» Bevvi un sorso di vino e soffocai la mia irritazione nei confronti di Gary. «Per favore, dimmi qualcosa di più sulla storia della tua villa.»

«Appartiene alla nostra famiglia da oltre quattrocento anni,» disse Francesca con orgoglio. «La famiglia Corradini è una delle più antiche del Veneto. L'Italia ora è una repubblica, quindi nessuno può chiamarsi conte o contessa con alcuna legittimità. Altrimenti Alex sarebbe il conte Corradini.»

Gli angoli degli occhi di Alex si incresparono. «Il nonno era il conte... si fregiava del titolo.»

«E tu, Francesca? Saresti diventata una contessa?» chiesi.

«Il titolo è passato solo per linea maschile. Ma quando il nonno si è sposato dopo la guerra, tutti lo hanno continuato a chiamare conte e mia nonna è sempre stata conosciuta come la contessa.»

«Vi invidio perché sapete così tanto sui vostri nonni.» Rilasciai un sospiro.

«Il nonno era proprio un personaggio. Si fingeva fascista, ma aiutava i partigiani che nel 1944 stavano combattendo su quella montagna.» Alex indicò la vetta illuminata dalla luna che sovrastava il paese. «È stato un periodo buio per l'Italia.»

«Lo so.» Sospirai. «Sono un'insegnante di storia.»

Alex e Francesca continuarono a farmi domande, e raccontai loro della scuola in cui insegnavo e persino dei miei genitori a Hong Kong.

«Andavo spesso in Estremo Oriente,» disse Alex. «Lavoravo per un'azienda produttrice di articoli in pelle che esportavamo in Cina e Giappone, ma ho mollato tutto dopo la nascita di mio figlio in modo da poter trascorrere più tempo con lui e gestire questo hotel.»

Quindi, era sposato o aveva una compagna. Mi chiesi dove fosse.

«E tu, Francesca?» chiesi. «Sei mai stata in Estremo Oriente?»

«Mai, ma sono stata a Londra molte volte. Amo la tua città.»

Pensai alle sue parole. Io amavo Londra? Non proprio. Il ritmo della vita, il costo di tutto e la folla avevano iniziato a ricordarmi troppo Hong Kong.

«Dovremmo vederci la prossima volta che verrai,» dissi senza aggiungere altro.

Alex si coprì la bocca con la mano mentre sbadigliava. «Si sta facendo tardi e devo alzarmi presto per una consegna.»

Spinsi indietro la mia sedia. «Grazie per avermi tenuto compagnia. È stato un piacere parlare con entrambi.»

«È stato un piacere anche per noi, vero Alex?» Il sorriso di Francesca le illuminò gli occhi. *Verde bosco, come quelli di suo fratello.* «Devo tornare da Lorenzo, il mio ragazzo. Viviamo insieme lassù.» Indicò una delle colline più basse dietro Sant'Illaria. «Ci vediamo qui domattina per accompagnarti al municipio.»

«Grazie.»

Aspettai che Alex facesse riferimento a sua moglie o a una compagna, ma sembrava reticente. «Buonanotte,» mi salutò. «A domani.»

Tornati nell'atrio, Alex andò a parlare con il portiere di notte e io mi diressi verso gli ascensori. Mi tolsi i sandali col tacco non appena aprii la porta della mia stanza. Le lenzuola erano state scostate e c'era una scatola a forma di cuore di Baci Perugina sul mio cuscino. Sapevo cosa significava la parola baci, e quelli sarebbero stati gli unici che avrei ricevuto quella sera. Afferrai il telefono. Dovevo richiamare Gary?

Decisi di non farlo. Invece, mi preparai una tazza di tisana dal vassoio delle bevande e mi sedetti vicino alla finestra per godermi il panorama notturno e i cioccolatini, eccitata per quello che avrebbe potuto succedere il giorno dopo.

Capitolo 9

Lidia, 1943

Lidia era in piedi davanti all'ampia vetrata del suo appartamento a osservare il panorama delle Dolomiti innevate che facevano da sfondo alle spalle di San Marco. Non capitava spesso che l'aria fosse abbastanza limpida da poter discernere così chiaramente le cime, e si aggrappò alla speranza che, forse, durante una giornata serena avrebbe potuto vedere Venezia dal paese ai piedi di quelle montagne che sarebbero diventate la sua nuova casa.

Si trascinò da una stanza all'altra. Il signor Rossi aveva riordinato meglio che poteva e riparato la porta d'ingresso, ma sul tappeto del soggiorno c'erano delle macchie rosse a causa delle bottiglie di vino che erano state lanciate contro il muro, e gli scaffali vuoti erano un ricordo sconvolgente di quanto era accaduto quattro giorni prima. All'improvviso, le lacrime sgorgarono dai occhi di Lidia. *Oh, papà. Dove ti hanno portato? Avrei dovuto creare più scompiglio alla stazione dei treni, così le guardie avrebbero arrestato e deportato anche me.*

Lidia era rimasta sorpresa quando non l'avevano trattenuta, ma la notte prima Marta le aveva detto che aveva sentito che inizialmente la polizia non voleva imprigionare nessun ebreo, e che era stato solo a causa della coercizione da parte delle SS che alla fine aveva acconsentito.

Lidia emise un profondo sospiro. Era tornata a casa per prendere la borsa che aveva preparato quando aveva programmato di partire con suo padre. L'aveva riposta sotto il letto per motivi di ordine, ed era ancora lì, miracolosamente sfuggita al vandalismo gratuito causato dai fascisti. Sembravano posseduti dal Diavolo oltre che dai nazisti. *L'incarnazione del male*. Rabbrividì. Come avevano potuto fare quello che avevano fatto?

I tocchi segreti di Marta risuonarono contro la porta d'ingresso. Uno. Due in rapida successione. Un colpo. Poi altri due. Lidia fece scorrere il chiavistello che aveva aggiustato il signor Rossi.

«Sei pronta per partire?» chiese Marta, baciando Lidia sulle guance.

«Se devo proprio...»

«Lo sai che è l'unica soluzione, bella. Ci saranno altri rastrellamenti, le SS insisteranno e presto non ci sarà più un solo ebreo a Venezia.»

Lidia tirò Marta per abbracciarla. «Mi mancherai molto.»

«Anche tu.»

Lidia fece un passo indietro. Marta aveva gli occhi rossi. Ovviamente stava piangendo, e non era solo perché Lidia se ne stava andando. Quella sera Giorgio si sarebbe imbarcato su un peschereccio che lo avrebbe lasciato sulle coste del Gargano dietro le linee degli Alleati.

Lidia avrebbe voluto che gli inglesi e gli americani stessero facendo progressi contro la Wehrmacht, ma avevano trovato la "Winterline" tedesca impenetrabile ed erano rimasti bloccati sul fiume Moro. Sentì in bocca un sapore amaro; disprezzava i nazisti e i loro leccapiedi, i fascisti italiani, e provava nei loro confronti un odio così profondo che riusciva a sentirne il sapore.

Li odiava per aver iniziato quella terribile guerra. Li odiava per quello che stavano facendo ai suoi compagni ebrei. Ma li odiava soprattutto per quello che avevano fatto a suo padre. Ed era quell'odio che la sosteneva. Le dava un motivo per andare avanti. E da quel momento in poi e fino a quando avrebbe riabbracciato suo padre, si sarebbe opposta ai nazifascisti.

Dopo esser salita a Santa Lucia sul treno per Treviso, Lidia non poté fare a meno di pensare a come doveva essersi sentito suo padre il giorno prima. Aveva avuto paura? Probabilmente no. Forse era emerso il suo ottimismo ed era riuscito a tirare su di morale tutti, dicendo loro che il campo di lavoro non sarebbe stato poi così male, proprio come aveva detto a lei. Sperava che in qualche modo avrebbe avuto presto sue notizie. Marta le aveva promesso che avrebbe cercato di scoprire dove era stato portato.

Il fischietto suonò e, con un sussulto, il treno di Lidia partì. Salutò con la mano Marta, che era in piedi sulla banchina. Quando avrebbe rivisto la sua cara amica? Ma Marta aveva altre cose per la testa ed era già andata via per dirigersi a Pellestrina per salutare Giorgio. Le si spezzò il cuore quando ricordò la tristezza che aveva provato quando aveva detto addio a Renzo, e si accasciò sul sedile.

La carrozza di terza classe era gremita di passeggeri che sonnecchiavano e tossivano. Lidia sedeva schiacciata contro una suora paffuta, che cercava di coinvolgerla in una conversazione. Si indicò la gola e sussurrò che aveva perso la voce. Lei corrugò la fronte in un cipiglio; aveva mentito palesemente e non sarebbe stata l'ultima volta. Aveva assunto una nuova identità: la sua vita sarebbe stata un'enorme bugia da quel momento in poi. Sarebbe stata credibile? Il nervosismo le annodò le viscere.

Il viaggio verso Treviso sembrava stesse durando un'eternità. Si diceva che Mussolini fosse riuscito a far circolare i treni in orario, invece, dopo la partenza il treno di Lidia rallentò e si fermò ripetutamente, ostacolato dalle riparazioni ai binari che senza ombra di dubbio erano stati danneggiati durante i bombardamenti degli Alleati. Lidia guardò fuori dal finestrino. I saldatori al lavoro sembravano demoni con le maschere di ferro mentre spargevano scintille da una sezione di rotaia contorta.

Il treno arrivò finalmente a Treviso. Lidia ricordò di aver già visitato la città durante una gita scolastica, ed era rimasta sorpresa dal numero di canali che le ricordavano Venezia. Ma quella era una visita completamente diversa e il cuore le batteva forte per la paura di non riuscire a superare il check-point. Ma non doveva essere preoccupata. Si trascinò in avanti con la folla e la guardia alla barriera diede solo un'occhiata superficiale ai suoi documenti falsi prima di farla passare.

E ora arrivava la parte difficile del suo esodo: trovare la giovane donna che avevano mandato per accoglierla. A quanto pareva, la ragazza aveva i capelli rossi e la stava aspettando con due biciclette all'uscita della stazione.

Lidia varcò la porta ad arco e il suo sguardo si posò sulla giovane donna in questione. Si avvicinò a lei. «Cugina carissima, che piacere vederti,» disse ripetendo le parole che le avevano detto di dire quando avrebbe incontrato la ragazza.

«Ciao, cugina,» rispose la giovane, baciandola sulle guance. «Meglio che andiamo se vogliamo arrivare prima del tramonto.»

Lidia ripose la sua borsa nella cesta appesa al manubrio, poi inforcò la bici. Non conosceva il nome della ragazza che aveva appena incontrato, né il nome del villaggio dove si stavano dirigendo. Per motivi di sicurezza, non le erano state fornite le informazioni. Il fatto che avrebbe potuto essere arrestata e costretta a divulgare quei fatti l'aveva fatta stare male per tutto il viaggio.

Pedalò dietro la rossa chilometro dopo chilometro attraverso la campagna pianeggiante, ogni muscolo del suo corpo doleva per lo sforzo. All'ingresso del paese di Montebelluna, la rossa disse: «Qui ci sono guardie tedesche. Dobbiamo ridere e parlare di questioni femminili in modo che pensino che siamo donne indifese.»

Ed è quello che fecero, ridacchiando su come disegnare una linea retta con il carboncino lungo la parte posteriore delle gambe per dare l'impressione di indossare le calze di nylon. Ma una guardia con dei gelidi occhi azzurri puntò la pistola contro di loro e abbaiò: «Dove state andando?»

Il cuore di Lidia batté così forte che era sicura che lui potesse sentirlo.

«Dobbiamo andare all'ospedale di Asolo,» rispose la rossa, «per far visita a nostra nonna che è malata.»

«*Ach, gut*,» ribatté la guardia, abbassando l'arma. «Potete passare.»

Lidia aveva sentito parlare di Asolo, uno dei borghi più belli d'Italia. Solo che pedalando superarono il cartello che indicava la strada per arrivarci e si diressero verso una catena montuosa scolpita contro il cielo blu intenso. Circa mezz'ora dopo, raggiunsero la loro destinazione, e non prima che il sole stesse tramontando dietro le colline a ovest. Si fermarono all'interno del cortile di una fattoria in cima a una ripida collina. «Dove siamo?» chiese Lidia con le gambe molli come gelatina mentre smontava.

«IA casale della mia famiglia.» La ragazza appoggiò la bicicletta contro il muro di un pollaio. «Dovresti essere al sicuro qui. A proposito, mi chiamo Rosina Zalunardi.»

«E io sono Elena Moretti,» si presentò Lidia. Si sarebbe mai abituata al suo pseudonimo? Se la guerra fosse durata più a lungo, avrebbe dovuto farlo.

Una coppia di mezza età si avvicinò a loro: l'uomo sfoggiava dei magnifici baffi neri a manubrio, e i capelli rossi e brizzolati della donna grassoccia uscivano fuori dal foulard che aveva in testa. Rosina presentò i suoi genitori e poi suo fratello, Antonio, un giovanotto allampanato che uscì dalla cascina.

«Prego, entra,» disse la signora Zalunardi indicando la sinistra dell'edificio. Il lato destro della stessa struttura era composto da un granaio con sopra un fienile.

Lidia entrò nell'oscurità di una cucina illuminata da candele di grasso di bue. Era evidente che gli Zalunardi non avevano la corrente elettrica. Non c'era nemmeno acqua corrente, si rese conto, quando le mostrarono una bacinella che avrebbe dovuto riempire con l'acqua di una brocca per lavarsi le mani. Ma la cucina era calda grazie alla stufa a legna e il profumo della pasta e fagioli le fece venire l'acquolina in bocca. Si tolse il cappotto e si sedette al tavolo accanto a Rosina. La signora Zalunardi porse a ciascuno una tazza fumante di surrogato di caffè e posò davanti a loro una ciotola contenente del prezioso zucchero. «Dovete essere stanche, ragazze. Tra poco mangeremo e poi potrete mettervi a letto.»

«Grazie mille per avermi accolto,» disse Lidia, mescolando un cucchiaino di zucchero nella sua bevanda.

«Quando abbiamo saputo cosa stava succedendo alla vostra comunità, abbiamo pensato che dovevamo fare qualcosa per aiutarvi.» La voce del signor Zalunardi era roca. Allargò le mani segnate dal lavoro. «Non dovremo più parlarne. La gente del villaggio sarà curiosa quando ti vedrà. Abbiamo deciso di tenerci il più vicino possibile alla verità, e diremo loro che sei la figlia di un lontano cugino di Porto Marghera e che sei venuta qui per scappare dai bombardamenti. Il tuo accento ti tradirebbe se dicessimo che vieni da qualche altro posto.»

Il signor Zalunardi parlava il dialetto locale, una variante del veneziano, che Lidia aveva sentito per tutta la vita e sapeva parlare abbastanza bene. Afferrava il senso di quello che stava dicendo, anche se non capiva ogni parola.

Finì il caffè, poi improvvisamente sentì il bisogno di usare il bagno. Incrociò le gambe e si contorse.

«Ti mostro dove andare,» si offrì Rosina, quasi certamente notando il suo disagio.

Il cuore di Lidia sprofondò quando fu condotta di nuovo fuori nell'aria gelida della notte. Il gabinetto occupava una dependance e il fetore la faceva vomitare. Fece i suoi bisogni e poi aspettò battendo i piedi per il freddo mentre Rosina usava il bagno. Risalendo il viottolo della cascina, Rosina accese una sigaretta e ne offrì una a Lidia, che la accettò volentieri per calmare il suo stomaco in subbuglio. «Suppongo che tu ci consideri dei bifolchi e che la nostra casa non assomigli affatto a quella a cui sei abituata.» Rosina soffiò una nuvola di fumo.

Lidia scosse la testa. «Il nostro appartamento a Venezia è stato distrutto dai fascisti. Hanno portato via mio padre e ora sono sola al mondo.» La sua voce tremava. «Sono profondamente colpita dalla tua gentilezza e da quella della tua famiglia.»

Rosina le accarezzò il braccio. «Oh, mia cara, quanto devi aver sofferto.»

Finirono di fumare, poi tornarono in cucina, dove la signora Zalunardi stava versando la zuppa di fagioli in ciotole di coccio. Rosina andò a tagliare la pagnotta bianca sul bancone. Il signor Zalunardi era seduto a capotavola, e Antonio versava a tutti un bicchiere di vino rosso.

Lidia sentì il peso degli occhi di tutti su di lei mentre si portava la zuppa alla bocca. La sua pancia brontolò in segno di apprezzamento. «È deliziosa,» disse.

«Qui in campagna riusciamo a sfamarci meglio delle persone in città,» disse con orgoglio il signor Zalunardi. «Possiamo vivere della nostra terra.»

Lidia sorseggiò il suo vino e ascoltò la discussione degli Zalunardi sull'imminente macellazione del loro maiale per fare il salame. Era grata di essere una di quegli ebrei che mangiavano carne di maiale.

Presto si parlò del fatto che l'anno dopo Antonio avrebbe raggiunto l'età per essere arruolato nell'Esercito Nazionale Repubblicano di Mussolini. «Non combatterò per quello stronzo fascista,» disse Antonio, facendo ondeggiare il pomo d'Adamo.

«Cosa farai?» Lidia deglutì. Coloro che rifiutavano la leva venivano condannati a morte.

«Salirò sul monte Grappa, la montagna alle nostre spalle per unirmi ai partigiani.»

Lidia ricordò di aver appreso una canzone che era stata scritta durante la Prima guerra mondiale. *Monte Grappa tu sei la mia patria.* Monte Grappa, tu sei la nostra patria, tu sei la stella che addita il cammino. Sei la gloria, il volere, il destino che in Italia ci fa ritornar.

Lassù c'erano trincee dove, dopo aspri combattimenti, nel 1918 gli italiani avevano fermato gli austriaci.

«Viva l'Italia!» Quelle parole proruppero dalla sua gola.

«Evviva, evviva,» le fecero eco Rosina, Antonio e i suoi genitori. Tutti fecero tintinnare i bicchieri e bevvero il resto del vino.

«Ci sono molti partigiani sulla montagna?» chiese Lidia, accettando un altro bicchiere di vino da Antonio.

Un sorriso gli tirò le labbra e i suoi occhi brillarono alla luce delle candele. «Ne stanno arrivando sempre di più. È un luogo dove si respira aria di libertà. Un luogo in cui a ex soldati si sono uniti antifascisti, prigionieri di guerra e disertori della Repubblica di Mussolini. I fascisti non osano mettere piede lassù per paura di essere uccisi.»

A Lidia cascò la mascella. Sembrava un'utopia.

«Gli uomini sono dislocati su una vasta area e alloggiano in fattorie e stalle. A loro si è unito tutto il Corpo dei Carabinieri di Maser,» aggiunse Rosina. «Lavoro di nascosto come staffetta, una persona incaricata di portare loro i messaggi del mio padrone, il conte Corradini, che è in contatto con il Comitato di Liberazione Nazionale.»

Lidia si ricordò che era stato il conte che aveva fatto in modo che lei alloggiasse dagli Zalunardi.

«Sono orgogliosa di mia figlia,» disse la signora Zalunardi, «ma non posso fare a meno di essere preoccupata...»

Rosina accarezzò la mano di sua madre. «Non c'è niente di cui preoccuparsi. I fascisti e i tedeschi ignorano noi corrieri mentre andiamo in giro sulle nostre biciclette. Credono che le donne siano troppo deboli per costituire una minaccia.»

Antonio gonfiò il petto. «Non vedo l'ora di combattere contro quei bastardi.»

«E lo farai,» disse Rosina, con un sorriso caloroso. «Ma prima dovrai unirti ai partigiani...»

Il signor Zalunardi, che durante la discussione aveva taciuto, si chinò verso il figlio. «Fai un po' di pratica con me a sparare prima di salire lassù. Possiamo cacciare i cinghiali nei boschi.»

«Prenderò il mio fucile quando mi unirò prima del mio diciottesimo compleanno...»

«Il che non avverrà prima di aprile, per fortuna,» disse la signora Zalunardi. «Ti terrò con me ancora per qualche mese.»

Rosina aveva cominciato a lavare i piatti e Lidia si alzò in piedi per aiutarla. «A letto,» disse Rosina dopo che lei e Lidia ebbero finito. «Spero non ti dispiaccia dividere il letto con me, Elena.»

Al piano di sopra si gelava e all'interno i vetri delle finestre si erano appannati. Lidia non aveva mai condiviso un letto con nessuno in vita sua, ma era grata per il calore di un altro corpo. Rimase sveglia per un po', ascoltando il lieve russare di Rosina. Dov'era suo padre? Lidia sperava che stesse bene. E, con quella speranza, cedette alla stanchezza.

Capitolo 10

Charlotte, 2010

Feci colazione sulla terrazza, servendomi dall'ampio buffet di frutta succulenta, cereali, pane, marmellate, formaggi e salumi. Mentre mangiavo la mia attenzione fu attirata dalla montagna imponente alle spalle del villaggio e decisi che sarei andata lassù prima di tornare nel Regno Unito. Il panorama dalla vetta doveva essere mozzafiato.

Sorseggiai il mio cappuccino schiumoso. Era strano che avessi voglia di visitare una montagna! Ero cresciuta a Hong Kong e nei fine settimana dei lunghi mesi estivi andavo su una delle isole periferiche per scappare via dal caos e dalla frenesia della città e fare snorkeling, perciò avevo sempre preferito il mare. Sapevo nuotare come un pesce e in collegio ero stata la capitana della squadra di nuoto.

L'arrivo di Francesca interruppe le mie fantasticherie. Si sedette al mio tavolo e frugò nella borsetta in cerca delle sigarette. Me ne offrì una, ma rifiutai. «Hai dormito bene?» chiese.

«Come un bambino. Il letto è davvero comodo.»

«Alex ha detto che potresti voler alloggiare nella dependance la prossima settimana?»

«Gli ho detto che ci avrei pensato.» Giocherellai con il mio cucchiaino da caffè. «E dopo averci riflettuto, penso che mi piacerebbe restare.» E mi abrebbe piaciuto davvero. Adoravo quel posto e anche se fossi arrivata a un punto morto nelle ricerche sul passato della nonna, avrei fatto ugualmente una vacanza in quel luogo meraviglioso. L'anno alla Tower High era stato faticoso e avevo bisogno di ricaricare le pile.

Bevvi il mio cappuccino mentre Francesca finiva la sigaretta. Mi disse che lei e il suo ragazzo stavano progettando di sposarsi a settembre. «Faremo il ricevimento qui in hotel, naturalmente. Pensi di poter venire?»

Scossi la testa. «Grazie, mi piacerebbe, ma dovrò tornare al lavoro. Che peccato...»

«In Italia le scuole cominciano solo a metà settembre. Fa troppo caldo, di solito, prima di allora.»

E ci credevo: la giornata stava diventando calda e prometteva di essere afosa.

Restammo in silenzio e io mi passai una mano tra i capelli, scostandoli dalla mia fronte già umida. Pensai alla sera prima e a quanto mi fosse piaciuta la compagnia di Francesca e Alex. Dopo aver finito di mangiare i cioccolatini, avevo richiamato Gary e quando aveva detto che secondo lui mi sentivo sola, gli avevo parlato dei miei nuovi amici. Forse stava cercando velatamente di farsi invitare lì? *Speravo proprio di no.*

Pensare ad Alex aveva alimentato la mia curiosità. «Tuo fratello ha detto che ha un figlio,» domandai a Francesca. «Anche sua moglie lavora in albergo?»

Lei scosse la testa. «Alex e Simonetta sono divorziati. È una donna d'affari molto potente, che lavora per l'azienda di produzione di scarpe della sua famiglia. Trascorre più tempo in viaggio che a casa con suo figlio ed è felice che Alex si prenda cura di lui quando lei è via.»

«Quanti anni ha il bambino?»

«Gabriele ha sei anni. È bravo...»

Decisi di cambiare argomento, poiché non volevo che Francesca pensasse che fossi eccessivamente interessata ad Alex. Cosa che non era vera. Non avevo giurato che avrei rinunciato agli uomini? Allora le chiesi: «A che ora dobbiamo andare al municipio?»

Francesca controllò il telefono. «Anche ora, se vuoi. Sarà già aperto quando arriveremo lì.»

«Perfetto.»

Spingemmo indietro le nostre sedie e andammo via. La passeggiata fino al centro del paese durò circa quindici minuti lungo una strada che costeggiava il bordo della collina. Davanti a noi si apriva una piazza lastricata, con al centro una fontana sormontata dalla statua del leone alato di San Marco, un residuo del periodo in cui la provincia di Treviso aveva fatto parte della Repubblica di Venezia, ricordai di aver letto. Un piccione pettoruto si abbassò per bere dell'acqua. Volò fino ad appollaiarsi su un balcone di pietra da cui le petunie viola pendevano a cascata in un tripudio di fiori.

Salimmo i gradini del municipio di solida costruzione e Francesca mi condusse all'anagrafe, dove l'impiegato la ascoltò mentre gli raccontava della mia ricerca. Verificò i suoi dati e confermò che Rosina Zalunardi era proprio residente a Sant'Illaria. «Non posso darle il suo indirizzo per motivi di privacy,» disse e Francesca tradusse, «ma darò un messaggio a sua figlia e sarà lei a decidere se contattarla o meno.»

«Grazie,» lo ringraziai, sorpresa ed elettrizzata dalla sua offerta. «Molto gentile.» Mi ero esercitata in anticipo con le parole in italiano, andando a cercare la pronuncia su YouTube.

Dopo aver ringraziato anche Francesca per avermi aiutato, uscimmo alla luce splendente del sole e tornammo in albergo. «Penso che andrò a fare una nuotata in piscina,» dissi.

«Beata te. Ho una montagna di scartoffie,» gemette. «Sono una ragioniera e mi occupo della contabilità. Ma potrei raggiungerti per un tuffo prima di pranzo.»

«Spero di vederti più tardi,» dissi, salutandola mentre salivo in camera mia per cambiarmi.

L'acqua era alla temperatura giusta per rinfrescarsi e nuotai a lungo, per circa mezz'ora, per smaltire i carboidrati che avevo mangiato a colazione. Poi uscii fuori dall'acqua e trovai un lettino. L'area della piscina era tranquilla; la maggior parte degli ospiti dell'albergo era andata con l'autobus di Corradini in gita a Venezia per un giorno. Mi sistemai il bikini e mi sdraiai per prendere il sole.

Pensai a Rosina Zalunardi e all'enigma della leonessa. La lettera era nella mia borsa e mi chiamava. Regolai il lettino in posizione seduta e tirai fuori il telefono. Ma, prima che potessi iniziare a inserire le parole, il suono acuto della voce di un bambino mi fece bloccare. Un maschietto con i capelli scuri e ricci si avvicinò di corsa verso la piscina, seguito da Alex, che indossava dei pantaloncini da bagno e aveva un paio di asciugamani appesi al braccio.

Con un tonfo, il bambino si tuffò in acqua, gridando: «Babbo, babbo,» e altre parole in italiano.

«Aspetta un attimo,» rispose Alex. «Arrivo...»

Mi si avvicinò con un sorriso. «Mio figlio, Gabriele. Gli ho detto di aspettare e che lo raggiungerò a breve.» Lasciò cadere gli asciugamani sul lettino accanto al mio. «Spero di non disturbarti.»

«Niente affatto.» Distolsi gli occhi dal suo corpo tonico. «Stavo cercando di capire cosa ha scritto Rosina Zalunardi nella lettera.»

«Posso aiutarti, se vuoi.» Alex sorrise. «Dopo aver fatto una nuotata...»

«Grazie. Molto gentile,» risposi.

Inarcò un sopracciglio. «Non sapevo che parlassi italiano.»

«Solo poche parole, ma vorrei conoscerne di più.»

«Se rimarrai più a lungo, migliorerà.»

«Prima ho detto a Francesca che vorrei prenotare l'appartamento nella dependance.»

«Bene.»

Lo guardai da sotto le ciglia. Si stava comportando in modo educato oppure era davvero contento?

Il suo sorriso sembra genuino.

«Babbo. Babbo!» Gabriele saltò su e giù nella piscina.

«Arrivo!» Alex si immerse nell'acqua bassa.

Lo guardai schizzarsi con suo figlio. Sembrava un padre attento.

«Vieni, unisciti a noi,» mi invitò.

«Con piacere,» urlai. Solo per educazione, dissi a me stessa. E perché sentivo di nuovo caldo.

Mi tuffai nella parte più profonda e nuotai piano fino al punto in cui Alex e Gabriele stavano lanciando un pallone da spiaggia avanti e indietro. Dopo che Alex mi presentò suo figlio, mi venne un'idea. Mi ricordai di un gioco in piscina chiamato "Marco Polo" a cui giocavo quando ero a Hong Kong. Ne parlai con Alex e lui mi chiese in cosa consistesse.

«Un giocatore viene scelto come protagonista, e con gli occhi chiusi deve cercare di trovare e individuare uno qualsiasi degli altri giocatori, facendo affidamento all'udito. Il giocatore protagonista grida "Marco" e gli altri partecipanti devono rispondere tutti gridando "Polo", che il protagonista usa per cercare di trovarli. Se un giocatore viene individuato, diventa egli stesso il protagonista, e se sospetta che qualcuno abbia lasciato la piscina, può gridare "Pesce fuor d'acqua!" e il giocatore che è fuori dalla piscina sarà il nuovo protagonista.»

«Sembra divertente,» ridacchiò Alex prima di tradurre le regole in italiano.

«Voglio essere prima io il protagonista,» strillò Gabriele, e Alex tradusse ciò che aveva detto il bambino.

Iniziammo a giocare, e ben presto Gabriele individuò Alex, e poi poco dopo, incredibilmente sentii la mano di Alex sulla mia spalla. Mi chiesi se padre e figlio avessero barato, non tenendo gli occhi completamente chiusi, ma non diedi voce ai miei pensieri.

Alex suggerì di lasciare Gabriele a nuotare per un po' da solo mentre lui avrebbe dato un'occhiata alla lettera di Rosina.

Lo ringraziai e lo seguii fuori dalla piscina.

«Com'è andata con Francesca al municipio?» chiese intanto che ci asciugavamo.

Gli raccontai del successo della nostra missione e gli consegnai la lettera che lesse in silenzio.

«Si tratta principalmente dell'inaugurazione di una statua in bronzo sul monte Grappa dedicata ai partigiani,» disse. «Rosina era stata invitata.»

«Perché avrebbe dovuto scriverlo a mio nonno?» mi chiesi.

«Lassù ci fu un terribile massacro di centinaia di membri della Resistenza a opera dei tedeschi durante la guerra...»

«Oh, Dio, è orribile,» ansimai.

«Mio nonno riusciva a malapena a parlarne perché conosceva alcune delle persone coinvolte.» Alex si fermò e si massaggiò il mento. «Forse Rosina farà luce su quello che è successo.»

«Se accetterà di parlare con me.» Sospirai, dentro di me avevo una sensazione di freddo e di vuoto.

«Domani è il mio giorno libero. Gabriele adora andare sul monte Grappa in estate perché fa molto più fresco che quaggiù in paese. Potremmo fare un picnic e andare in bicicletta. I sentieri sono perfetti per andare in bici. Oh, e potremmo dare un'occhiata alla statua, se vuoi.»

«Sarebbe fantastico. Grazie.»

Alex si chinò verso di me e mi toccò il braccio. «Andremo a fondo del mistero del passato di tua nonna. Ne sono sicuro.»

«Lo spero,» risposi. Il suo tocco mi riempì il petto di un calore confortante.

«Zia Francesca!» gridò all'improvviso Gabriele dalla piscina.

La sorella di Alex si stava avvicinando col volto sorridente. «Ho ricevuto una telefonata dal municipio. Rosina ha acconsentito di vederti domani pomeriggio.»

«Wow... solo wow,» esclamai.

Capitolo 11

Lidia, 1944

Lidia aprì la porta della cucina della fattoria per far entrare l'aria fresca del mattino. Erano passati sette mesi da quando era arrivata a Sant'Illaria, sette lunghi mesi da quando si era affacciata alla finestra dell'appartamento di Venezia per guardare le montagne in quella fredda giornata di dicembre.

Emise un profondo sospiro. Avrebbe voluto ricevere notizie da Marta, ma alla sua amica non era permesso di contattarla perché sarebbe stato troppo pericoloso per tutti gli interessati. Lidia non sapeva ancora dove fosse suo padre. Dormiva con il libro di preghiere di sua madre sotto il cuscino, sapendo benissimo che era rischioso tenere qualcosa che l'avrebbe identificata come ebrea, ma si aggrappava comunque all'ultimo legame con la sua vecchia vita.

Le campane della chiesa echeggiavano chiare e forti dal paese sottostante, nonostante la distanza. La signora Zalunardi andava a messa tutte le mattine a pregare per l'incolumità di Antonio. Era lì in quel momento, ma sarebbe tornata presto, e Lidia tornò ad aiutare Rosina con la colazione.

Un grugnito sfuggì al signor Zalunardi mentre preparava gli attrezzi per il lavoro mattutino. Approfittando delle giornate più lunghe, era impegnato tutto il giorno a tagliare la legna, riparare le recinzioni, zappare la terra, innaffiare le viti e curare le olive. Lidia sapeva che la vita di un contadino era dura, ma non avrebbe mai immaginato così tanto. E in quei giorni il signor Zalunardi stava faticando ancora di più senza l'aiuto di Antonio.

A Lidia quel ragazzo mancava quasi quanto la sua famiglia. Era un abile suonatore di fisarmonica e li intratteneva la sera con le sue canzoni. Ma tutti erano orgogliosi di lui, orgogliosi che ad aprile si fosse unito alla Brigata Italia Libera Campo Croce per combattere per la libertà dell'Italia. Proprio il mese prima avevano compiuto un'azione importante, intrufolandosi nel forte Tombion nella valle sotto il monte Grappa per rimuovere ventitré quintali di esplosivo. A quanto pareva, i tedeschi avevano pianificato di utilizzare la dinamite nella costruzione di fortificazioni per un'altra linea di difesa. Ma nella notte del 6 giugno Antonio era andato con il gruppo di partigiani a far esplodere il tunnel ferroviario più vicino al forte. Avevano fatto scoppiare un cratere di trenta metri sulla linea della Valsugana, una linea utilizzata dai convogli militari tedeschi.

Lidia sorrise tra sé e sé, ricordando che *Radio Londra* aveva elogiato i protagonisti e riferito che era stato "il più importante atto di sabotaggio a livello europeo compiuto finora dalla Resistenza italiana". Il conte Corradini lo aveva detto a Rosina, che a sua volta aveva riferito l'elogio ad Antonio e alla sua brigata.

L'evento era coinciso con la liberazione di Roma da parte degli Alleati, un'altra informazione raccolta da *Radio Londra*. Il problema era che lo sbarco in Normandia aveva quasi spazzato via i resoconti sulla campagna italiana e il progresso degli Alleati nello stivale d'Italia veniva in gran parte ignorato. Come avrebbe voluto Lidia tornare a Venezia e ascoltare il radiogiornale con suo padre invece di sentire le notizie di seconda mano dal conte

Corradini tramite Rosina. Lidia aveva incontrato il conte solo una volta, subito dopo il suo arrivo a Sant'Illaria. La sua prima e unica impressione era stata che sembrava piuttosto pomposo: aveva parlato l'italiano toscano e non il dialetto veneziano, e aveva fumato la sigaretta usando un bocchino, i suoi capelli castani erano pettinati all'indietro con la brillantina e le sue scarpe di cuoio erano così lucide che probabilmente avrebbe potuto vedere la sua faccia. Il conte aveva una casa piena di servi, e si diceva che godesse anche di una legione di amanti.

Lidia attraversò il pavimento irregolare della cucina per raggiungere Rosina che stava scaldando il latte per il surrogato di caffè. «Ricordi di cosa abbiamo parlato ieri sera?» le sussurrò.

Rosina aveva spiegato che i partigiani avevano difficoltà a comunicare con i prigionieri di guerra Alleati fuggiti che erano arrivati sulla montagna. Avevano provato a coinvolgerli in missioni di sabotaggio congiunte, ma avevano bisogno di qualcuno che parlasse un inglese migliore del loro per coordinare le azioni con il gruppo. Sentendo quelle parole, Lidia aveva avuto un'idea. «Potrei essere io la loro interprete,» aveva detto.

«Ne parlerò con il conte,» aveva risposto Rosina. «Ma dovrò farlo in modo tale che non pensi che abbia spifferato i suoi segreti.»

«Lo sa che ci si può fidare di me?»

«Continua a dirmi di non fidarmi di nessuno.»

«Potrei anche dare una mano con questioni mediche,» mormorò Lidia. «Per favore, ricordaglielo.» Sollevò la padella dal fornello. «E digli che so sparare.» Di recente era uscita di notte con il signor Zalunardi a cacciare il cinghiale, la cui carne completava la loro dieta. Il signor Zalunardi le aveva insegnato a sparare con la pistola e le aveva detto che era una buona tiratrice.

Se solo avesse potuto prendere autonomamente le proprie decisioni, sarebbe salita sulla montagna, avrebbe trovato una brigata di partigiani e avrebbe chiesto il permesso di unirsi a loro. Tuttavia, non conoscendo il territorio né le parole d'ordine avrebbero potuto persino scambiarla per una spia e giustiziarla. Rosina le aveva detto che era già successo. Il monte Grappa apparteneva ai partigiani, che lo custodivano con ferocia.

Rosina la guardò negli occhi. «Cercherò di parlare con il conte oggi, te lo prometto, Elena,» disse.

Dopo colazione Rosina uscì per andare a Villa Corradini. Ufficialmente, lavorava lì come domestica e solo occasionalmente saliva sulla montagna con il favore delle tenebre per recapitare un messaggio importante. A volte restava per giorni sul Grappa, facendo da messaggera tra le due Brigate del Partito d'Azione Italia Libera, i reparti comunisti Garibaldi e la Brigata socialista Matteotti. Altre volte, era tornata a casa la mattina dopo. Lidia invidiava a Rosina il suo coinvolgimento con la Resistenza. Non voleva dire ad alta voce che era annoiata. Annoiata e frustrata dalla routine quotidiana della fattoria e sopraffatta dalla sensazione di disperazione che si era accumulata dentro di lei negli ultimi tempi. Se non avesse fatto presto qualcosa di concreto, sarebbe impazzita.

Abbassò lo sguardo sulle sue mani che si erano scorticate per aver strofinato i panni e la biancheria per la casa contro un asse ondulato nella vasca da bagno, usando sapone a base di grasso di maiale, trasformato in sego e mescolato con soda caustica. L'acqua doveva essere prelevata dal pozzo sul retro della casa e riscaldata in un secchio sospeso sopra il fuoco. Con quel clima caldo, era un lavoro faticoso e massacrante. In un primo momento la signora Zalunardi si era opposta al fatto che Lidia desse una mano, ma lei aveva insistito, poiché era il minimo che potesse fare.

Non voleva sembrare ingrata. Non voleva che gli Zalunardi, che stavano rischiando la vita per averla accolta, pensassero che non apprezzava quello che avevano fatto per lei. Ma non sarebbe stato più sicuro per loro se lei non fosse più stata lì? I partigiani avevano trasformato il monte Grappa in una fortezza. Sarebbe stato un bene sia per lei che per gli Zalunardi che lei fosse andata lì.

Trascorse la mattinata aiutando la signora Zalunardi a dar da mangiare alla scrofa e ai suoi maialini, a badare alle mucche, ai conigli, ai piccioni, alle quaglie e alle galline. Raccolsero i loro ricchi escrementi per usarli come concime, poiché niente andava sprecato.

Dopo aver pranzato con un piatto di polenta abbrustolita condita con il salame, accompagnata da pomodori rossi maturi dell'orto, Lidia si sedette fuori all'ombra di un castagno mentre il signor e la signora Zalunardi facevano il riposino pomeridiano.

Uno dei gatti della fattoria era appollaiato su un barile capovolto e fissava Lidia grattandosi via le pulci.

Un colombaccio tubava tra i rami sopra la sua testa e le cicale frinivano per i loro canti di accoppiamento. Lidia scacciò dal volto una mosca fastidiosa.

All'improvviso tutto diventò tranquillo.

Poi si sentì il rumore degli ingranaggi di un motore.

Il gatto saltò giù dal trespolo e Lidia balzò in piedi.

Si fermò un camion dal quale saltarono fuori cinque uomini dall'aspetto spaventoso.

Erano vestiti con le tipiche camicie e i berretti della Brigata Nera con le insegne del teschio sulla parte anteriore, portavano una mitraglietta a tracolla e dalla vita pendevano cinture con munizioni.

Oh, Dio. Lidia sentì un tonfo. Erano venuti ad arrestarla?

«Chiamatemi il signor Zalunardi,» abbaiò lo squadrista tarchiato che guidava il gruppo.

«Non ce n'è bisogno, sono qui,» disse il signor Zalunardi alle sue spalle. «Cosa volete?»

«Provviste.»

«Oh mamma, mamma,» gridò la signora Zalunardi, avvicinandosi e mettendosi accanto a Lidia.

Senza dire un'altra parola, gli uomini iniziarono a prendere gli animali della fattoria: maialini, conigli, piccioni, quaglie e polli. Le povere bestie strillarono, starnazzarono e belarono quando gli uomini della squadra li gettarono nel retro del camion.

Lidia fissava la scena a bocca aperta. La signora Zalunardi si torceva il grembiule, piagnucolando senza sosta. Il signor Zalunardi aveva i piedi ben piantati, i baffi irti.

«Dov'è il tuo magazzino?» ringhiò l'uomo tarchiato, puntando la pistola contro il signor Zalunardi.

Lidia desiderò che la pistola rinculasse e facesse un buco nel petto gonfio dello spregevole fascista.

«Dove. È. Il. Tuo. Magazzino?» ripeté.

«A... a... a lato della casa,» balbettò la signora Zalunardi.

Il fascista tenne la pistola puntata mentre la sua squadra correva a depredare. Tornarono con sacchi di farina, scatole di uova, ciò che era rimasto della raccolta delle mele dell'autunno precedente, il formaggio che Lidia aveva aiutato la signora Zalunardi a preparare e così tante verdure che sembrava che avessero ripulito l'appezzamento.

Lidia trattenne il fiato. E se avessero preso le mucche? La famiglia avrebbe sofferto disperatamente la fame senza il loro latte.

Ma fortunatamente erano troppo grandi per essere caricate sul camion.

All'improvviso, il capo spostò la canna della pistola dal signor Zalunardi a Lidia. La scrutò in viso e poi fece vagare lo sguardo sul suo corpo. Si leccò le labbra carnose. «Chi sei?»

«È nostra cugina, è di Porto Marghera, ma è venuta qui per sfuggire ai bombardamenti degli Alleati,» intervenne il signor Zalunardi.

«Lascia parlare la ragazza!»

Il cuore di Lidia tremò. «Mi chiamo Elena Moretti, e come ha detto mio cugino, sono di Porto Marghera.»

«Dove sono i tuoi documenti?»

«In casa... vado a prenderli.»

«Vengo con te.»

Oh Dio, e se avesse perquisito il letto e avesse scoperto il libro di preghiere?

Con le gambe tremanti, Lidia si affrettò a salire la scala stretta. Prese il suo documento d'identità falso dalla cassettiera e, con il cuore in gola, lo mostrò allo squadrista.

Lui lo guardò a malapena, e di punto in bianco, la spinse contro il muro.

Lei aprì la bocca per urlare, ma lui gliela coprì con la mano.

Le sfregò il pene duro contro il ventre emettendo dei gemiti disgustosi, le passò le labbra carnose su un lato del collo e le palpò i seni.

Lo stomaco di Lidia si contorse. «Non farlo.» Gli diede una spinta al petto e cercò di allontanarsi di scatto. «Per favore, non...» Si contorse, preparandosi a dargli una ginocchiata dove gli avrebbe fatto più male. *Al diavolo le conseguenze.*

«C'è qualche problema?» Si udì la voce del signor Zalunardi dalla porta.

Quell'uomo ripugnante fece un passo indietro. «Nessun problema. Sto solo tastando la merce...» Abbassò la voce e mormorò: «Tornerò presto e finirò quello che ho iniziato.»

Il signor Zalunardi emise un lieve ringhio.

Il fascista girò i tacchi e con una risata crudele scese le scale.

Le gambe di Lidia tremavano così tanto che collassò sul letto.

«Vado a chiamare mia moglie.» Il signor Zalunardi le accarezzò la spalla.

«Sto bene,» sussurrò Lidia. «Non mi ha fatto niente.»

«Grazie a Dio,» disse il signor Zalunardi, «ma vado a chiamarla lo stesso.»

Dopo aver rassicurato la signora Zalunardi sul fatto che fosse fisicamente illesa, Lidia trascorse il resto del pomeriggio concentrandosi sulle sue faccende. Quel porco fascista l'avrebbe violentata se il signor Zalunardi non fosse salito al piano superiore? Il pensiero le fece venire voglia di vomitare, perciò evitò di pensarci. Voleva che Rosina tornasse presto e le dicesse che il conte aveva acconsentito a farla salire sulla montagna. Erano stati i contatti del conte con il Comitato di Liberazione Nazionale che avevano portato Lidia in quel posto, perciò avrebbe dovuto ottenere prima il suo consenso.

Rosina tornò a casa poco dopo le sei. Lidia la incontrò nell'aia, non sapendo come avrebbe dovuto raccontarle degli uomini della squadra della Brigata Nera e di quello che avevano fatto. Rosina appoggiò la bicicletta al pollaio vuoto e afferrò la mano di Lidia. «Ho appena scoperto che tutte le fattorie nei dintorni di Sant'Illaria sono state saccheggiate.» Lanciò un'occhiata a Lidia e aggrottò la fronte. «È venuto qualche squadrista qui?»

Lidia annuì, incapace di parlare.

«Maledetti,» imprecò Rosina. «Che vadano all'inferno.»

Quando gli Zalunardi uscirono di casa, la signora prese in disparte Rosina.

Il signor Zalunardi lanciò un'occhiata a Lidia, e lei ricambiò lo sguardo, i loro occhi dicevano più delle parole.

Rosina tornò dopo pochi minuti. «Mi dispiace tanto, mia cara,» disse a Lidia. «Quell'uomo è uno stronzo per aver cercato di violarti. Il conte ha detto che saresti stata più al sicuro con i miei genitori, ma evidentemente non è così.» Rosina scosse la testa. «Stasera ti porto da Antonio e dalla sua brigata. Non c'è tempo da perdere. Spiegherò tutto al conte quando tornerò.»

Capitolo 12

Lidia, 1944

Si stava facendo buio quando Lidia salutò la signora e il signor Zalunardi ringraziandoli dal profondo del cuore per la loro gentilezza e promettendo che avrebbe cercato di tenersi fuori dai guai.

«Sei diventata per me come una seconda figlia.» La signora Zalunardi tirò su col naso.

Il signor Zalunardi accarezzò il braccio di Lidia. «Sono orgoglioso di te, Elena, tanto quanto lo sono di Antonio e Rosina.»

Lidia si strofinò le mani sulle gambe dei pantaloni che Rosina le aveva prestato. Era previsto che le donne che si univano a una brigata indossassero pantaloni. Inoltre erano molto più pratici rispetto ad abiti e gonne. Lidia diede un bacio sulla guancia alla signora Zalunardi e strinse la mano al signor Zalunardi. «Arrivederci e grazie ancora...»

«Andiamo.» Rosina salì sulla sua bicicletta e Lidia fece lo stesso. Avevano già riposto gli zaini nelle ceste. Il cuore le batteva per un misto di emozione e trepidazione. Emozione perché finalmente avrebbe fatto qualcosa di concreto. Trepidazione per come avrebbe reagito. Pensò al libro di preghiere che aveva messo nella borsa; voleva così tanto stringere il *Siddur* e sentire il conforto del legame con i suoi genitori.

Dopo aver sceso la collina ripida, Lidia pedalò dietro Rosina a un ritmo più lento attraverso il villaggio. Tirò un sospiro di sollievo, poiché in giro non c'era nessuno. Superarono Villa Corradini, poi presero la più vicina delle numerose strade che conducevano al Grappa. La salita era estenuante e l'aria era diventata pesante, ma la luna faceva capolino dalle nuvole illuminando i ventinove tornanti e circa due ore dopo aver lasciato la fattoria, Rosina si fermò e smontò dalla bici. Sembrava che si trovassero in mezzo al nulla.

«Perché ci siamo fermate?» chiese Lidia.

«Sta per arrivare un temporale, perciò passeremo qui il resto della notte. Adesso siamo nella pancia della montagna,» disse Rosina. «Al sicuro da quegli stronzi fascisti.» Indicò una sagoma scura più avanti. «Ci ripareremo in quella capanna di pastori e domani mattina andremo a Campo Croce.»

Fecero passare le biciclette attraverso la porta aperta della capanna mentre cadevano grosse gocce di pioggia. Un lampo illuminò il cielo, seguito dal forte boato di un tuono.

Rosina estrasse una borraccia dalla sua borsa e ne bevve un sorso prima di passarla a Lidia. Si rannicchiarono insieme per riscaldarsi nella fredda oscurità, ascoltando la tempesta e condividendo confidenze. Lidia ascoltò Rosina mentre le raccontava del suo fidanzato che non era tornato dal fronte russo e lei disse a Rosina di Renzo. Entrambe affermarono che avevano promesso che non si sarebbero più innamorate.

«Cosa farai quando la guerra sarà finita?» chiese Rosina sbadigliando.

«Tornerò a vivere a Venezia con mio padre e diventerò un medico. E tu?»

«Mi prenderò cura dei miei genitori quando diventeranno vecchi e spero di fare da zia ai futuri figli di Antonio.»

Lidia capì che era meglio non dire a Rosina che forse un giorno avrebbe avuto dei figli tutti suoi, ma lei stessa non riusciva a immaginarsi in quel ruolo. «Dimmi di più della brigata,» chiese.

«È costituita per la maggior parte da giovani renitenti alla leva come Antonio. Sono preoccupata per loro, perché non hanno esperienza militare.»

«Chi è il capo?»

«Rocco, il comandante della Matteotti, sovrintende tutti i partigiani sul Grappa.» Rosina abbassò la voce. «Tienitelo per te, ma gli Alleati hanno promesso che presto avrebbero inviato degli esperti.»

Rosina tacque mentre Lidia rifletteva su quella confidenza. Stava per chiedere come sarebbero arrivati gli esperti degli Alleati, ma Rosina si era già addormentata e russava piano.

La capanna del pastore era fatta di assi di legno perciò spifferi d'aria e gocce di pioggia penetrarono attraverso le fessure. Una goccia si posò sulle palpebre di Lidia e lei la asciugò. Cosa sarebbe successo il giorno dopo? Disse a se stessa che non sarebbe servito a niente preoccuparsene, perciò prese il libro di preghiere dallo zaino e se lo strinse al petto. *Qualunque cosa fosse accaduta in futuro, lei si sarebbe impegnata a rendere orgoglioso suo padre.*

La mattina seguente, dopo aver pedalato per circa mezz'ora lungo una stradina che si snodava tra boschi di pini, Rosina si fermò e Lidia fece lo stesso. Davanti a loro c'era un campo. Erano arrivate a uno degli onnipresenti alpeggi del monte Grappa, dove in tempo di pace i contadini della pianura portavano le mucche a trascorrere l'estate. Ma in quel momento, al posto del bestiame, c'erano le tende e una cinquantina di uomini sparsi davanti a una cascina con annessa una stalla. Alcuni degli uomini si stavano facendo la barba e altri smontavano o assemblavano un assortimento di armi dall'aspetto arrugginito.

Un uomo leggermente più anziano degli altri alzò lo sguardo dalla sua pistola. «Ciao, Rosina,» gridò. «Chi c'è con te?»

Rosina si fece avanti e gli sussurrò qualcosa che Lidia non colse. L'uomo annuì e le indicò di avvicinarsi. Lidia trattenne il fiato e fece come lui le aveva chiesto. «Il mio nome di battaglia è Falco,» disse. «Sono al comando di questo gruppo eterogeneo.» La fissò con i suoi occhi cupi. «Rosina garantisce per te. Mi ha detto che parli inglese e che hai studiato medicina?»

«Sono anche brava a sparare,» si vantò Lidia. Suo padre le aveva detto di non sminuirsi mai durante un colloquio, e quello lo era in un certo senso.

«Ah.» Falco si alzò guardando la sua Beretta. «Non abbiamo armi di scorta. Sto ancora aspettando che gli Alleati ci riforniscano.»

«Spero che arrivino presto.»

«Anche noi,» ridacchiò ironicamente, «anche noi.» Si gettò la Beretta in spalla e si alzò in piedi. «Vieni a conoscere i soldati che prima erano nostri nemici e ora non lo sono più. Vediamo quanto sei brava a parlare inglese.»

Gironzolarono tra le tende e si diressero verso il bordo del campo, dove una ventina di uomini erano raggruppati insieme e stavano inzuppando dei pezzi di pane in ciotole di latte per la colazione. Un tizio corpulento dai capelli color sabbia si staccò dagli altri e salutò Falco.

«Questo è il capitano Smith. Parla con lui, Elena. Penso di aver capito che sia un gruppo di prigionieri di guerra sudafricani che sono stati tenuti in un campo vicino a Padova. Scopri il più possibile su di loro e poi riferiscilo a me.»

Più tardi, dopo che Lidia ebbe parlato con il capitano Smith, Rosina la portò alla fattoria, che era il quartier generale della brigata, e la fece sedere a un tavolo del refettorio nella sala da pranzo, dove Falco si stava gustando una tazza di caffè.

«Com'è andata?» chiese.

«Avevi ragione. Sono sudafricani.»

La bocca di Falco si contorse. «Gli inglesi possono attingere agli uomini del loro impero in ogni angolo del mondo.»

Lidia tenne per sé il fatto che anche Mussolini aveva cercato di creare un impero. Non sapeva se Falco fosse stato un fascista prima di diventare antifascista. Tanti italiani erano cresciuti credendo alla dottrina.

«I sudafricani sono stati catturati a Tobruk e una nave li ha portati in Italia,» lo informò. «Sono stati imprigionati in un campo di lavoro, ma sono riusciti a fuggire dopo l'armistizio, altrimenti sarebbero stati deportati in Germania.»

«Dove sono stati tutto questo tempo? L'armistizio è avvenuto più di dieci mesi fa.»

«Sono stati accuditi da famiglie di contadini in pianura. Il capitano Smith ha parlato molto bene di loro e mi ha detto che gli sarebbero stati per sempre grati.»

«Allora, come sono arrivati i sudafricani qui?»

«Una serie di staffette li ha condotti in piccoli gruppi di città in città. I sudafricani hanno in programma di mettersi in salvo in Svizzera, alla fine.»

«Vogliono andare tutti in Svizzera,» abbaiò Falco con una risata ironica. «Non molti ce la fanno.»

«Il capitano Smith ha detto che sarebbe felice di unirsi ad azioni di sabotaggio congiunte contro "Jerry".»

«Bene. Possono guadagnarsi la loro pagnotta.»

Lidia guardò con desiderio il pane e la marmellata sul tavolo. Le corse in bici del giorno prima le avevano fatto esaurire i suoi livelli di energia.

«Hai fame, Elena?» Falco spinse il cibo nella sua direzione. «Serviti pure.» Lanciò un'occhiata a Rosina. «Anche tu. Dopo aver mangiato, portate le vostre cose nel fienile. Potrete stare entrambe lì stanotte.»

«Dov'è Antonio?» chiese Rosina ficcandosi il pane in bocca. «L'ho cercato ovunque.»

«Fuori a pattugliare. Tornerà presto.»

Lidia si versò un bicchiere di latte e lo bevve. Spalmò la marmellata su una fetta di pane e poi la mangiò. Si capiva che Rosina era preoccupata per suo fratello. Nonostante il Grappa appartenesse ai partigiani, loro lottavano con le unghie e con i denti affinché lo restasse. Rosina le aveva detto che c'erano continue incursioni, e le pattuglie dovevano sparare ancor prima di fare domande.

Trascorsero il resto della mattinata in una stanza sul retro della cascina, aiutando a stampare i volantini antifascisti che Rosina avrebbe portato con sé l'indomani a Sant'Illaria. Tommaso, studente d'arte prima di diventare partigiano, aveva disegnato un fumetto dei tedeschi in fuga dalla Resistenza. «Accadrà,» sorrise. «Ne sono sicuro.»

Rosina gli fece un piccolo sorriso, ma era ovvio che la sua mente fosse da un'altra parte.

Prese Lidia a braccetto e si diressero al refettorio per il pranzo: pasta fatta in casa al ragù di cinghiale. «È strano che Antonio non sia tornato a mangiare.» Corrugò la fronte. «Non l'ho mai visto saltare un pasto.»

«Probabilmente hanno fatto tardi.» *Stupida, Lidia. È ovvio che abbiano fatto tardi.* «Cerca di non preoccuparti.»

Andarono a dare una mano a lavare i piatti e Rosina presentò Lidia a Fausto, il cuoco. «Il tuo ragù era delizioso,» si complimentò Lidia.

Fausto sorrise compiaciuto. Disse che era solito lavorare in un hotel nei dintorni prima che chiudesse a causa della guerra.

Improvvisamente la porta si spalancò e un giovane partigiano magro fece irruzione nella stanza. «Falco mi ha mandato a prenderti.» Il suo respiro era erratico. «La pattuglia è tornata e uno di loro è ferito.»

Il colore sparì dalle guance di Rosina che afferrò il braccio di Lidia. «È... è Antonio?» chiese.

«No. Non è lui,» rispose il partigiano magro. «Uno degli altri.»

Fausto mise una cassetta del pronto soccorso nelle mani di Lidia. «Di solito sono io che li curo, ma è un bene che ci sia qualcuno di più qualificato.»

Lidia corse fuori dalla cucina con Rosina e scoprì che Antonio era arrivato in sala da pranzo. Dopo un breve saluto, l'uomo le portò dal suo compagno ferito, un tipo dai capelli rossi che diceva a tutti di non agitarsi perché stava bene.

Per fortuna, era solo una ferita superficiale. Un proiettile era uscito di lato dalla sua faccia, vicino all'attaccatura dei capelli, facendolo sanguinare copiosamente.

Lidia ripulì la ferita e attaccò una garza al taglio. «Evita di sporcare la ferita, altrimenti si infetterà,» disse.

Aiutò l'uomo a raggiungere la sua tenda, nonostante protestasse perché non voleva creare problemi, ma ovviamente era esausto e si addormentò quasi subito.

Antonio disse che avrebbe dovuto stare col suo compagno, perciò Lidia e Rosina gli fecero compagnia. A bassa voce gli spiegarono il motivo per cui Lidia era salita sul Grappa.

«Quegli stronzi,» ringhiò Antonio. «Non vedo l'ora di uccidere un fascista. Ma le Brigate Nere non vengono mai qui. Sono dei bulli codardi. Hanno troppa paura di affrontarci. Sono riuscito a sparare solo a un paio di tedeschi.»

Lidia gli chiese della routine del campo e lui le spiegò che consisteva nell'aspettare missioni di sabotaggio e il pattugliamento. Era difficile tenere a bada la noia. «Se avessimo più munizioni, potremmo esercitarci a sparare. Ma non possiamo sprecare un solo proiettile.»

«Come ottenete i rifornimenti?»

«Il CLN ci invia vino, mais, farina e fagioli. Fausto prepara la polenta e la pasta. Coltiva pomodori e lattuga sul retro della casa.» Antonio fece una smorfia. «Mi manca la cucina di mamma.» Chiuse gli occhi e sbadigliò.

«Sei stanco?» Rosina lo tirò a sé per abbracciarlo.

«Penso che farò un pisolino. Ci siamo svegliati molto prima dell'alba.»

«Allora ti lasciamo riposare,» disse Rosina.

Dopo un breve riposino nel fienile, Lidia e Rosina si lavarono con l'acqua della pompa prima di dirigersi in cucina per dare una mano a Fausto. «Non perché siamo donne,» disse Rosina. «Gli uomini hanno una tabella di marcia e Falco inserirà anche te, Elena, ma mi piacerebbe dare il mio contributo.»

La cena consisteva in zuppa di fagioli e pane scuro, annaffiato con abbondanti quantità di vino. Successivamente Lidia si sedette accanto a un falò con Rosina e gli altri, cantando *Fischia il Vento*, l'inno dei partigiani, mentre Antonio suonava la sua fisarmonica.

Se ci coglie la crudele morte,
dura vendetta verrà dal partigian,
ormai sicura è già la dura sorte
del fascista vile e traditor.
Cessa il vento, calma è la bufera,
torna a casa il fiero partigian,
sventolando la rossa sua bandiera,
vittoriosi al fin liberi siam!

Cantarono la strofa finale e poi tacquero. Lidia si strinse le braccia intorno al corpo, infervorata dalle parole patriottiche. Un calore la pervase. Quello era il posto a cui apparteneva.

Avrebbe combattuto i vili fascisti finché il vento della libertà non avesse soffiato nel suo paese.

Il rombo improvviso di un motore aereo vibrò nell'aria.

«Lancio,» urlarono dall'estremità del campo.

«Libera l'area!» gridò Falco. «Accendi i razzi!»

Dal cielo caddero dei paracadute con quelle che sembravano delle scatole di legno attaccate alle corde.

«Armi e munizioni!» urlò Antonio correndo verso una cassa appena atterrata.

Falco si avvicinò con un piede di porco e la aprì.

Lattine di cibo e indumenti vari si rovesciarono sull'erba.

«Merda,» imprecò Falco.

Capitolo 13

Charlotte, 2010

Lasciammo l'hotel subito dopo colazione col SUV Alfa di Alex con tre biciclette montate sul portapacchi attaccato al bagagliaio. Gabriele chiacchierava senza sosta per l'eccitazione. Avrei voluto capire cosa stesse dicendo e Alex cercò di convincerlo a parlare un po' in inglese – solo le poche frasi che aveva imparato fino a quel momento alle elementari – ma Gabriele era timido.

Il mio sguardo fu attirato dalle dita di Alex sul volante. Aveva unghie corte e ben curate. Spostò una mano per cambiare marcia e fui pervasa da una sensazione di calore; ero fin troppo consapevole della sua presenza, delle sue cosce lunghe e magre fasciate dai jeans e delle spalle larghe abbracciate da una maglietta nera. Distolsi lo sguardo spostandolo fuori dal finestrino. *Datti una calmata, ragazza. NON sei attratta da Alex.* In ogni caso, lui non aveva mostrato alcun segno che mi facesse capire che fosse attratto da me. Era solo gentile.

Tornante dopo tornante salimmo la montagna ripida. Il terreno era accidentato e gli abeti si aggrappavano ai pendii.

Sussultai quando un parapendio scese davanti ai miei occhi. «Oddio. Sembra pericoloso.»

«È uno sport popolare da queste parti,» disse Alex.

«Lascio che lo facciano loro.» Rabbrividii. «Non ho paura delle altezze, ma mi piace la sensazione di avere un terreno solido sotto i piedi.»

«Anch'io,» sorrise.

«Il mio ex era appassionato di paracadutismo.» Le parole mi uscirono dalla bocca prima che potessi fermarle.

«Il tuo ex?»

«Sì. Ci siamo lasciati lo scorso febbraio.»

«Ah, mi chiedevo se stessi con qualcuno...»

«Babbo, babbo. Guarda!» La voce acuta di Gabriele provenne dal sedile posteriore.

«Mi sta dicendo di guardare.» Alex rallentò l'Alfa.

Un magnifico cervo era spuntato fuori dagli alberi.

Presi il telefono dalla tasca e scattai una foto. «È bellissimo,» esclamai.

Il cervo scappò via e noi proseguimmo finché la strada non si spianò e davanti ai nostri occhi apparve un pascolo gremito di mucche. «È magnifico,» dissi. «Sembra quasi un altro paese.»

«È vero,» concordò Alex. «La cima del Grappa è quasi un mondo a sé stante: un altopiano con le sue pianure, i suoi boschi, pendii e colline.»

«A che altitudine ci troviamo?»

«La vetta è a circa 1.800 metri.»

Feci un calcolo approssimativo nella mia testa. «Siamo a quasi 2.000 metri. Non c'è da stupirsi che le mie orecchie stiano facendo *pop*.»

«Pop. *Cosa* significa "pop"?» disse la vocina alle nostre spalle.

«Gabriele vuole conoscere il significato di "pop",» ridacchiò Alex.

Mi girai sul sedile e indicai le mie orecchie. Poi produssi un *pop* arricciando il mio dito indice in bocca ed emettendo uno schiocco.

Gabriele esplose in una risata. «Pop, pop, pop,» rise, facendo sorridere anche me.

Alex abbassò i finestrini e inspirammo l'aria fresca di montagna. «C'è un bel freschetto dopo la tempesta di ieri sera,» disse.

Ero stata svegliata all'alba dal fragore dei tuoni. «È stata davvero rumorosa.»

«Da' la colpa alle montagne per questo.»

«Ricordo vagamente di aver studiato la convezione durante le lezioni di geografia.»

Alex proseguì chiedendomi dove fossi andata a scuola e io glielo dissi. Mi raccontò di aver frequentato un istituto cattolico vicino a Sant'Illaria prima di studiare all'Università di Trento.

«È lì che hai imparato a parlare così bene inglese?» chiesi.

«Ho avuto la fortuna di ottenere una borsa di studio Erasmus e ho trascorso un anno alla King's College London Business School.»

«È fantastico. Vorrei aver studiato l'italiano,» dissi malinconica. «Ma mia nonna aveva un'avversione nei confronti dell'Italia.»

Alex rallentò e parcheggiò l'auto a lato della strada. «Siamo arrivati al memoriale partigiano.»

Quando scendemmo dalla macchina, fui sopraffatta da una sensazione di disagio. Rosina aveva scritto al nonno di quel monumento, pertanto doveva esserci qualche collegamento con la nonna. *Era in qualche modo legata ai partigiani?*

Gabriel era balzato in avanti lungo un sentiero sassoso. Alex mi tese la mano. Solo un gesto amichevole, dissi a me stessa. Le sue calde dita circondarono le mie, dissipando l'inquietudine che avevo dentro di me.

Ci fermammo su una terrazza panoramica, una piattaforma semicircolare racchiusa da un muretto, che Alex chiamò un *belvedere*. Colsi il senso della parola: bella vista. Il panorama era davvero mozzafiato. La pianura veneta si estendeva sotto di noi, i paesi e i villaggi su un tappeto di verde. «È come se stessimo guardando la scena da un aereo,» dissi.

Gabriel cercò di scavalcare il parapetto e Alex mi lasciò la mano per tirarlo indietro mentre mi indicava i luoghi di interesse. «A sinistra dell'orizzonte c'è Porto Marghera. Venezia è proprio dietro di essa,» disse. «Laggiù, a destra del centro, ci sono i Colli Euganei vicino Padova. E all'estrema destra i Colli Berici vicino Vicenza. Quelle colline all'orizzonte, distanti tra loro, non sono affatto colline ma alte montagne oltre Bologna. Sono l'inizio degli Appennini, che percorrono tutta la penisola italiana.»

«Wow,» esclamai. «È meraviglioso.»

«Ora ti porterò alla statua,» sorrise Alex.

Una collinetta occupava l'area a destra della terrazza, e lui mi condusse lungo uno stretto passaggio rivestito di cemento, che era stato scavato in essa e diviso in due. Lo attraversammo e salimmo su una superficie lastricata di pietra.

Al centro di un campo concentrico si ergeva una statua di bronzo. Astratta, ma incredibilmente potente. Una figura gigante con i piedi ben piantati a terra che allungava le mani verso l'alto. Mani che sembravano essere state liberate dai lacci in cui erano state strette.

Alex indicò le targhe di cemento ai piedi della statua. «Questi sono i nomi delle quattro brigate partigiane che operavano quassù.»

Lessi ad alta voce: «Brigata Italia Libera Archeson. Brigata Matteotti. Brigata Gramsci. Brigata Italia Libera Campo Croce. Non mi ero resa conto che ce ne fossero così tante...»

A sinistra del passaggio che avevamo attraversato c'era una piccola grotta parzialmente ostruita da filo spinato, alta circa un metro e mezzo e non molto più larga. «Cos'è quella?» Indicai.

Alex fece un paio di passi avanti e lesse l'iscrizione all'ingresso. «È il posto in cui sette partigiani furono bruciati vivi dai lanciafiamme durante un rastrellamento compiuto dai nazifascisti il 22 settembre 1944.» Mi guardò. «Mi dispiace. Avrei dovuto avvertirti che era qui.»

«È orribile.» Rabbrividii.

Alex mi cinse le spalle con un braccio e io mi appoggiai a lui. All'improvviso, lasciò cadere la mano.

Gabriele aveva iniziato ad addentrarsi nella caverna oltre il filo spinato.

Alex emise un urlo di avvertimento, poi balzò in avanti e afferrò suo figlio per un braccio. «Basta!»

Gabriele si divincolò dalla sua presa e gli rivolse un sorriso sfacciato. «Ho fame!»

«Mio figlio ha fame,» ridacchiò Alex. «Come se fosse una scusa. Pranziamo, poi prenderemo le bici dalla macchina e andremo in giro.»

«Sembra una buona idea.»

Circondati da famiglie che si stavano godendo una gita fuori porta, mangiammo i nostri panini con prosciutto, pomodorini e patatine seduti a uno dei numerosi tavoli di legno posti nel parco di un hotel vicino al santuario della Prima guerra mondiale in vetta al Grappa. Il *sacrario* era composto da cinque enormi cerchi concentrici di cemento posti uno sopra l'altro per formare una piramide. Alex mi spiegò che in ogni cerchio c'erano delle nicchie contenenti le spoglie ossificate di oltre ventiduemila soldati italiani e austro-ungarici che erano stati uccisi lassù nel 1918. Mi chiese se volessi visitare il santuario, ma rifiutai, poiché ero ancora profondamente colpita da quello che avevo visto al monumento dei partigiani.

Ero contenta che Gabriele fosse con noi. Era uscito dal suo guscio ed era curioso di conoscere i nomi delle cose in inglese. Interagire con lui mi impediva di soffermarmi su quell'orribile caverna e su ciò che era accaduto lì.

Finimmo i nostri panini e poi prendemmo un caffè mentre Gabriele mangiava velocemente un gelato al cioccolato. Dopo aver utilizzato i servizi dell'hotel, ci rimettemmo in macchina per un breve viaggio fino al centro della cima della montagna, dove slegammo le nostre biciclette.

Regolai il sellino alla mia altezza, montai e strinsi le manopole nei palmi delle mani. La mia bici apparteneva alla collezione che l'Hotel Villa Corradini conservava per prestarla agli ospiti, ed era perfetta.

«E i caschi?»

«Li ho qui,» disse Alex, allungando una mano nel bagagliaio. «Andremo in bicicletta al ritmo di Gabriele. Lui andrà avanti e noi lo seguiremo.»

L'ultima volta che avevo pedalato era stato in collegio, ma il detto secondo il quale era una capacità che non si dimenticava, era certamente vero. Alex mi diede alcuni consigli per guidare la mountain bike: stare rilassata, in modo che la bici potesse muoversi sotto di me, e pigiare piano sui freni per evitare di scivolare, altrimenti sarei stata catapultata oltre il manubrio. «Tieni gli occhi fissi sul sentiero davanti a te,» si raccomandò.

Feci come mi aveva suggerito e fui sopraffatta dall'entusiasmo. Il sentiero si alternava tra terreno ripido e piano e ben presto cominciai a sudare. Gabriele procedeva a un ritmo veloce e io cercavo di stargli dietro.

Quando si fermò e saltò giù dalla bicicletta in cima all'ultima collina, io e Alex facemmo lo stesso. Alex mi porse la sua bottiglia d'acqua e placammo la nostra sete. Si sentivano i campanacci delle mucche. Ovunque guardassi, il bestiame punteggiava il paesaggio insieme a numerose fattorie.

«È così unico,» dissi.

«Il massiccio del Grappa è come un'isola enorme,» spiegò Alex. «È circondata dalla pianura veneta antistante. Ai lati ci sono le valli del Brenta e del Piave, e la Val Feltre col lago del Corlo a nord.»

Un falco che stava sfruttando le correnti termiche sopra la mia testa attirò la mia attenzione e mi schermai gli occhi per guardarlo. All'improvviso, persi l'equilibrio e mi aggrappai ad Alex per non cadere. «Scusa,» dissi arrossendo.

«Nessun problema.» Diede un'occhiata all'orologio. «Dobbiamo tornare indietro ora o faremo tardi per la nostra visita a Rosina.»

Tornammo a Sant'Illaria e lasciammo Gabriele a Villa Corradini, dove Francesca si offrì di tenerlo d'occhio prima che sua madre venisse a prenderlo. Mi strofinai i palmi sudati sui jeans, con lo stomaco contratto per l'attesa. Rosina si sarebbe ricordata di mia nonna? E, se sì, mi avrebbe detto il motivo per cui la nonna era stata così riservata riguardo all'Italia?

La figlia di Rosina, Michela, ci stava aspettando fuori dal municipio, come concordato. Aveva detto a Francesca che avrebbe avuto con sé un volpino, un piccolo cane simile a una volpe. La riconoscemmo all'istante. Alex parcheggiò l'Alfa e poi uscimmo.

«Piacere.» Michela mi strinse la mano dopo che Alex ci ebbe presentato. Aveva i capelli rosso brizzolati con un taglio corto e da uomo, e sembrava avere più o meno l'età di mia madre, sulla cinquantina. Continuò a parlare mentre Alex traduceva. «Casa mia non è lontana. La mamma vive con me perché siamo entrambe vedove.»

«Grazie per portarmi a vederla,» dissi, chinandomi e accarezzando il cane. «Ho molte domande, a cui spero che potrà rispondere.»

Michela scosse la testa. «Mamma ha novant'anni. Sebbene sia in forma e in salute, si stanca facilmente. A volte la memoria la tradisce, e ha dei momenti in cui rivive il passato. Ma nel corso degli anni ha parlato qualche volta di Elena con grande affetto, ed è per questo che ho acconsentito che tu la vedessi.» Michela mi lanciò un'occhiata. «I miei nonni accolsero Elena quando i tedeschi cominciarono a deportare gli ebrei veneziani nei loro terribili campi di concentramento.»

Presi un forte respiro. «È stato gentile da parte della tua famiglia.»

«Non era insolito. Molti italiani erano inorriditi da quello che stava succedendo e fecero quello che potevano.»

Camminammo a passo svelto e ben presto arrivammo a un bungalow ai margini del villaggio.

Dopo aver chiuso il cancello del giardino, Michela tolse il guinzaglio al cane che trotterellò dietro di lei mentre apriva la porta d'ingresso lasciandoci entrare.

Entrammo in una zona giorno a pianta aperta e il mio sguardo fu immediatamente attirato dalla donna anziana seduta su una poltrona a guardare un quiz in TV. Michela le si avvicinò e Rosina si voltò a guardarci.

«Oh, Dio,» ansimò. «Elena e il conte.»

«No, mamma,» la rassicurò Michela. «Ricordi che te l'ho detto? La nipote di Elena, Charlotte, è venuta da Londra per vederti, e questo non è il conte Corradini, ma suo nipote Alessandro.»

«Ah,» disse la vecchia signora con un sorriso.

Michela ci offrì un caffè che accettammo con gratitudine. Abbassò il volume della televisione e disse di sederci e metterci comodi. Ci appollaiammo sul divano e all'improvviso mi sentii a disagio. Alex mi diede una gomitata. «Mostrale le lettere...»

«Buona idea.» Presi le lettere dalla borsetta e le mostrai a Rosina.

«Sono stata così triste nel corso degli anni per non aver ricevuto notizie di Leonessa,» disse con la voce tremante.

Alex tradusse e io chiesi: «Leonessa? Chi era Leonessa?»

Il mio cuore sussultò. Finalmente il mistero stava per essere risolto.

«Era il nome di battaglia di Elena.» Rosina mi fece un sorriso struggente, mentre Alex mi spiegava il significato delle sue parole. «Tutti coloro che combattevano per la libertà avevano un nome di battaglia per celare la propria identità nel caso in cui fossero stati catturati,» spiegò.

«Ma... perché mia nonna avrebbe dovuto avere un nome di battaglia?» chiesi, confusa.

Alex tradusse continuando a fare da interprete per il resto della nostra conversazione.

«Tua nonna è stata una partigiana sul Grappa, non lo sapevi?»

«No.» La mia bocca si spalancò.

«Com'è possibile che tu non lo sappia?» Rosina socchiuse gli occhi.

«Mia nonna non voleva parlare dell'Italia. Mai.»

«Quindi non sai cosa è successo?»

«Questo è il motivo per cui sono qui. Voglio davvero scoprirlo...»

«Prima che io vada avanti, per favore, toglimi il pensiero e dimmi se Elena ha vissuto una vita felice in Inghilterra.»

«Oh sì. Ha avuto una figlia, Sara, mia madre. Le sue lettere sono state reindirizzate dalla casa di famiglia di mio nonno nell'Herefordshire a Londra. La nonna ha lavorato con i bambini indigenti nell'East End. Era la migliore.»

«È mai tornata a Venezia? Era una veneziana in tutto e per tutto.»

«Come ho già detto, ha escluso dalla sua vita tutto ciò che aveva a che fare con l'Italia. Per quanto ne so, non è mai tornata.»

Michela ci raggiunse portando delle piccole tazze di caffè espresso a cui aggiungemmo dello zucchero prima di berle.

Rosina rimase in silenzio e la sua espressione divenne vacua.

«Mi dispiace tanto. Non mi aspettavo che accadesse così in fretta, ma la mamma è tornata nel passato,» disse Michela. «Temo che oggi non otterrai più niente da lei.»

«Va bene. Tua madre mi è stata di grande aiuto.» Feci una pausa e mi mordicchiai il labbro. «Va bene se torno domani? Mi piacerebbe tanto saperne di più sulla vita di mia nonna a Sant'Illaria.»

«Lo chiederò a mia madre più tardi,» disse Michela.

Mi alzai in piedi. «Non voglio dare fastidio...»

«Nessun fastidio. Telefonerò all'hotel e lascerò un messaggio.»

Io e Alex ringraziammo Michela che ci accompagnò all'uscita. Rimanemmo sul gradino dell'ingresso dopo che ebbe chiuso la porta.

«Oh, Dio, la nonna stava con i partigiani.» La mia voce tremava. «Spero che non fosse sul Grappa quando i nazifascisti usarono i lanciafiamme.»

«Vuoi rinunciare alla tua ricerca?» Alex mi toccò la mano.

Scossi la testa. «Lo devo scoprire per la memoria di mia nonna. Ma penso che sia successo qualcosa di terribile. Voglio dire, perché altrimenti avrebbe rifiutato ogni accenno all'Italia?»

Il suo sguardo si incrociò con il mio. «Sei così coraggiosa, Lottie. Lei sarebbe orgogliosa di te.»

Aprì le braccia e io mi lasciai stringere. Senza pensarci, alzai la testa per farmi baciare. Non potei fare a meno di infilargli le dita nei capelli e lui approfondì il bacio.

Ci fermammo per prendere fiato e ci fissammo prima che lui si chinasse per darmi un altro bacio, più affamato e possessivo. «Sei così bella,» mormorò.

Le sue parole furono come una secchiata di acqua fredda per me, poiché Gary usava sempre quelle parole quando voleva fare sesso.

Mi divincolai dalla presa di Alex. «Mi dispiace…»

«È troppo presto?» Inarcò un sopracciglio.

Annuii, non fidandomi di ciò che avrei potuto dire.

«Va tutto bene,» disse, baciandomi la punta del naso. «Capisco. Ti riporto in albergo.»

Si allontanò da me e il mio cuore sprofondò inaspettatamente.

Cosa ho fatto?

Mi piace Alex. Mi piace tanto.

Capitolo 14

Lidia, 1944

Lidia e Antonio stavano aiutando Fausto a preparare la cena. La ragazza era preoccupata mentre tirava la sfoglia per fare la pasta; c'erano tante più bocche da sfamare rispetto a quando era arrivata per la prima volta sul Grappa sei settimane prima. Con il passare dei giorni, si era presentato un numero crescente di giovani, portando le truppe delle quattro brigate partigiane a circa 1500 in totale. Spesso soffrivano tutti la fame, poiché i rifornimenti inviati dal Comitato di Liberazione Nazionale erano appena sufficienti e finivano prima della consegna successiva.

Gli ultimi arrivati avevano bisogno di addestramento militare, poiché erano così giovani che mancavano di esperienza. E, anche se alla fine erano arrivati dal cielo dei rifornimenti di armi e munizioni, gli Sten britannici che avevano ricevuto non erano sufficienti per armare tutti. I nuovi arrivati gironzolavano per il campo durante il giorno e, di notte, poiché non c'erano abbastanza tende, Falco li mandava a rintanarsi dagli allevatori vicini che li lasciavano dormire nei loro fienili. A un paio di loro era stato anche assegnato un posto letto nel suo stesso fienile. Falco aveva preso i loro documenti in custodia e tutti avevano scelto un nome di battaglia, compresa Lidia che aveva scelto di chiamarsi Leonessa, in onore del leone alato di San Marco.

Lidia si passò una mano sulla fronte sudata, sperando vivamente che non sarebbe rimasta lì ancora a lungo. L'estate aveva portato con sé un grande ottimismo sul fatto che il conflitto in Italia sarebbe finito entro l'autunno. Gli Alleati avevano da poco preso Firenze, aiutati dai partigiani toscani, e ora tutti credevano che, di lì a poco, gli inglesi e gli americani sarebbero avanzati a Bologna e sbarcati a Venezia.

La sera attorno al fuoco, gli uomini a Campo Croce cantarono una nuova canzone:

Sono passati gli anni,
sono passati i mesi,
non passeranno i giorni
e ze rivà i inglesi.

Lidia gioì con loro; la loro fiducia negli Alleati era contagiosa, proprio come la loro fiducia nel fatto che la guerra sarebbe finita presto. Non vedeva l'ora di tornare a casa; le mancava l'azzurro del mare. Prima del suo esilio, non avrebbe mai immaginato che esistessero tante sfumature di verde come le vedeva ogni giorno sul Grappa. Le mancavano anche Marta e le sue amiche, ma soprattutto – era ovvio – le mancava suo padre. Quando avrebbe avuto sue notizie? Emise un sospiro mesto.

«Cosa c'è che non va?» chiese Antonio alzando lo sguardo mentre tagliava le carote.

«Niente.» Gli diede una gomitata giocosa al braccio.

Era pervasa da un senso di calore; si era affezionata a lui. Era come un fratello per lei ed era la prima persona a cui voleva bene a Campo Croce, seguito dal resto dei giovani. Li considerava i suoi lupetti, cuccioli di lupo, ed era preoccupata ogni volta che i più esperti erano impegnati in incursioni armate e missioni di sabotaggio. Quando tornavano, dovevano sparare tre colpi in aria per identificarsi. Ma secondo lei i lupetti erano negligenti, poiché chiunque avrebbe potuto copiare quel segnale di avvertimento troppo blando. Tuttavia, quando aveva espresso le sue preoccupazioni a Falco, lui l'aveva derisa sostenendo che i 450 chilometri quadrati del Grappa li mettevano al riparo da attacchi. I tedeschi in pianura non avevano la manodopera per organizzare un assalto e le Brigate Nere erano costituite da codardi che non avrebbero avuto il coraggio di farlo.

Con un brivido, Lidia pensò al vile squadrista che aveva tentato di violentarla dagli Zalunardi. Rosina le aveva riferito che era tornato una settimana dopo, e i suoi genitori gli avevano detto che Elena Moretti era tornata a Porto Marghera. Lidia pregò di non incontrare mai più quell'uomo odioso.

Nonostante la sua nostalgia per Venezia, la vita in montagna non era poi così male. Passava il suo tempo con i sudafricani, aiutava a stampare volantini di propaganda o si occupava dei graffi, dei lividi e dei disturbi gastrici degli uomini. Se c'era qualcosa di più grave, come una profonda ferita da proiettile, se ne occupava il dottore che veniva mandato a chiamare da Sant'Illaria. Tuttavia, quando lo assisteva, si ricordava di quando aiutava suo padre, e ne sentiva ancora di più la mancanza.

Tra le emergenze mediche, non avrebbe mai dimenticato quando Antonio, che aveva scelto come nome di battaglia Lupo, si era rimpinzato di una scatola intera di uova essiccate che aveva preso da uno dei pacchi di cibo degli Alleati. Nessun altro aveva mai toccato quella roba, ma siccome aveva fame, aveva pensato che mangiandola si sarebbe saziato. Poco tempo dopo, si stava contorcendo in preda al dolore, tenendosi la pancia. Lidia aveva controllato la scatola e aveva letto che conteneva l'equivalente di quaranta uova. *Quaranta!* Aveva deciso di non chiamare il dottore e gli aveva fatto bere abbondanti quantità d'acqua per fargliele espellere dal corpo. Antonio doveva avere la costituzione di un bue, poiché il giorno dopo stava già bene tanto da divorare il salame che aveva portato sul Grappa la madre di Volpe, il ragazzo dai capelli rossi.

Lidia era preoccupata per il fatto che, ultimamente, alcune donne appartenenti alle famiglie degli uomini avessero iniziato a venire a trovarli. C'era sempre la mamma, la sorella o la fidanzata di qualcuno in quel posto. Davano una mano in cucina e arrivavano con il cibo cucinato in casa, cosa che gli uomini apprezzavano. Ma cosa avrebbe impedito loro di parlare una volta scesi di nuovo in pianura? Le chiacchiere incaute avrebbero potuto mettere in pericolo delle vite. Lidia si ricordò di ciò che le aveva detto Marta, riferendosi a una campagna di propaganda britannica di cui aveva sentito parlare. Se la gente avesse parlato, i nazisti e le Brigate Nere avrebbero saputo l'esatta ubicazione dei partigiani sul Grappa. Lidia sospirò. Chi era lei per mettere in discussione le decisioni prese dai responsabili? Falco aveva acconsentito alle visite, così come gli altri capi delle brigate, perciò lei avrebbe dovuto fidarsi del loro giudizio.

Alzò lo sguardo dal piano di lavoro e si spolverò la farina dalle mani. Due voci familiari annunciarono l'arrivo di Rosina e della signora Zalunardi. Quest'ultima si avvicinò e avvolse Antonio in un caldo abbraccio, poi strinse Lidia al suo seno prosperoso e la baciò rumorosamente sulle guance. Disse che era felice di rivederli e tirò fuori una torta di mandorle dal suo cesto di vimini.

Quando sua madre andò ad aiutare Fausto con il condimento per la pasta con i pomodorini freschi che si era portata da casa,

Rosina prese Lidia da parte. «Un inglese è atterrato col paracadute sull'altopiano sopra Asiago,» disse. «A quanto pare è l'esperto che ci avevano promesso, quello che dovrà coordinare i lanci aerei. Domani una staffetta lo porterà al Grappa.» Fece una pausa. «Il conte non sa se l'inglese parla italiano. E, se sì, di certo non parlerà il dialetto, perciò vuole che ci sia anche tu quando incontrerà i comandanti delle brigate in modo da poter fare da interprete.»

Lidia annuì. Il suo inglese era diventato ancora più fluente parlando con il capitano Smith e gli altri sudafricani. «Certo,» disse. «Qualsiasi cosa per aiutare.»

Sarebbe stata per sempre in debito con il conte per averla fatta ospitare dagli Zalunardi e per il suo atteggiamento comprensivo quando era salita sulla montagna senza il suo permesso dopo che le Brigate Nere avevano fatto irruzione nella fattoria. Rosina aveva detto di conoscere il fascista tarchiato che si era comportato in modo inappropriato nei confronti di Lidia, e il conte aveva dichiarato che Rosina aveva fatto bene a portarla via quella notte.

Rosina e sua madre partirono la mattina dopo. La signora Zalunardi disse che aveva apprezzato le canzoni che Antonio e il resto degli uomini avevano cantato, ma non le era piaciuto dormire in un fienile. In effetti, aveva passato la maggior parte della notte con il rosario in mano, pregando per l'incolumità di suo figlio e dei suoi compagni partigiani.

Dopo aver salutato Rosina e sua madre, Lidia andò a cercare Falco. Lo incontrò seduto a gambe incrociate fuori dalla sua tenda, mentre puliva il suo Sten. «È già arrivato l'inglese?» gli chiese.

«È stato portato all'albergo sotto il sacrario. Il comandante Rocco vuole che lo interroghi e ti assicuri che non sia una spia tedesca.»

Falco era una di quelle persone che parlava lentamente, sembrava prendere tutto con calma e non avere mai fretta. Ma ispirava fiducia e, mentre parlava, aveva un sorriso pacato, come se avesse visto molte cose nella sua vita, e di quello Lidia ne era certa. In quelle settimane passate a Campo Croce, aveva saputo che aveva preso parte alla campagna d'Africa prima che gli italiani fossero sconfitti.

Falco abbassò lo sguardo sul mitra che aveva in mano. «Sai come si usa questo?»

Lei scosse la testa. «Ho sparato solo con un fucile.»

«La principale differenza tra un fucile e un mitra come lo Sten consiste nel fatto che se in quest'ultimo premi il grilletto senza lasciarlo, la canna continua a fare *bang-bang-bang*.» Sorrise. «Ma questo tipo di arma utilizza munizioni per pistole ed è fondamentalmente una pistola travestita.»

«Ah,» disse. Il suo cuore martellò. Voleva darle una pistola?

Falco le mostrò i movimenti, poi aggiunse: «È meglio non farlo cadere quando la sicura è disinserita.»

Oddio, stava per ricevere un'arma. Un'arma tutta sua!

«Se la lasciassi cadere con la sicura,» disse Lidia, tentando di mostrarsi esperta, «potrebbe arrivarmi un colpo nel didietro.»

«Oh, no,» rispose Falco, «non *potrebbe*, ma *succederà*.»

«Non dipende dal modo in cui cade?»

«Niente affatto.» L'uomo le spiegò che se lei avesse fatto cadere lo Sten dalla parte del calcio, dall'arma sarebbe partito un colpo subito dopo aver toccato il suolo. Poi sarebbe saltata in aria e durante il salto il peso dell'otturatore avrebbe premuto sulla molla principale provocando la ricarica della pistola. Se fosse caduta di nuovo, avrebbe sparato ancora una volta, e così via. Il problema era che lo Sten, a causa della sua forma, cadeva quasi sempre dalla parte del calcio. Non sparava nemmeno dritto in aria, ma ruotava, spargendo proiettili come un ventaglio o una spirale, abbassando gradualmente l'angolazione fino allo svuotamento del caricatore. «Allora, Leonessa, le possibilità di essere colpita al sedere sono praticamente certe.»

«Farò attenzione,» promise.

«Bene.» Si alzò in piedi e le porse lo Sten.

Si mise il cordino intorno al collo. «Ora mi sento una partigiana.»

«Ricorda, quando spari, devi sparare per uccidere. Altrimenti verrai uccisa dalla persona a cui hai sparato.»

Lei deglutì. «Naturalmente.»

Sarebbe stata capace di uccidere? Il fine della sua formazione medica era quello di salvare vite umane, ma poi pensò a suo padre e a quello che gli avevano fatto i nazifascisti. Raddrizzò la mascella. Avrebbe fatto tutto il possibile per sconfiggere il nemico e riconquistare la libertà di suo padre.

Capitolo 15

Lidia, 1944

La passeggiata di due ore partì in modo leggero: Lidia camminò con Falco lungo il sentiero che si affacciava sull'ondulato pianoro erboso del Grappa. Ma l'escursione divenne faticosa quando iniziarono a scalare la parte più alta della grossa montagna. Il sudore imperlava la fronte di Lidia e il suo respiro si fece affannoso. Si concentrò sulla pista sassosa davanti a sé, facendo un passo alla volta e dicendo a se stessa che sarebbero arrivati presto.

Alla fine vide ergersi i cinque cerchi grigi concentrici dell'enorme sacrario a forma di piramide. Lidia non era mai stata lì. «È impressionante,» sussurrò.

Dopo averle mostrato le nicchie nel cemento dove erano sepolte le ossa dei caduti, Falco la condusse alla piccola cappella arroccata in cima al monumento. Lui si inginocchiò per pregare la Madonnina del Grappa, e anche se muoveva le labbra non ne usciva alcun suono. Lidia si inginocchiò sul pavimento piastrellato. Nessuno sapeva che fosse ebrea; teneva il *Siddur* di sua madre nascosto al sicuro in fondo allo zaino nel fienile e lo tirava fuori solo quando era sola. Si coprì gli occhi con la mano destra e pronunciò le parole dello *Shemà* nella sua testa:

Ascolta, Israele, il Signore nostro Dio, il Signore è uno. Benedetto il nome del Suo glorioso regno per sempre, eternamente.

Conosceva tutte le preghiere a memoria, avendole lette continuamente quando non c'era nessuno in giro. Esse rappresentavano più un aspetto della sua cultura che una convinzione religiosa. Tuttavia, costituivano un legame confortante con i suoi genitori.

Falco si fece il segno della croce e Lidia lo imitò, poiché sarebbe stato strano se non lo avesse fatto, e non aveva alcuna intenzione di rivelare le sue radici ebraiche.

Con un grugnito, Falco si alzò in piedi. «Meglio che andiamo,» disse. «Penso che ci stiano aspettando.»

Senza attendere la sua risposta, l'uomo scese il ripido sentiero che portava al Rifugio Alpino, la locanda in cui era stato condotto l'inglese. Era un posto semplice rispetto agli alberghi che Lidia ricordava a Venezia. Tre edifici uniti. Sulla sinistra torreggiava un tetto a capanna con al centro una grande finestra a persiane, la cui facciata in stucco sembrava leggermente più nuova rispetto ai mattoni rossi degli edifici centrali e di destra.

Lidia seguì Falco attraverso la porta principale e si ritrovò in un corridoio ben illuminato dal pavimento di pietra dove un uomo barbuto era seduto su una sedia di legno dallo schienale alto e fumava. «Te la sei presa comoda,» borbottò prima di alzarsi. Poi, con un ringhio affettuoso, attirò Falco in un abbraccio da orso e gli diede una pacca sulla schiena.

Falco presentò Lidia all'uomo. «Lui è il comandante Rocco della Brigata Matteotti.»

«Abbiamo bisogno che tu parli con l'inglese, Leonessa.» La voce di Rocco era rauca. «Scopri se è chi dice di essere.» Rocco si diresse verso una porta a vetri sul lato del corridoio. «Chiedigli perché è l'unico della missione. Ne aspettavamo almeno due.»

«Va bene,» rispose, il cuore gonfio d'orgoglio per il compito che le era stato assegnato.

Entrarono in una spaziosa sala da pranzo. Fotografie color seppia dei soldati della Prima guerra mondiale decoravano le pareti imbiancate e il delizioso profumo della carne in umido si diffondeva nell'aria.

Ignorò l'improvviso gorgoglio del suo stomaco: non mangiava a sazietà da settimane. Al tavolo rettangolare di quercia era seduto un uomo biondo. La sua uniforme color cachi era elegante e il suo viso finemente cesellato era ben rasato. Spinse indietro la sedia e si mise sull'attenti. «Capitano Roden al vostro servizio,» salutò.

Dopo le presentazioni, Lidia e Falco lasciarono le loro armi vicino alla porta e vennero prese delle sedie per loro.

«Vi lascio da soli,» disse il comandante Rocco. «Dimmi quello che scoprirai prima di pranzo.»

Lidia si sedette accanto al capitano Roden. «In primo luogo, dobbiamo stabilire se sei davvero chi dici di essere,» dichiarò Lidia.

L'inglese infilò una mano sotto la camicia e tirò fuori la catena di metallo che gli pendeva dal collo. Le mostrò un disco circolare con inciso il suo nome, la data di nascita, il gruppo sanguigno, la religione, il grado e il numero di servizio. «È abbastanza?» chiese ammiccando.

Lidia rabbrividì per l'occhiolino. Voleva essere presa sul serio, come una combattente per la libertà e non come una ragazza sciocca a cui fare l'occhiolino.

Gettò una gelida occhiata ai suoi luminosi occhi azzurri. «Abbastanza? Mh. Raccontaci come mai sei arrivato qui da solo.»

«Il mio secondo in comando è atterrato male quando ci siamo buttati col paracadute dal nostro Dakota sopra Asiago l'altra notte. Si è rotto l'anca ed è stato trasportato in un sanatorio vicino.»

«Che sfortuna,» disse Lidia prima di tradurre.

«Chiedigli da quale aeroporto è decollato il suo aereo,» abbaiò Falco.

«Bari,» rispose il capitano.

«Scopri le sue imprese di guerra, Leonessa,» le ricordò Falco.

Lei interrogò il capitano e poi riferì a Falco che Roden aveva prestato servizio come artigliere in un reggimento della contraerea prima che lo trasferissero come ufficiale di Stato maggiore al GHQ Cairo, dove era stato reclutato nello SOE, l'acronimo di Special Operations Executive, noto anche come Special Force One.

«Come ti sei preparato per questa missione?»

Lidia tradusse e il capitano spiegò di aver seguito un corso base con il paracadute vicino a Brindisi prima di essere inviato a Monopoli, dove si era allenato con il suo secondo in comando trasportando pesanti pesi sulle spalle in un territorio accidentato e facendo combattimenti corpo a corpo.

«Ho portato il mio trasmettitore-ricevitore radio.» Il capitano Roden indicò la piccola valigia ai suoi piedi. «Sarò in grado di coordinare lanci di armi e munizioni.»

«Ottimo.» Falco si sfregò le mani. «Non abbiamo radio per le comunicazioni.»

La conversazione si spostò sul discorso dei gruppi partigiani sul Grappa. Il capitano Roden rivelò che il suo *briefing* era stato minimo. Il personale del quartier generale non sapeva praticamente nulla della zona in cui era stato mandato a lavorare, aveva poche informazioni su ciò che i partigiani stavano effettivamente facendo lì e aveva solo una conoscenza frammentaria della geografia della montagna. Quando venne informato del fatto che c'erano quattro brigate, Roden consigliò di istituire un'unità di comando centrale. «Ci aspettiamo che le nostre forze sfondino la Linea Gotica Tedesca da un giorno all'altro,» disse il capitano. «Vorremmo che tu attaccassi i tedeschi mentre si ritirano. Distruggi anche le loro linee di rifornimento sabotando la ferrovia Trento-Bassano.»

«Questo è esattamente quello che abbiamo cercato di fare,» sbuffò Falco. «Il tuo *briefing* è stato pessimo.»

Roden si scusò e Lidia quasi si sentì dispiaciuta per lui. Ma non le piaceva il modo in cui le lanciava occhiate furtive mentre traduceva, come se fosse una creatura di un altro pianeta, quindi tenne a freno la simpatia che aveva iniziato a provare per lui.

«Abbiamo bisogno di più armi se vogliamo essere incisivi,» aggiunse Falco. «Abbiamo abbastanza uomini per avere un impatto reale. Prendi la tua radio e di' agli Alleati di smetterla di cazzeggiare e di aumentare i rifornimenti.»

«Lo farò.» Il capitano emise un sospiro.

«Qual è il tuo nome di battaglia?» Falco inclinò la testa. «Ne abbiamo tutti uno quassù.»

«Ne ho bisogno? Voglio dire, se verrò catturato, sarò trattato secondo quanto stabilito dalla Convenzione di Ginevra.»

Falco rise della sua risposta.

«Siamo nel mezzo di una guerra civile in Italia, non lo sai? Dubito che qualcuno di noi sia protetto dalla Convenzione di Ginevra,» rise di nuovo.

«Ah, certo.» Roden si fermò per un attimo. «Che ne dite di chiamarmi David?»

«Va bene.» Falco si alzò in piedi. «Vado a cercare Rocco, digli quello che hai detto a me e poi pranzeremo.»

«Allora,» sorrise il capitano a Lidia. Un bel sorriso gli illuminò gli occhi. «Sei partigiana da molto tempo?»

«Solo da pochi mesi,» disse lottando contro un'attrazione crescente nei suoi confronti, «ma non dovrei parlare di me stessa...»

Si portò un dito alle labbra. «*Mum's the word*,» disse.

«È la prima volta che sento questa espressione.»

«Significa "non dire nulla" o "non rivelare un segreto".»

«Ma non ti ho detto niente,» ridacchiò.

Lui sorrise e lei lo imitò. Stava cominciando a piacergli suo malgrado.

Falco tornò con Rocco e arrivò anche il loro cibo: piatti di polenta e spezzatino di cervo. Il cuoco dell'hotel aveva dato il meglio di sé. I quattro si fiondarono sul cibo. Rocco e Falco parlarono tra loro, e Lidia raccontò a David del capitano sudafricano Smith e dei suoi ventitré connazionali a Campo Croce.

«Mi piacerebbe incontrarli,» disse l'inglese. «Non mi va di stare in questo posto da solo. È chiuso al pubblico e mi piacerebbe andare in giro. Ti dispiacerebbe chiedere a Falco se posso unirmi a voi? L'unione fa la forza...»

«Dubito che sarà d'accordo. C'è penuria di alloggi e cibo.»

«Digli che la sua brigata sarà la prima ad avere le armi quando arriveranno i rifornimenti.» David si passò una mano tra i capelli castano chiaro. «Sono abituato a piccole razioni e posso dormire ovunque.»

Lei si chinò e sussurrò la richiesta dell'inglese all'orecchio di Falco, aggiungendo la sua promessa sulle armi.

Falco annuì. Masticò per alcuni istanti, mentre rifletteva sulla proposta. «Va bene,» disse alla fine. «Sarebbe un bene se i sudafricani riuscissero a infilarlo in una delle loro tende e condividere con lui la loro razione di cibo, così potrebbe dirigere i rifornimenti a Campo Croce e noi da lì potremmo distribuirli agli altri.»

Più tardi, nella quiete oscurità della gelida notte di settembre, Lidia e il resto dei cinquanta italiani, più una ventina di sudafricani, erano radunati intorno all'enorme falò in mezzo a un campo in pendenza delle dimensioni di uno da calcio. Era appollaiata su un tronco coperto di muschio accanto a David e al capitano sudafricano. Le fiamme giganti producevano scintille rosse che sembravano danzare nel fuoco. Lidia si chinò verso il calore che si propagava per scaldarsi.

Stavano aspettando che dall'alto arrivassero dei rifornimenti. I partigiani cantavano, ma le loro canzoni diventavano sempre più cupe con il passare della notte e man mano che scemava la possibilità che arrivassero i paracadute con le armi. Le condizioni meteo non erano buone. Falco si avvicinò e si sedette sul bordo del ceppo, con una bottiglia di grappa in mano. La consegnò al corpulento capitano sudafricano dai capelli color sabbia, che aveva come nome di battaglia Douglas. L'uomo ne bevve un sorso e la passò a David. L'inglese inclinò la testa all'indietro e ne ingollò un sorso. Sgranò gli occhi. «Con cosa è fatto? Sa di acquavite.»

«Vinacce, polpa, semi e steli distillati, residuo della vinificazione dopo la spremitura dell'uva,» ridacchiò Douglas. «Ti piacerà. A me è successo. Scalda il cuore...»

«Questa montagna prende il nome dalla bevanda?» chiese David.

«Non lo so. Lo chiederò a Falco.» Lidia tradusse la domanda.

Falco scosse la testa e spiegò che il nome del Grappa derivava da un antico vocabolo che significava"roccia", mentre il nome del liquore derivava da "grappolo d'uva".

«Grazie del chiarimento.» David bevve un altro sorso, fece una smorfia, poi passò la bottiglia a Douglas.

Falco si alzò in piedi. «Vi lascio la grappa. Dubito che stasera ci sarà un lancio aereo.» Guardò in alto. «Non riesco a vedere nessuna stella. Ma andateci piano con il liquore. Picchia come un mulo.»

«Come se non lo sapessi.» Douglas fece una risata mesta.

«Di cosa parla la canzone che stanno cantando, Leonessa?» David le passò la bottiglia.

Bevve un piccolo sorso e il liquido infuocato le scivolò in gola, incendiandole le viscere. «La canzone dice che loro non hanno paura di rinunciare alla propria vita per la libertà.» Con un brivido, passò la grappa a David e si strinse il cappotto intorno al corpo. «Spero che non si arrivi a questo.»

«Anch'io.» Bevve un altro sorso, poi porse la grappa a Douglas. «Che ne dici di dare loro una versione di *We'll meet again*?» suggerì. «È più divertente di una canzone che parla di morte.»

«Ci sto a patto che canti anche tu,» disse Douglas. «Sempre se riesco a ricordare tutte le parole...»

«E tu, Leonessa?»

«Mi dispiace, non conosco la canzone, ma mi piacerebbe ascoltarla.»

David sembrò sul punto di replicare, ma sollevò lo sguardo al cielo notturno quando sentì un forte rumore provenire dall'alto.

«Lancio, lancio,» gridò Falco dall'altra parte della radura. «Accendi i razzi, è Pippo, così potrà vederci attraverso le nuvole.»

«Pippo è il nome che abbiamo dato all'aereo che lancia rifornimenti,» spiegò Lidia a David.

Lei aggrottò la fronte. Il suono del ronzio sembrava stesse svanendo.

David emise un gemito. «Niente da fare,» disse.

Sopraggiunse Falco. «Torneranno domani. Non fa alcuna differenza nel grande schema delle cose,» dichiarò scrollando le spalle.

Lidia guardò David che sembrava avvilito che il lancio promesso non fosse avvenuto. Era come non essere riusciti a fare una buona impressione durante il primo giorno di lavoro. Gli toccò il braccio. «È solo una piccola battuta d'arresto,» disse. «Vai a riposarti un po'. Ci vediamo domattina.»

Capitolo 16

Lidia, 1944

Lidia era in cucina a macinare le castagne per fare la farina per la polenta. Il suo cuore era pesante; erano passate quasi tre settimane da quando David era arrivato sul Grappa. Tre settimane in cui il cielo era stato costantemente coperto impedendo a Pippo di lanciare le armi promesse. Falco era ricorso a missioni per rubare pistole e munizioni alle Brigate Nere appostate nei villaggi in pianura. Lidia era preoccupata ogni volta che gli uomini partivano e tirava un sospiro di sollievo quando li vedeva tornare. A peggiorare le cose, la prevista svolta alleata sulla Linea Gotica non era ancora avvenuta. *Radio Londra* riferiva di aspri combattimenti in corso nei pressi di Rimini.

«Falco vuole che tu venga con noi al comando centrale, Leonessa,» disse una voce alle sue spalle. Conosceva quella voce; era di David. *Altro che nome di battaglia*. Lo aveva letto sulla piastrina, ed era quello vero. Per quel motivo lo aveva preso in giro. «Be', Douglas ha usato il suo nome,» aveva ridacchiato David. «Penso che nell'esercito britannico non siamo abituati a usare i nomi di battaglia.»

«Falco vuole che andiamo subito?»

«Temo di sì.»

Posò il pestello e coprì il mortaio con un piatto, sbuffando al pensiero della camminata che la attendeva. Poi la sua fronte si corrugò. «Spero che non ci siano problemi.»

«Non ne sono sicuro, a dire il vero.» Sorrise David impacciato.

Lidia versò un bicchiere d'acqua per sé e uno per David. «Per prepararci alla lunga passeggiata,» disse a mo' di spiegazione.

Con la mascella serrata, lei raccolse lo Sten e se lo mise in spalla – lo teneva sempre con sé poiché Falco aveva insistito che tutti i membri armati della brigata fossero pronti alla battaglia – e seguì David fuori dalla cucina.

Falco li stava aspettando con la faccia scura. «Andiamo,» disse, girando i tacchi e avviandosi attraverso il campo verso il limite del bosco.

Lidia sentì la pelle formicolare. Qualcosa non andava. Non poteva metterci la mano sul fuoco, ma aleggiava qualcosa di inquietante nell'aria umida di inizio autunno. Era successo qualcosa a una delle altre brigate? Forse un gruppo di partigiani era caduto in un'imboscata giù a valle? Era una paura che la consumava costantemente, e viveva nel timore che diventasse realtà.

Lidia raggiunse Falco e gli chiese cosa stesse succedendo.

«Ti spiegherò tutto quando arriveremo al comando centrale,» borbottò.

Una sensazione di inquietudine la fece rabbrividire.

La salita alla vetta del Grappa si rivelò faticosa come l'ultima volta che l'aveva fatta. Ma siccome era preoccupata non ci badò più di tanto. Si concentrò sui piedi di Falco davanti a lei e ascoltò i passi di David alle sue spalle.

Infine superarono l'ultimo poggio erboso cosparso di rocce e si diressero verso il Rifugio Alpino.

Rocco li stava aspettando fuori. Senza dire una parola, li condusse nella sala da pranzo, dove due uomini sedevano al tavolo rettangolare di quercia. Alzarono lo sguardo quando Lidia, Falco e David si avvicinarono.

Rocco presentò Baldo, il bruno capo comunista della divisione Garibaldi della Brigata Gramsci, e Silvio, il comandante della Brigata Italia Libera Archeson.

Il cuore di Lidia sprofondò.

Tutti e tre i comandanti avevano distolto lo sguardo da lei.

Con mani tremanti, Lidia prese una sedia.

«Stamattina è arrivata una staffetta con la notizia che i tedeschi hanno radunato a Bassano un numero formidabile di truppe, artiglieria pesante e munizioni,» disse senza preamboli Rocco. «A quanto pare si stavano preparando in segreto da un bel po' di tempo.»

«Un rastrellamento da parte della Wehrmacht è imminente,» aggiunse Baldo. «Sappiamo che hanno radunato i partigiani sopra Asiago.»

Lidia si coprì la bocca con una mano, soffocando un sussulto. Falco aveva sempre sostenuto che il Grappa non sarebbe mai stato attaccato. Tradusse quelle informazioni per David.

Lui, con il proverbiale flemmatismo degli inglesi, offrì una Player a tutti. «Qual è il piano?» chiese, sfregando un fiammifero e accendendo la sigaretta di Lidia.

«Penso che dovremmo portare tutte le divisioni quassù al vertice, creare una specie di fortezza per difendere la posizione e trasformare la rocca in una specie di Verdun, come lo era durante la Prima guerra mondiale,» suggerì Rocco con espressione seria.

David espirò il fumo. «Avete delle armi pesanti?»

La voce di Lidia tremò quando tradusse la risposta borbottata di Falco. «Niente mitragliatrici, mortai, lanciafiamme o qualcosa del genere.»

David scrollò la cenere dalla sua sigaretta. «Com'è la vostra potenza di fuoco?»

«Al massimo di otto ore. Sarebbe più lunga se avessimo più pistole,» si lamentò Baldo.

Lidia si aspettava che David ribattesse che non era colpa sua se le condizioni meteorologiche erano state avverse, invece rispose con calma: «Non sarebbe sufficiente per un'azione prolungata. Vi suggerisco di concentrarvi sulle tattiche di guerriglia. Il Grappa è vasto, è attraversato da un gran numero di creste e sentieri, e questo lo rende adatto alla guerra partigiana, soprattutto perché i vostri ragazzi conoscono meglio la zona rispetto a Jerry.»

«Penso che dovremmo difendere la vetta fino all'ultimo uomo, mostrare ai tedeschi che gli italiani sanno morire,» insistette Rocco.

Ma Silvio, che fino a quel momento era stato tranquillo, scosse la testa. «Non sarebbe meglio mostrare loro che sappiamo vivere?»

«Sono d'accordo.» Falco sbatté il pugno sul tavolo. «Dovremmo scindere le nostre brigate in divisioni e mettere ognuna di esse a guardia delle dieci strade di accesso, e dato che il mio gruppo ha sede a Campo Croce, noi ci occuperemo del fianco meridionale.»

«Noi di quello occidentale,» rispose Rocco rassegnato.

Silvio annuì. «L'est è la nostra zona. Se dalla valle del Piave uscirà qualche tedesco, dovrà vedersela con noi.»

«Prenderemo le strade dalla Val Feltre che conducono in cima.» Baldo giocò con il nodo del fazzoletto rosso che portavano tutti i comunisti del Grappa. «Lasciate che quei figli di puttana provino a fare qualcosa e noi garibaldini li faremo scappare con la coda tra le gambe.»

«Cosa dicono le informazioni circa il tempo che abbiamo a disposizione?» chiese Silvio.

«Dovremmo essere pronti per l'azione domattina,» sospirò Rocco.

«Viva l'Italia!» Falco si alzò in piedi.

Tutti seguirono il suo esempio, si alzarono in piedi e ruggirono: «Viva l'Italia!»

«Viva l'Italia,» si unì David.

Lidia abbassò la voce. «Cosa dicono gli inglesi prima di una battaglia?»

«Per il re e per la patria.» Le sorrise. «Stai bene?»

«Cosa intendi?»

«Questo deve essere stato uno shock per te.»

«È uno shock per tutti, non solo per me.» Rilasciò un profondo sospiro. «Sono preoccupata per le nuove reclute senza armi...»

«Forse dovrebbero tornare ai loro villaggi?»

«Qualsiasi cosa faranno, sarà sbagliata.» Gli rivolse un sorriso triste e imbracciò lo Sten.

Lui le gettò un'occhiata. «Sei la prima donna in cui mi sono imbattuta in questa guerra che è armata.»

«È questo il motivo per cui mi gettavi quelle strane occhiate la prima volta che ci siamo incontrati?»

«Mi dispiace. Mi scuso per averti fissato. Nessuna delle nostre ragazze porta armi.»

«Nemmeno quelle dello Special Force One?»

«Ah, su questo hai ragione. Solo che io non ne ho vista nessuna.»

Lidia distolse lo sguardo. Falco si era già avviato alla porta. «Faremo meglio a sbrigarci. Grazie a Dio, la strada di ritorno per Campo Croce è in discesa.»

Quando tornarono al campo, Falco diede ordini per il giorno dopo. Disse a quelli senza armi che avrebbero dovuto nascondersi nelle caverne che aveva indicato sulla sua mappa e rimanere lì finché la costa non fosse stata libera. «Cacceremo i tedeschi. Non preoccupatevi.»

Dopo una cena a base di polenta e funghi selvatici, che le nuove reclute avevano raccolto quella mattina nel bosco, l'intero battaglione nascose i propri oggetti di valore in una grotta, poi si sedette a cantare intorno al fuoco.

Ma, quella sera, le loro voci risuonarono con più fervore del solito quando cantarono una canzone satirica su Badoglio, il subdolo generale che aveva annunciato l'armistizio.

O Badoglio, O Pietro Badoglio
ingrassato dal Fascio Littorio,
col tuo degno compare il re Vittorio
ci hai già rotto abbastanza i coglion.

Lidia tradusse il significato del ritornello a David, impappinandosi con la parolaccia, e lui rise.

«Sarebbe meraviglioso se Pippo volasse sopra le nostre teste e lasciasse cadere un carico di pistole,» disse Lidia, pensierosa.

David alzò gli occhi al cielo. Non si vedeva una stella, visto che il cielo era molto coperto. «Mi dispiace,» sussurrò.

«Non è colpa tua,» lo rassicurò.

«Ho dovuto nascondere la mia radio in quella caverna,» gemette David. «Non posso rischiare che cada nelle mani sbagliate domani o non avrò altra possibilità di organizzare un lancio.»

Lidie gli prese la mano e gliela strinse.

«A letto,» gridò all'improvviso Falco dall'altra parte della radura. «Dovete dormire tutti completamente vestiti, con gli zaini e le armi pronte. Prenderemo le nostre posizioni all'alba.»

Lidia diede la buonanotte a David e Douglas, poi andò a cercare Antonio. Non era sicura che lo avrebbe visto al mattino. Lo trovò con Volpe, il suo amico dai capelli rossi. «Sta' attento.» Lo baciò sulle guance. Lui si sarebbe diretto verso una località a ovest di Campo Croce, mentre lei sarebbe rimasta lì con David e i sudafricani.

«Stai attenta anche tu, Leonessa. Ci vedremo dopo che avremo mandato i tedeschi all'inferno.»

La gola di Lidia si strinse per le lacrime non versate. «Vivi per combattere un altro giorno, Lupo,» disse. «Me lo prometti?»

«Te lo prometto.» Fece un sorriso sfacciato.

Lidia lo salutò con la mano e salì al fienile, dove i suoi "compagni di stanza" dormivano profondamente e russavano. Si raggomitolò sotto la coperta, con lo zaino e lo Sten accanto a lei. Le dita le prudevano dalla voglia di stringere il libro di preghiere della madre, ma non voleva che i ragazzi che condividevano l'alloggio con lei si svegliassero e vedessero quello che stava facendo. Si infilò in tasca il *Siddur* e scese la scala.

Le braci del falò ardevano ancora e lei si abbassò sull'erba. Lidia si sedette con le gambe incrociate, tirò fuori il libro di preghiere e se lo tenne stretto al petto, sentendo il conforto del suo legame con il suo passato. *Oh, papà, dove sei? Come stai?*

«Non riesci a dormire?» disse una voce in inglese.

Si spaventò a morte. «David, mi hai spaventata.»

Si sedette accanto a lei. «Cos'è quello?» Indicò il libro di preghiere.

Avrebbe dovuto nasconderlo? No. David era il suo alleato. Poteva fidarsi di lui, perciò tirò fuori il *Siddur*. «Era di mia madre...»

David prese il libro e lo girò tra le mani, fissando la scritta in ebraico sulla copertina alla luce del fuoco.

«Sei ebrea?»

Lei annuì.

«Mi chiedevo perché una ragazza istruita come te – voglio dire, il tuo inglese è perfetto – stesse combattendo con i partigiani...»

«Sono di Venezia. Mio padre è stato portato dalle SS in un campo di lavoro.» Le lacrime le bruciarono gli occhi. «La Resistenza mi aveva trovato una sistemazione presso una famiglia di contadini in un villaggio ai piedi della montagna.» Trasse un respiro, determinata a non far trasparire la paura dell'imminente crisi. «Sono venuta qui perché pensavo che sarei stata più al sicuro...»

«Più al sicuro da cosa?»

«Dalle Brigate Nere. Ero preoccupata che scoprissero il mio passato.»

«Perciò fingi di essere cattolica?»

«Sì,» rispose. «Non sono un'ebrea praticante.»

Lui le prese la mano e lei glielo permise. La sua mano calda coprì quella di lei, e Lidia si abbandonò a quella sensazione di conforto. «Qual è il tuo vero nome, Leonessa?»

«Elena.» Non la chiamavano Lidia da così tanto tempo che il suo pseudonimo le saltò fuori di bocca prima ancora che potesse pensarci.

«Grazie per avermelo detto,» disse. «Odio Hitler per il suo antisemitismo, ma anche in Gran Bretagna, alcune fasce della società hanno mostrato odio nei confronti degli ebrei.» Fece una pausa, fissando il libro di preghiere. «Tutti e quattro i miei nonni erano ebrei, ma mio padre cambiò il nostro cognome da Rodenberg a Roden quando si arruolò nell'esercito britannico nel 1914.»

«Ma sulla tua piastrina ho visto che sei di religione anglicana,» ansimò.

«Ho ricevuto il battesimo anglicano. Molte famiglie anglo-ebraiche facevano questa mossa, dato il sottile antisemitismo e il più evidente antigermanismo degli inglesi.»

«"La disumanità dell'uomo verso l'uomo,"» disse Lidia citando Robert Burns.

«Sei così colta, Elena. Mi vergogno di me stesso per non aver imparato l'italiano.»

«Volevo chiedertelo, a proposito. Perché il SOE ci ha inviato un relatore non italiano?»

«Ah, il mio secondo in comando avrebbe dovuto fare da interprete.» Le strinse le dita. «Tuttavia, anche se sono dispiaciuto per il suo incidente, sono grato che non sia con me ora, altrimenti non ti avrei mai incontrata.»

Lei non sapeva come rispondere, perciò tenne a freno la lingua. Si accoccolò semplicemente a lui quando le cinse le spalle con un braccio. Era strano essere scaldati da un altro corpo dopo tanto tempo. Ma era una bella sensazione, ed Elena la assaporò mentre David la teneva stretta.

Capitolo 17

Lidia 1944

Lidia non riusciva a dormire. Di solito, era così esausta al calar della sera da non accorgersi del russare dei giovani che condividevano il fienile con lei, delle spine graffianti della paglia e dell'odore di letame di vacca che si diffondeva dalla stalla sottostante. Il bestiame forniva latte al campo; di solito non ce l'aveva con gli animali per le funzioni corporee, ma quella notte la teneva sveglia l'odore oltre alla paura di ciò che sarebbe potuto succedere il giorno dopo.

Pensò a David, a quanto era stato confortante accoccolarsi a lui mentre la stringeva. Aveva provato una sensazione diversa di quando si rannicchiava a Renzo, e ne era contenta. Era contenta che loro due fossero come il giorno e la notte. In ogni caso, non c'era dubbio che fosse coinvolta sentimentalmente con l'inglese. Erano fratello e sorella d'armi. Niente di più, niente di meno.

Cadde in un sonno irrequieto, sognando suo padre che la stava chiamando. All'alba sbatté le palpebre. Il fienile era vuoto. Si precipitò giù per la scala, con lo zaino che le urtava sulla schiena e lo Sten legato al petto. Il suono di esplosioni in lontananza squarciò l'aria. *Oh Dio, è già iniziato.*

David, Douglas e il resto dei sudafricani stavano aspettando di sotto. Una pioggerellina le bagnò il cappotto facendola rabbrividire.

«Falco e gli altri sono partiti per raggiungere le loro posizioni. Come puoi sentire, Jerry è arrivato,» mormorò David. «Stavo per venire a prenderti...»

Il rombo di un motore interruppe qualsiasi cosa stesse per dire. Nessuno dei partigiani aveva veicoli sul Grappa, perciò quel rumore poteva significare solo una cosa.

David le prese la mano. «Siamo un bersaglio facile qui.»

La trascinò con sé su per il pendio verso il bosco. Gli uomini dietro di loro si dispersero. Alcuni corsero in discesa, altri in salita, e il resto rimase sul posto.

Lidia corse, i suoi piedi scivolarono sul terreno appiccicoso fino a quando non riuscì ad acquistare equilibrio insieme a David e Douglas. Gettò un'occhiata alle sue spalle nonostante la pioggia.

Da due camion stavano scendendo sul campo soldati della Wehrmacht.

Il cuore di lei le batteva forte.

Poi i tedeschi iniziarono a sparare. Uno dei sudafricani cadde, i contorni frastagliati della ferita gli sanguinarono in mezzo al petto. Un altro crollò a terra urlando, e altri due uomini lo afferrarono per trascinarlo via, ma inutilmente, poiché furono uccisi tutti immediatamente.

Lidia non aveva mai assistito a un omicidio. Fece un respiro profondo per non vomitare.

«Continua a correre, Elena,» urlò David, lasciandole la mano per prendere la sua Bren.

Lidia si guardò di nuovo indietro mentre correva, poiché non potè farne a meno. Il rumore di pesanti mitragliatrici echeggiò e proiettili traccianti volarono verso il fienile. Pochi secondi dopo, le fiamme lambirono il fieno facendo prendere fuoco all'edificio intanto che le mucche schizzavano fuori dalle porte aperte.

«Smettila di guardare,» grugnì David. «Ti fa rallentare il passo.»

I polmoni le bruciavano.

Proiettili fischiarono sopra la sua testa, scagliando in aria la terra bagnata quando atterravano.

Il riparo degli alberi distava solo una ventina di metri. Douglas lo aveva raggiunto e si era sdraiato a terra con la pistola puntata.

Le truppe della Wehrmacht sulla collina sotto di loro si ripararono.

Lidia arrivò al limite del bosco, con David appena dietro di lei. I tedeschi si erano fermati più in basso e stavano allestendo grosse postazioni di tiro.

David le afferrò di nuovo la mano e corsero insieme. Oh, eccome se lo fecero. Il rumore assordante dei proiettili di mortaio provenienti dal limite degli alberi alle loro spalle, diventò sempre più debole man mano che si allontanavano.

«Cosa facciamo adesso?» gracchiò Douglas, i suoi respiri erano rantoli brevi e acuti.

«Andiamo al comando centrale al Rifugio,» suggerì David.

Lidia pianse in silenzio mentre attraversavano il bosco, pensando ai poveri uomini a cui avevano sparato. *E che fine hanno fatto Falco, Antonio e il resto dei miei lupetti?* Le si gelò il sangue.

Raggiunsero la scarpata. Il fumo acre le bruciava gli occhi. Sussultò. L'intero altopiano sembrava in fiamme.

Le fattorie stavano bruciando.

I fienili pieni di vacche erano in fiamme.

Gli animali vagavano smarriti.

Gli echi delle esplosioni rimbalzarono sulle colline circostanti e il cuore di Lidia si strinse.

Ma sembrava che il destino volesse salvaguardarla, poiché la foschia piovigginosa che aveva avvolto lei e i suoi compagni fino a quel momento si trasformò in una fitta nebbia che li protesse mentre risalivano la montagna.

Alla fine, dopo essersi trascinati in silenzio attraverso la coltre di nebbia, raggiunsero l'ultima cresta prima della vetta.

Oh, Dio!

Il cuore di Lidia le rimbombò contro le costole.

Il Rifugio era stato bombardato e non era altro che un cumulo di fiamme.

Afferrò il braccio di David. «Dove andremo ora?»

Lui sembrò pensarci per un momento. «Non ci sono qui intorno tunnel della Grande Guerra? Forse potremmo ripararci in uno di essi?»

Tuttavia, prima che potessero iniziare a cercare un bunker, Rocco scese gli ampi gradini di cemento dalla cappella in cima al santuario.

«È stato dato l'ordine del "si salvi chi può",» disse. «Tutti devono cercare di salvarsi, se possono. Leonessa, prima la staffetta Rosina è passata con una lettera sigillata del conte Corradini in cui c'era scritto che se ti avessi visto, avrei dovuto dirti di portare David da lui in modo da poterlo aiutare a raggiungere la missione britannica del SOE vicino a Belluno.»

Lo stomaco di Lidia sussultò per la paura per Rosina. «Dov'è andata la staffetta?»

«È andata a cercare suo fratello. Ho cercato di fermarla, ma non ha voluto darmi ascolto.» Rocco scrollò le spalle. «Se c'è qualcuno capace di sfuggire ai tedeschi, quella è lei. Conosce questi sentieri come il palmo della sua mano.»

«Come mai siamo stati sopraffatti così rapidamente?» chiese David.

«La nostra inferiorità numerica è di almeno cinque a uno,» gemette Rocco. «Non ci saremmo mai aspettati che i tedeschi arrivassero così numerosi e con tutte quelle armi: cannoni, mortai, mitragliatrici pesanti e lanciafiamme. Ci hanno scagliato addosso tutto quello che avevano.»

Douglas fece un passo avanti e sostenne lo sguardo di David. «Vado a cercare eventuali sopravvissuti della mia divisione. Non posso lasciarli qui da soli.»

«Questa nebbia sembra destinata a durare per il resto della giornata e ci proteggerà,» disse Rocco. «Dov'erano i tuoi uomini l'ultima volta che li hai visti?»

Douglas spiegò che i sudafricani si erano dispersi quando la Wehrmacht aveva attaccato Campo Croce. Dato che l'area circostante era ricca di boschi, Rocco credeva che ci fossero buone possibilità che fossero semplicemente andati a nascondersi. Avrebbe mandato un paio dei suoi uomini con Douglas per prendere due piccioni con una fava. Aveva bisogno di inviare un messaggio a Falco, che pensava potesse essere ancora in posizione su un crinale che dominava il paese di Romano d'Ezzelino.

«Qual è la strada migliore per scendere a Sant'Illaria?» domandò Lidia.

«C'è un sentiero di mulattiere del 1918. Basta seguirlo fino a valle. Ti mostrerò la strada.»

Dopo che Lidia e David ebbero lasciato Douglas con gli uomini di Rocco, lui li condusse all'inizio della strada ghiaiosa, larga quanto una piccola macchina. «Sei stanca?» chiese David a Lidia dopo che avevano cominciato la discesa. «Voglio dire, stiamo camminando da più di due ore e Rocco mi ha detto che dovremo farlo almeno fino al tramonto per scendere dalla montagna.»

«Sto bene.» Ed era vero. Andava avanti grazie all'energia generata dal nervosismo e al pane e al salame che David aveva tirato fuori dallo zaino. Fausto gliene aveva dato un paio di razioni prima che lei scendesse dal fienile.

Circa un'ora dopo, si sedettero su alcune rocce piatte vicino a un ruscello zampillante e bevvero acqua fresca che raccolsero mettendo le mani a coppa. Una fitta nebbia li circondava ancora e il suono dei colpi di mortaio risuonava dall'alto. «Andiamo,» disse Lidia. «Prima scendiamo dal Grappa, meglio è.»

Tuttavia, barcollò perché la discesa era ripida. Perse l'equilibrio un paio di volte e fu costretta ad aggrapparsi a David per non cadere. Era talmente stanca che avrebbe voluto mettersi a piangere, perciò quando si imbatterono in una capanna di pastori in pietra ai margini della strada, suggerì di riposarsi un po'.

«Stavo per proporre la stessa cosa,» disse David, «ma non volevo che pensassi che fossi autoritario.»

«Tu? Autoritario? Mai,» lo prese in giro. «Ma sono proprio esausta. Non ho dormito bene la scorsa notte.»

«A ragione,» disse, aprendo la porta della capanna e guardandosi intorno. «Sembra asciutto qui dentro.» Indicò una panca di legno appoggiata al muro grezzo. «Perché non ti sdrai mentre io faccio la guardia?»

Lo ringraziò e fece come aveva suggerito. Nel giro di qualche attimo si addormentò. Ma dopo pochi secondi, o almeno quelli che le sembravano tali, sentì David scuoterle gentilmente la spalla. Si premette un dito sulle labbra.

«Ci sono tedeschi per strada,» mormorò così piano che lei capì a malapena quello che stava dicendo. «Ne ho contati cinque. Conosco un po' la loro lingua e ho capito che vogliono prendersi una pausa dalla loro salita e che hanno intenzione di venirsi a riposare in questa capanna.»

Lentamente, con il cuore in gola, Lidia si mise seduta e tolse la sicura allo Sten.

Era arrivato il momento. Quella era una situazione in cui o uccidevi o saresti stato ucciso. Ricordò le parole di avvertimento di Falco.

Deglutì forte. Le sudavano le mani per la paura e la canna della sua pistola era umida nel punto in cui la impugnava.

«Pronta?» sussurrò David.

Lidia si asciugò il palmo sudato sul cappotto e strinse forte la canna dello Sten prima di annuire.

Silenziosamente, David aprì la porta.

I tedeschi erano lì fuori ad accendersi le sigarette.

David fece esplodere una pioggia di proiettili.

Lidia premette il dito sul grilletto della sua arma. *Bang bang bang.* Era proprio come Falco le aveva detto che sarebbe stato. I suoi occhi si spalancarono quando il lato della testa di un tedesco biondo volò via.

Prima che qualcuno degli altri potesse rispondere al fuoco, la mascella di un uomo alto scomparve. *Proprio così!* Sangue e tendini volarono via dal suo collo e lui cadde all'indietro.

Lidia e David continuarono a sparare finché tutti e cinque i tedeschi rimasero senza vita. Lei si fermò solo quando si esaurirono le munizioni nel suo caricatore, ma continuò a tenere premuto il dito sul grilletto, ogni cellula del suo corpo era concentrata su quell'azione.

David abbassò il Bren e andò dai tedeschi. Diede un calcio ai loro corpi per assicurarsi che fossero morti, poi raccolse le loro pistole e le infilò nello zaino.

Lidia era in piedi, immobile come una statua. Ogni muscolo del suo corpo sembrava essersi paralizzato. Poi, all'improvviso, le si rivoltò lo stomaco e vomitò tutto il suo contenuto sul terreno viscido e intriso di sangue.

David le scostò i capelli umidi dalla fronte. «La prima volta è sempre la peggiore.» Aprì le braccia e la tenne stretta, accarezzandole le spalle e calmandola. «Dovremmo andare, Elena.»

Lidia si liberò dalla sua presa e gli lanciò un'occhiata. «Per favore, chiamami Leonessa.»

«Non posso chiamarti Elena quando siamo soli?»

Si prese un momento per pensarci e poi disse: «Va bene, ma solo quando non c'è nessun altro in giro.»

Le prese la mano. «Lascia che mi prenda cura di te, Elena, sei al sicuro con me.»

«Va bene,» acconsentì prima di permettergli di guidarla giù per la montagna.

Capitolo 18

Charlotte, 2010

Alex mi riportò con la macchina di nuovo in hotel dopo essere stati da Rosina. Fermò il suo SUV nel parcheggio di ghiaia e mi guardò. Era sconcertante il modo intenso in cui i suoi occhi fiammeggiavano. «Sei ancora innamorata del tuo ex, Lottie?»

La sua franchezza mi stupì, portandomi a riflettere per un momento. «Gary ha avuto un'avventura con la mia migliore amica. Il suo tradimento ha cancellato tutti i sentimenti che provavo per lui.» Schioccai le dita. «Così.»

«Quindi ho una possibilità?»

«Una possibilità per cosa?» chiesi.

«Per mostrarti che non tutti gli uomini sono come Gary.»

«Oh, Alex...» Emisi un sospiro. «Mi piaci molto.»

«Ma?» Inarcò un sopracciglio.

Abbassai lo sguardo sulle mie mani. «Mi dispiace,» borbottai. «So che sembra un cliché, ma non sono pronta per una nuova relazione. In ogni caso, tornerò presto a casa a Londra.»

«Vuoi cenare con me?» disse cambiando argomento. «È ancora il mio giorno libero. Vorrei portarti a cena fuori in uno dei miei ristoranti preferiti. È specializzato in piatti a base di pesce.»

«Sei già stato fin troppo gentile.» Gli lanciai uno sguardo di scuse. «Grazie, mi piacerebbe,» aggiunsi, quando colsi la sua espressione delusa.

«Bene. Ci vediamo nell'atrio alle sette e mezza. Non c'è bisogno di vestirsi eleganti. È un posto informale.»

Entrammo insieme in albergo. Francesca era dietro la reception e ci chiese com'era andata con Rosina.

«Ho scoperto che mia nonna ha vissuto con la sua famiglia e poi è diventata partigiana sul Grappa,» sbottai.

Francesca emise uno squittio. «Oh! Cos'altro ti ha detto?»

«Questo è tutto.» Alex sorrise mestamente. «La vecchietta si è stancata ed è diventata distratta. Sua figlia ci contatterà domani e organizzerà un'altra visita.»

«Potrei venire con te a tradurre, Lottie,» si offrì Francesca. «Mi sono portata avanti con la contabilità, perciò posso prendermi un po' di tempo libero.»

«Per favore, non voglio disturbarti.»

«Non mi disturbi affatto. Inoltre, sono affascinata dalla storia di tua nonna.»

Dopo aver ringraziato entrambi, salii in camera mia e feci una doccia. Alex aveva detto di non vestirmi elegante, perciò indossai un paio di jeans e una camicetta puliti. Per ammazzare il tempo prima di incontrarlo, presi il telefono e cercai su Google Monte Grappa.

Quello che scoprii mi diede i brividi.

Il ristorante era un edificio su due livelli, ai margini di un pittoresco borgo che si affacciava sulla campagna ondulata ai piedi delle colline asolane. Io e Alex ci sedemmo in terrazza, sorseggiando flûte di prosecco mentre il tramonto tingeva il panorama di sfumature albicocca.

«È bellissimo,» dissi, ammirando la bellissima visgta costituita da una catena di collinette, sette delle quali si increspavano come la schiena di un gigantesco drago cinese.

«Laggiù c'è la Rocca.» Alex indicò una fortezza in cima a una cresta a destra. «Potremmo andarci la prossima volta che ho il giorno libero, se vuoi. Asolo è un posto speciale. Uno dei borghi più belli d'Italia.»

Si appoggiò allo schienale della sedia e io ammirai di nascosto la camicia bianca su misura che gli fasciava il petto muscoloso.

La mia pelle stava cominciando a diventare bollente, perciò bevvi un sorso di prosecco per rinfrescarmi.

Lui riempì il mio bicchiere, prese il menu e me lo porse.

«Cosa mi consigli?» Il mio tono era roco, perciò bevvi un altro sorso di spumante.

«Le tagliatelle al salmone sono deliziose.» Si leccò le labbra. «Come secondo possiamo prendere una grigliata mista di pesce e una bottiglia di Pinot Grigio.»

«Bene.» Sorrisi.

«Allora,» disse Alex, dopo che un cameriere ebbe preso la nostra ordinazione, «come ti senti a sapere che tua nonna stava con i partigiani?»

«Non riesco a capacitarmene, a dire il vero.» Bevvi un altro sorso di prosecco mentre faticavo a trovare le parole giuste. «Ho cercato il Monte Grappa su Wikipedia e ho letto che quelli che non furono uccisi sulla montagna, furono impiccati pubblicamente dai nazisti a Bassano.» Mi tremò la voce. «È vero?»

«Oh, Lottie,» mi prese la mano. «Questa non è la storia completa. Le rappresaglie furono brutali. I nazisti li istigarono, ma i fascisti italiani ebbero un ruolo vergognoso. Non solo a Bassano, anche in tutte le città e i villaggi di questa zona.»

Mi vennero i brividi. «È terribile.»

Arrivò la nostra prima portata. Fissai il mio piatto, ma non ero più affamata.

«Non è stato tutto morte e distruzione.» Alex ci versò un bicchiere di Pinot Grigio freddo. «Tua nonna è sopravvissuta, no?»

Bevvi un sorso abbondante. «Forse lei non era nemmeno sul Grappa quando i partigiani furono arrestati.» Le mie parole suonarono vuote persino alle mie orecchie.

«Rosina forse potrà tranquillizzarti...»

Bevvi un altro sorso di vino prima di arrotolare un filo di tagliatelle intorno ai rebbi della forchetta. Avrei dovuto mangiare o il Pinot Grigio mi avrebbe dato alla testa. «È buono,» dichiarai sebbene lo avessi a malapena assaggiato.

Ben presto, però, mi ritrovai a godermi il pasto e a rilassarmi. Come avrei potuto non farlo, seduta lì con quell'uomo affascinante e incredibilmente attraente in un posto così meraviglioso? Parlammo di noi. Alex mi raccontò qualcosa di più su Simonetta e sulla loro separazione dopo la nascita di Gabriele. Lei aveva sofferto di depressione post-partum e non aveva gestito bene la nascita di suo figlio. All'epoca il bambino dormiva solo un'ora alla volta, soffriva di coliche e piangeva continuamente. Alex era rimasto a casa a fare il papà per permetterle di tornare al lavoro. Non molto tempo dopo, lui e Francesca avevano ereditato Villa Corradini così era riuscito a coniugare la paternità con la sua nuova carriera. Per quanto riguardava Simonetta, era diventata una madre diversa per Gabriele ora che non era piccolino, e Alex era felice che avessero l'affidamento congiunto del figlio.

In cambio, gli raccontai un po' della mia vita a Londra. «Non sono sicura che insegnare storia alla scuola secondaria sia la scelta giusta per me,» ammisi. «Potrei prendere in considerazione la riqualificazione come insegnante di scuola primaria.»

«Oppure potresti provare qualcosa di diverso,» affermò in modo enigmatico.

Un cameriere portò via i piatti e ci servì la nostra portata principale: scampi dell'Adriatico alla griglia, sogliola e coda di rospo. Alex riempì di nuovo il mio bicchiere ma non il suo. «Devo restare lucido mentre guido,» ridacchiò.

Restammo in un confortevole silenzio intanto che mangiavamo il pesce. Era delizioso, così come il Pinot Grigio. Alex mi chiese se volevo un dessert, ma rifiutai il tiramisù e un altro bicchiere di vino. «Scusa, ma se mangio qualcos'altro, penso che potrei scoppiare. E poi mi sento brilla. Anch'io devo restare lucida.»

«Oh? Perché?»

«Ricordi che domani mattina devo portare le mie cose nella dependance? Poi, spero che Michela mi contatti.»

«Ah...»

Alex pagò il conto e uscimmo dal ristorante. Siccome barcollavo mentre ci dirigevamo verso la macchina, lui mi cinse le spalle con un braccio. «Appoggiati a me, Lottie. Ci sono io.»

Feci come mi aveva suggerito, ma non sollevai il viso per ricevere un bacio poiché mi avrebbe portato solo a invitarlo in camera mia una volta tornati in albergo. Premetti la guancia contro il suo petto e inspirai il profumo della sua colonia di legno di sandalo.

In camera mia, tirai fuori il telefono e guardai la foto della nonna scattata a Venezia. Una parte di me aveva paura che Michela si mettesse in contatto il giorno dopo. La nonna doveva aver passato l'inferno. Doveva essere quello l'unico motivo per cui aveva interrotto qualsiasi rapporto con l'Italia. Presi il libro di preghiere dalla mia valigia e lo sfogliai prima di riporlo. La nonna era ebrea e sapevo che la tradizione era passata attraverso la linea femminile, quindi anch'io ero ebrea. A quel pensiero fui pervasa da una sensazione di calore, da un senso di appartenenza a qualcosa che era molto più grande di me.

Il mio sonno fu agitato, e il mattino dopo telefonai ai miei genitori prima di andare a fare colazione. Sembrarono scioccati quando dissi loro che la nonna si era unita ai partigiani e mi chiesero di richiamarli dopo aver parlato di nuovo con Rosina.

Alex mi salutò in modo festoso mentre mi dirigevo verso il buffet. Grazie a Dio, non gli avevo fatto nessuna proposta la sera prima altrimenti sarei stata paonazza per l'imbarazzo. Avevo bevuto e Alex, da vero gentiluomo, avrebbe declinato la mia dubbia offerta.

Col vassoio in mano, trovai un tavolo sulla terrazza. Il mio cellulare produsse un trillo per l'arrivo di un messaggio. Era Francesca che mi diceva di incontrarci davanti alla dependance alle nove. Finii il mio croissant al cioccolato, bevvi il cappuccino e spinsi indietro la sedia. Avevo preparato le mie cose non appena mi ero svegliata. Tutto quello che dovevo fare era salire in camera mia e prenderle.

Quindici minuti dopo, tutta sudata a causa di quella calda mattina di agosto, stavo trascinando la mia valigia attraverso il prato che separava la villa da due casette tipo scuderie ricavate dall'edificio che un tempo doveva essere stato adibito a stalle.

Francesca era in piedi davanti a quella che sembrava la porta di un fienile tra le finestre con le imposte verde oliva.

«*Buongiorno, Lottie.*» Girò la chiave nella serratura. «Ho appena ricevuto una chiamata da Michela e mi ha detto che Rosina è felice se passiamo. Ti mostro la dependance e poi andiamo.»

Fui pervasa da un senso di eccitazione misto a trepidazione. «È fantastico.»

Francesca mi condusse nella cucina a pianta aperta, nella sala da pranzo e nel soggiorno. «È carina,» dichiarai, posando la valigia sul pavimento di piastrelle di terracotta. Faceva più fresco lì; le persiane tenevano fuori il sole cocente. Le pareti in pietra grezza apparivano originali ed erano in armonia con l'arredamento rustico. Da una parte, davanti al camino era stato posizionato un divano dall'aspetto comodo, pieno di cuscini bianchi, e dall'altro lato c'era un angolo cottura con frigorifero, fornelli, lavatrice e lavastoviglie.

«Vieni di sopra,» disse Francesca, dirigendosi verso la scala a chiocciola.

C'erano due stanze al piano superiore. Una spaziosa camera da letto che vantava un letto matrimoniale con struttura in ottone, una cassettiera in rovere e un armadio a muro. Sbirciai nel bagno, splendidamente piastrellato come quello della mia vecchia stanza alla villa. «È perfetto,» dissi.

Francesca guardò l'orologio. «Faremo meglio a darci una mossa. Michela ha detto che sua madre è più lucida al mattino e a quanto pare si sente bene.»

Proposi a Francesca di andare con l'auto che avevo preso a noleggio. Mi venne l'idea di sfruttarla di più, perciò le dissi che avevo intenzione di fare un giro turistico dopo aver parlato con Rosina.

La casa di Michela distava cinque minuti di auto, e non appena suonammo il campanello, ci venne ad aprire la porta. «Mamma si è ricordata del rastrellamento e vuole raccontartelo,» spiegò, e Francesca tradusse la frase.

Dopo che Francesca venne presentata a Rosina, e Michela scese nel seminterrato per fare un po' di bucato, ci appollaiammo sul divano di fronte alla vecchietta, come avevamo fatto io e Alex il giorno prima. «Non riesco a capacitarmi di quanto assomigli a tua nonna,» disse. «Hai anche la sua stessa personalità?»

Scossi la testa. «Non credo di essere coraggiosa come lei. Era sulla montagna quando ci furono i lanciafiamme?»

«Oh, sì. Era lì.»

E poi, l'anziana signora proseguì raccontandoci di come lei stessa fosse stata una staffetta della Resistenza. Suo fratello Antonio si era unito ai partigiani e quando mia nonna aveva attirato l'attenzione indesiderata di uno degli ufficiali della Brigata Nera di Mussolini, Rosina l'aveva portata sul Grappa dove pensava sarebbe stata più al sicuro.

«Quando seppi dal conte Corradini che ci sarebbe stato un rastrellamento e che lui aveva bisogno che portassi un messaggio sigillato al centro di comando,» proseguì Rosina, con uno sguardo malinconico, «presi la bici e salii sulla montagna il più veloce possibile col favore delle tenebre.»

«Conosceva mio nonno?» Francesca sussultò.

«Lavoravo per lui come domestica quando non portavo messaggi,» rispose Rosina. «Il conte era come una canna agitata dal vento da una parte all'altra...»

Stavo per chiederle cosa intendesse, ma lei continuò a raccontare la sua storia e non ebbi il coraggio di interromperla.

«Arrivai al Rifugio Alpino in mattinata, ma i nazisti avevano già attaccato. Nessuno si sarebbe aspettato che accadesse così in fretta. Si erano preparati per l'assalto alle prime luci dell'alba, perciò la divisione Garibaldi che difendeva le vie di accesso dalla Val Feltre fu colta di sorpresa. Difesero le loro posizioni finché non esaurirono le munizioni, poi dovettero ritirarsi o sarebbero stati massacrati. Pedalai come una matta nella nebbia, protetta dalla Madonnina del Grappa, altrimenti sarei stata vista dal nemico. Alla fine arrivai al campo di Forcelletto, dove il comandante Rocco mi disse che avrei potuto trovare mio fratello. Era lì con gli altri che si erano ritirati. Non sono mai stata così sollevata in vita mia come quando vidi Antonio. Gli chiesi di Leonessa e lui mi rispose che era con i prigionieri di guerra Alleati fuggiti che si erano uniti ai partigiani tempo prima.

Verso le tre del pomeriggio una staffetta portò l'ordine di andare sulla cresta dei Solaroli. Non molto tempo dopo esserci messi in marcia, una granata piombò proprio in mezzo al campo. L'avevamo scampata per un pelo. Marciammo in fila indiana per tutto il giorno e la notte, ancora protetti dalla nebbia, ma anche al buio si vedeva che era tutto in fiamme. Il mio cuore si spezzò per tutti quei gentili allevatori di latte che avevano permesso ai partigiani di accamparsi nelle loro terre e di dormire nei loro granai. In seguito, scoprimmo che un gruppo di giovani disarmati che si erano nascosti in una grotta erano stati bruciati vivi dai lanciafiamme. Erano saliti sul Grappa per lottare per la libertà dell'Italia ed erano morti per la patria. Finalmente, poco prima dell'alba, scendemmo in Val Feltre. Piangemmo quando vedemmo così tanti villaggi in fiamme. C'erano morte e distruzione ovunque guardassimo. Più tardi venni a sapere che cinquemila soldati della Wehrmacht erano saliti sul Grappa. Era stato facile per loro, visto che avevano munizioni e armi di ogni tipo mentre noi avevamo solo pistole arrugginite. Facemmo del nostro meglio.

Esausti, affamati e assetati – avevamo bevuto solo il liquido che avevamo trovato sulle foglie – io e Antonio ci separammo dal nostro gruppo e ci dirigemmo a Sant'Illaria, giocando al gatto e al topo con i nazifascisti. C'era un posto di blocco, ma sapevamo come aggirarlo passando sotto il ponte.»

Rosina fece una pausa nel suo racconto. Si era fermata più volte mentre Francesca traduceva per sorseggiare il bicchiere d'acqua che Michela aveva versato a tutte. Rosina sembrava essersi prosciugata. Tacque e un sorriso triste le apparve sulle labbra.

Ma non mi aveva detto cosa era successo alla nonna. Senza riflettere, mi chinai verso l'anziana e le chiesi: «E mia nonna? Ovviamente sopravvisse. Era rimasta con i prigionieri di guerra?» Ero meravigliata che sulla montagna ci fossero dei soldati britannici, anche se fuggiti.

«Non la vidi più finché Antonio...» Rosina fece un respiro profondo, e i suoi occhi saggi si riempirono improvvisamente di lacrime. «Fu solo quando i nazifascisti impiccarono mio fratello...» Scoppiò in singhiozzi. Singhiozzi strazianti. Si dondolò e si coprì il viso con le mani. «Mi dispiace,» piagnucolò, «non riesco più a parlare...»

Io e Francesca ci alzammo in piedi e abbracciammo Rosina, che singhiozzava come se avesse il cuore spezzato.

E non c'era da stupirsi, poiché quei bastardi avevano impiccato suo fratello.

«Vado a chiamare Michela,» si offrì Francesca, uscendo dalla stanza.

Continuai a stringere Rosina nel tentativo di consolarla. Mi dispiaceva per averla spronata a raccontare di più della sua storia, e lo dissi a Michela quando si precipitò da sua madre.

«Ho fatto tardi a causa di una telefonata o l'avrei fermata,» spiegò Michela mentre Francesca traduceva. «Di solito la mamma non si ricorda cosa è successo a mio zio...»

«È perché le ho chiesto di mia nonna,» le confessai.

«Ah, ho capito,» annuì Michela. «Ti ha detto tutto quello che volevi sapere?»

«Ho ancora delle domande,» ammisi. «Ma non voglio turbare di nuovo tua madre.»

«Forse è meglio se non torni per qualche giorno. Non posso prometterti che la mamma vorrà parlare ancora con te,» disse Michela con un sospiro. «Se ne avrà voglia, ti contatterò.»

Ringraziai Rosina per aver parlato con me, ma stava fissando il vuoto. Sperai che non stesse rivivendo quei terribili eventi del 1944.

Michela ci accompagnò alla porta. Io e Francesca uscimmo nella calda luce del sole prima di entrare in macchina.

«Bene,» disse Francesca. «È stata una rivelazione. Che coincidenza che Rosina una volta lavorasse per mio nonno.» Si allacciò la cintura di sicurezza. «Tante volte sono passata davanti a quegli alberi a Bassano dove impiccarono i partigiani. È straziante. Su ogni tronco d'albero è esposto un memoriale con il nome e la fotografia del giovane che fu impiccato e la data dell'impiccagione. È così triste...»

Mi si formò un groppo in gola. «È difficile credere che un tale orrore sia successo in questa bellissima parte del mondo.»

«Bassano è una città meravigliosa.»

«Vorrei visitarla,» dissi all'improvviso.

Mi gettò un'occhiata. «Che cosa? Ora?»

«Sì. Lo devo alla memoria della nonna. E per rendere omaggio al fratello di Rosina.»

Francesca emise un sospiro. «Verrò con te per mostrarti la strada.»

La ringraziai e, con il cuore dolorante, girai la chiave nel quadro della Fiat.

Capitolo 19

Lidia, 1944

Lidia si rese conto che si stava facendo tardi, ed era disperata perché non ce l'avrebbe mai fatta a raggiungere la valle prima del tramonto. A peggiorare le cose, le gambe le dolevano terribilmente e la fame le faceva brontolare la pancia. Il sentiero della mulattiera che stavano percorrendo era disagevole, sia perché era scavato nella roccia e la attraversava con tunnel bui e stretti sia perché diventava così ripido che sembrava che lei e David stessero scendendo da un lungo scivolo in un parco giochi per bambini. La nebbia era ancora fitta e la luce che c'era sembrava svanire.

Circa un'ora dopo aver incontrato le truppe della Wehrmacht, la strada divenne più ampia e pianeggiante. Lidia sussultò quando vide una fattoria carbonizzata. Due figure spettrali si materializzarono nell'oscurità. Erano mucche, il cui muggito lamentoso sembrava un suono lugubre.

«Credi che ci sia qualcuno dentro?» sussurrò Lidia a David scrutando l'edificio da cui si propagava ancora fumo. Una parte del tetto era crollata e le ruvide pareti di pietra erano annerite dalle fiamme.

«Abbiamo bisogno di cibo e di un rifugio,» borbottò. «Sarebbe troppo pericoloso scendere dalla montagna al buio. Vado a vedere cosa riesco a trovare.»

«Vengo con te.»

«No, Elena. Resta qui e fai la guardia.»

Lidia fece come le aveva chiesto, il suo Sten pronto.

Dopo pochi minuti, David apparve sulla soglia, indicando che potevano entrare. Fece un passo avanti e le cadde la mascella. Il piano terra era stato completamente sventrato.

Seguì David fino al primo piano, i gradini di pietra erano bollenti sotto la suola delle sue scarpe. La piccola cucina di fronte non era stata toccata dal fuoco. Sul ripiano c'era una pentola con la zuppa di fagioli. Lei ne inspirò il profumo, e sembrava appena fatta. Trovò un cucchiaio e azzardò un assaggio. Non male, anche se era diventata fredda. Trovò due ciotole e un mestolo nella credenza e versò la zuppa mentre David frugava nei mobili. «Potrebbe esserci del pane,» disse.

«Suppongo che le persone che vivevano qui siano scappate quando sono arrivati i tedeschi.» Rabbrividì, sentendosi un po' a disagio nel mangiare il cibo di qualcun altro. «Spero che non siano stati uccisi da qualche parte nella fattoria...»

David non commentò. Invece, con un sorriso soddisfatto, sollevò una pagnotta. «Potrebbe essere raffermo, ma meglio di niente.»

Si fermarono al bancone e divorarono la zuppa e la pagnotta. «Stavo pensando a dove dovremmo passare la notte,» disse David, pulendo la sua ciotola con un pezzo di pane. «Questa casa è troppo esposta. Andiamo nel bosco.»

Lidia acconsentì. Aveva paura di continuare a camminare perché era stanca. Portò i piatti nel lavandino, riempì d'acqua due bicchieri e li bevvero prima di andarsene.

Fuori, l'oscurità li avvolse come una coperta, ma almeno i colpi di mortaio erano cessati. David le prese la mano. Per fortuna, sembrava vederci bene al buio e la guidò in silenzio per il breve tragitto fino al limite del bosco. Si fecero strada attraverso i cespugli, incespicando su rami caduti, e graffiandosi le mani e il viso con le spine.

«Penso che ci siamo allontanati abbastanza,» disse David. «Dormiamo qui, dovrebbe essere sicuro.»

Gli occhi di Lidia si erano abituati al buio. Erano giunti in una piccola radura e il terreno era diventato pianeggiante. Si tolse lo zaino e appoggiò lo Sten ai suoi piedi. I partigiani portavano sempre una coperta nelle loro borse per dormire all'aperto. Lei tirò fuori la sua e David fece lo stesso.

«Cerca di riposare, Elena. Domani avremo bisogno di ogni grammo della nostra energia. Sdraiati accanto a me. Ci scalderemo a vicenda.»

Si abbassò sul terreno umido e frondoso. Lui si sdraiò accanto a lei e la tirò dolcemente a sé. Lidia si irrigidì brevemente, poi disse a se stessa di non essere ridicola, poiché non c'era niente di sconveniente in quello che stavano facendo. Al contrario, era perfettamente sensato.

David si addormentò quasi immediatamente, il suo respiro profondo e rassicurante. Lidia non pensava che sarebbe riuscita a dormire, visto che gli eventi della giornata erano ancora troppo freschi nella sua mente. Tuttavia, i bisogni del suo corpo esausto presero il sopravvento sui suoi pensieri e in pochi minuti cedette alla stanchezza.

Si svegliò con un sussulto, le dolevano ogni osso e ogni muscolo del suo corpo. Il giorno era spuntato luminoso e senza nebbia, grazie a Dio. David era già in piedi, seduto su un masso e stava esaminando la sua pistola. «Ho mezzo caricatore e uno di riserva,» disse. «Fammi guardare il tuo Sten.»

«Rimangono circa quindici colpi,» le disse dopo aver controllato l'arma che lei gli aveva consegnato.

«Spero che non ci imbatteremo in altri tedeschi.»

«Concordo,» rispose, alzandosi in piedi e facendo scorrere le dita tra i capelli arruffati. Erano passati mesi dall'ultima volta in cui si era guardata allo specchio e aveva fatto il bagno. Doveva avere un aspetto orribile. Sei una combattente per la libertà, ricordò a se stessa. Il tuo aspetto non conta. Imbracciò la sua arma e si fece strada con David attraverso il fitto bosco fino alla fattoria.

Le mucche erano ancora lì, con le mammelle che sembravano sgradevolmente gonfie. Era tentata di provare a mungerle, ma il tempo era prezioso.

David si era avviato in direzione del sentiero.

All'improvviso, si fermò e alzò il Bren.

Il cuore di Lidia batté forte.

Una figura solitaria stava avanzando verso di loro.

Lei emise un sussulto.

Era il signor Zalunardi. Il suo fucile da caccia era puntato.

«Cosa... cosa ci fa qui?» balbettò Lidia.

«Sono venuto a cercare te, Rosina e Antonio, naturalmente,» ribatté come se lei avesse fatto una domanda stupida. «Hai visto i miei figli?»

«No, mi dispiace. Il comandante ci ha detto che Rosina era arrivata sulla vetta e poi se ne è andata per cercare Antonio.»

«Sono venuto ad avvisarvi del posto di blocco. Le Brigate Nere stanno fermando i partigiani che scendono dal Grappa per arrestarli e processarli.»

«Oddio!» Il cuore di Lidia sprofondò.

Lei tradusse la conversazione e presentò David al signor Zalunardi. Dopo aver detto al padre di Rosina che stava portando l'inglese dal conte, il signor Zalunardi suggerì di aspettare fino al tramonto prima di andare a Sant'Illaria. «Evitate di prendere la strada. Seguite il torrente che incontrerete. Dopo aver passato un ponte all'ingresso del paese, troverete un sentiero che porta direttamente a Villa Corradini.» Alzò gli occhi al cielo. «Ci sarà la luna piena, quindi fate attenzione e restate nell'ombra.»

«Grazie. Spero che trovi Rosina e Antonio.»

«Per scendere dal Grappa potevano prendere una strada qualsiasi, ma ho pensato che avessero preso questa perché è più tranquilla.»

Lidia raccontò del loro incontro con i tedeschi, avvertendolo dei corpi sul ciglio della strada. Prima che si separassero, il signor Zalunardi frugò nella borsa a tracolla, tirò fuori una grossa fetta di formaggio avvolta in carta oleata e gliela porse.

Quando lei protestò dicendogli che doveva conservarlo per Rosina e Antonio, lui le rispose che aveva un altro pezzo nella sua borsa, perciò lei avrebbe dovuto prenderlo con la sua benedizione.

«Arrivederci.» Lo baciò su entrambe le guance. «Faccia attenzione.»

«Anche voi. Ci vediamo a Sant'Illaria.»

«Lo spero,» lei rispose.

Verso mezzogiorno Lidia e David trovarono una stalla abbandonata vicino al ruscello di cui aveva parlato il signor Zalunardi, dove si riposarono e mangiucchiarono il formaggio. All'interno era asciutto e loro si rannicchiarono sotto le coperte sopra la paglia, dormendo e facendo la guardia a turno.

Nel tardo pomeriggio, Lidia fu svegliata da una spintarella e sbatté le palpebre.

«Dovremmo andare.» David sorrise. «Il ruscello ha scavato una profonda gola sul fianco della montagna e potrebbe essere difficile seguirlo al buio.»

«Ma le Brigate Nere?»

«Non appena vedremo il villaggio ai nostri piedi, faremo una pausa e aspetteremo di proseguire alla luce della luna.»

Finirono il formaggio e si rimisero in cammino. La previsione di David che la strada sarebbe stata angusta era corretta. Spesso il sentiero stretto lungo il torrente scompariva del tutto e loro per rimettersi in carreggiata dovettero scavalcare delle rocce scivolose.

Finalmente, nel tardo pomeriggio, intravidero il campanile della chiesa di Sant'Illaria. «Aspetteremo qui fino al tramonto. Non dovrebbe essere lontano...»

Si sedettero sul terreno ghiaioso sotto i rami bassi di un fico selvatico. Lidia rabbrividì e David la cinse con un braccio. «Sei stata molto coraggiosa. Sono incredibilmente orgoglioso di te.»

«Come lo sono io di te.» Lo guardò negli occhi. «Non vedi l'ora di unirti alla missione britannica?»

«Sì e no.»

«Perché no?»

«Perché sarò lontano da te, Elena.»

«Oh.» Non sapeva cosa dire, perciò non disse nulla. Il silenzio tra loro vibrava di parole non dette. Non avrebbe mai immaginato di volere che un uomo la guardasse nello stesso modo in cui aveva fatto Renzo. Ma era tutto ciò a cui riusciva a pensare nei momenti tranquilli e immobili in cui non lottava per la sua vita e quella di David.

Chiuse gli occhi e memorizzò il suo profumo virile. Quella poteva essere la sua ultima occasione. Infatti, una volta giunti alla villa, lui sarebbe partito per Belluno il prima possibile.

«Vieni,» disse, tirandola in piedi dopo che il sole era tramontato.

Come aveva predetto il signor Zalunardi, c'era la luna piena a illuminare il loro cammino. Raggiunsero il ponte che attraversava la gola dove c'era un posto di blocco presidiato da guardie, appollaiate sugli archi. Di nascosto e restando nell'ombra, vi passarono sotto.

«Ecco la villa.» Lidia c'era stata solo una volta, non molto tempo dopo essere arrivata da Venezia, ma la sua struttura imponente era inconfondibile.

Salirono il ripido sentiero che si diramava dal ruscello.

All'improvviso, Lidia scivolò e le sfuggì un urlo prima di riuscire a fermarlo.

La luce di un proiettore da ricerca si irradiò dalle Brigate Nere sul ponte.

Il cuore cominciò a batterle forte.

«Mettiti giù,» le ordinò David a bassa voce. «Accovacciati il più possibile.»

Il proiettore li mancò di pochi centimetri e lei tirò un sospiro di sollievo.

David le afferrò la mano e la trascinò con sé per il resto della strada dalla gola.

Presto arrivarono alle scuderie della villa. Un cavallo nitrì e poi un cane iniziò ad abbaiare abbastanza forte da svegliare i morti.

«Chi c'è?» Un uomo uscì da un lato dell'edificio con un mastino ringhiante al guinzaglio.

Lidia si bloccò, ma David la spostò dietro di lui. «Capitano Roden, al suo servizio,» disse salutando l'uomo.

«Eravamo in attesa del vostro arrivo. Il conte vi sta aspettando.» Il tizio calmò il mastino feroce. «Venite con me.»

Capitolo 20

Lidia, 1944

Il maggiordomo del conte si presentò come Orazio Fabbris. Riportò il cane da guardia nella cuccia, e condusse Lidia e David dal suo datore di lavoro.

Il conte Corradini stava cenando nell'opulenta sala da pranzo tappezzata di rosso, una zuppiera di porcellana di minestrone fumante era al centro della tavola. «Sono contento che ce l'abbiate fatta.» Il suo sorriso era cordiale. «Per favore, lasciate le armi vicino alla porta e sedetevi. Dovete essere affamati.»

Anche se il profumo della zuppa di verdure le fece venire l'acquolina in bocca, Lidia chiese: «Posso prima andare a lavarmi le mani?»

«Certo.» Il conte afferrò una campana d'argento dal tavolo e la suonò.

Dopo pochi secondi apparve una donna magra dai capelli grigi. «La mia governante, la signora Bernardi,» disse a mo' di presentazione. «Vi condurrà entrambi al bagno.»

David aspettò fuori mentre Lidia usava il bagno. Quando osservò il suo riflesso nello specchio dalla cornice dorata, si ritrasse con orrore. La sua faccia sudicia era coperta da graffi che si era fatta la notte prima a causa delle spine, i suoi capelli arruffati sembravano il nido di un uccello, il soprabito inglese che le era stato dato dopo un rifornimento aereo, era schizzato di fango, e i pantaloni e il maglione erano disgustosamente sporchi. Sul Grappa il suo aspetto non era importante, poiché sembravano tutti dei vagabondi, ma lì, in quella villa sontuosa, si sentì immediatamente mortificata. Aprì il rubinetto e le si mozzò il respiro. *Acqua corrente!* Si lavò le mani con il sapone profumato alla mandorla e il suo cuore si rallegrò per il puro piacere di farlo.

Poi aspettò che David andasse in bagno. Era stata lei a insistere perché non voleva affrontare il conte da sola. Infatti, anche se aveva poco più di trent'anni, la sua aura di raffinatezza era stata intimidatoria sin dalla prima volta che lo aveva incontrato. Disse a se stessa di non essere sciocca; non aveva affrontato il nemico con lo Sten puntato? Perciò ce l'avrebbe fatta ad affrontare anche il conte.

Lidia e David lasciarono le scarpe e i cappotti infangati vicino alla porta e attraversarono il corridoio piastrellato per tornare in sala da pranzo. Erano stati aggiunti due posti a tavola per loro e la signora Bernardi stava versando il minestrone nei loro piatti.

Il conte, parlando un inglese impeccabile, disse di aver ricevuto un messaggio della missione britannica in cui si diceva che stavano aspettando David. Non appena fosse stata disponibile una staffetta, lo avrebbe portato da loro.

David fece al conte un cenno di assenso. «Elena e io non ne abbiamo ancora parlato, ma speravo che lei potesse venire con me...»

«Per fare cosa?» Il conte rivolse a Lidia uno sguardo curioso.

«Ora sono una combattente per la libertà,» dichiarò, elettrizzata dal suggerimento di David. «Vorrei unirmi ai partigiani a Belluno.»

«Vedrò quello che posso fare,» disse il conte prima di continuare a chiedere a Lidia e David cosa fosse successo durante il rastrellamento.

Loro gli raccontarono tutto: di come l'attacco fosse stato improvviso, di come fossero in notevole inferiorità numerica rispetto alle forze della Wehrmacht e di come la mancanza di armi e munizioni dei partigiani avesse reso impossibile difendersi.

«È ora che i partigiani modifichino le loro tattiche.» Il conte si asciugò i baffetti alla Clark Gable con il tovagliolo. «Isolandosi sul Grappa senza mezzi di comunicazione a parte delle ragazze in bicicletta, si espongono inevitabilmente all'accerchiamento dei nazifascisti.»

«Penso che i partigiani che ho incontrato siano straordinariamente coraggiosi.» David bevve un sorso del vino rosso che il conte Corradini aveva versato a lui e a Lidia. «Sopportano difficoltà più grandi e corrono maggiori rischi rispetto alle truppe regolari.»

«Concordo,» osò commentare Lidia. «Lassù le condizioni erano terribili. Non ho potuto fare a meno di ammirare il loro spirito di determinazione, la loro abnegazione, il patriottismo e la passione per la causa della libertà.»

«Sicuramente.» Il conte annuì. «Il Comitato di Liberazione Nazionale ha grande fiducia nei partigiani e in ciò che otterranno quando gli Alleati arriveranno in Veneto e i tedeschi cominceranno a ritirarsi.»

«Ci sono novità in proposito, conte Corradini?» chiese David.

«Per favore, chiamami Guido. Siamo uguali, no?» Scosse la testa. «Rimini si è trasformata in una seconda Montecassino, a detta di tutti. Ora l'Ottava Armata britannica ha fermato le azioni per riorganizzarsi.» Un sorriso gli spuntò sulle labbra. «Ma gli americani sono alla periferia di Bologna.»

«È meraviglioso,» esclamò Lidia. «Tutto finirà presto.»

Il conte, che lei non avrebbe mai chiamato Guido, si avvicinò al tavolo e le accarezzò la mano. «Viviamo nella speranza. Questo è ciò che ci sostiene. Ma, nel frattempo, dobbiamo continuare a combattere.»

«Sono devastata a causa delle rappresaglie,» sospirò Lidia. «Tutte quelle fattorie in fiamme...»

«Temo che ce ne saranno altre.» Il conte bevve un sorso del suo vino. «Le Brigate Nere hanno più di quindicimila uomini che formano un cappio intorno al Grappa. Con i blocchi stradali non hanno trovato tutti quelli che chiamano banditi o fuorilegge, come speravano. Ma ci sono informatori nei villaggi che riferiscono della presenza di partigiani in mezzo a loro.»

«È terribile.» Lidia trattenne un sussulto. «Perché dovrebbero farlo?»

«Perché sono fascisti. Si aggrappano all'ideologia e fanno così per il proprio tornaconto.»

La porta della sala da pranzo si aprì e la signora Bernardi si precipitò a sparecchiare e a servire loro delle succulente fette di pollo arrosto. Tuttavia, ciò che aveva detto il conte a proposito delle Brigate Nere fece passare l'appetito a Lidia che giocherellò col cibo nel piatto.

«Tutto bene?» David le lanciò uno sguardo preoccupato.

«Sono solo stanca.» Sbadigliò. «Vorrei andare a letto...»

Il conte suonò di nuovo il campanello d'argento e ricomparve la signora Bernardi. «Per favore, porta la signorina nella sua stanza. Il capitano Roden e io berremo un brandy e fumeremo un sigaro prima di ritirarci.»

Lidia seguì la governante del conte in una bella camera da letto al piano superiore. Il soffitto aveva travi a vista, il pavimento era in parquet cerato e c'erano degli splendidi mobili artigianali in stile veneziano. I suoi occhi si riempirono di lacrime quando pensò con nostalgia alle adorabili sfumature pastello del cassettone di casa sua, così simile a quello che stava guardando in quel momento.

«Ci sono dei vestiti là dentro,» disse la signora Bernardi indicando l'armadio. «Sono della sorella del conte Corradini. Ha una taglia simile alla tua. Lui ha detto che non c'è problema se li indossi.»

«Il conte è molto gentile.» Lidia ringraziò la governante.

«Vado a prepararti un bagno,» si offrì la signora Bernardi. «I servizi sono proprio qui accanto.»

Dopo pochi minuti Lidia si stava crogiolando nell'acqua calda profumata con petali di rosa essiccati. Si lavò i capelli con lo shampoo fornito e pensò alla proposta di David di andare con lui a Belluno. Era sollevata, poiché se si fossero separati, lei avrebbe sentito la sua mancanza. Lui era il suo compagno d'armi, e l'idea di separarsi da lui era come una ferita purulenta.

Si asciugò con un soffice asciugamano bianco, se lo avvolse intorno al corpo e tornò in camera dove sul letto era stata lasciata una camicia da notte di lana rosa. Lidia se la infilò prima di prendere il libro di preghiere della madre dallo zaino e metterlo sul comodino. L'indomani avrebbe trovato un nascondiglio. Infine, si rannicchiò sotto le lenzuola e il piumino e si abbandonò al sonno.

Lidia si girò e affondò la testa nel cuscino imbottito di piume. Dov'era? Era abituata a dormire sulla paglia ruvida e spinosa e non in lenzuola pulite. Era strano dormire su un materasso morbido, così come era sbagliato il profumo della camera da letto. Che fine aveva fatto l'odore di letame di vacca? Perché non riusciva a sentire il rumoroso russare dei giovani uomini? Sbatté le palpebre e il suo petto si strinse. Gli eventi degli ultimi due giorni le tornarono subito in mente: il sibilo dei proiettili, il rumore sordo dei colpi di mortaio, il fumo acre degli incendi. *I tedeschi che lei e David avevano ucciso.* Sentì un sapore acido in bocca.

Scese dal letto con le gambe tremanti e andò ad aprire l'armadio. Diede un'occhiata ai vestiti: abiti eleganti, gonne alla moda e bellissime camicette. Trovò della biancheria intima di cotone e un cardigan di cashmere nella cassettiera, poi tornò all'armadio per prendere una gonna di lana scozzese a trapezio e una camicetta di seta color crema. Sul fondo c'erano un paio di scarpe di pelle nera con i tacchi a spillo e lei le provò. Erano un po' grandi, ma sicuramente migliori delle vecchie Oxford incrostate di fango con cui era arrivata.

Dopo essersi lavata la faccia e i denti in bagno, scese al piano inferiore. L'orologio da parete all'ingresso indicava che era tremendamente tardi: mezzogiorno. Non si era resa conto di aver dormito così a lungo. I suoi tacchi batterono sul pavimento piastrellato quando andò a cercare David. Lo trovò in soggiorno, a sorseggiare un caffè insieme al conte.

«Ah, eccoti qui. Spero che tu abbia dormito bene.» David si alzò in piedi. Indossava un elegante paio di pantaloni grigi e un maglione azzurro che doveva aver preso in prestito dal conte.

Il conte Corradini suonò la sua onnipresente campanella d'argento. «Un caffè per la signorina,» ordinò, quando la signora Bernardi varcò la soglia. «E un pasticcino.»

«Guido mi ha informato di quello che è successo ai nostri compagni sulla Grappa.» Il tono di David era serio e il cuore di Lidia sprofondò. «Purtroppo non è una buona notizia. Douglas è stato ucciso insieme a due dei suoi uomini.»

«Oh no!» Si portò la mano alla bocca. «È terribile.»

«C'era un solo battaglione delle Brigate Nere impegnato con i tedeschi nel rastrellamento,» borbottò il conte. «Un testimone oculare che si era nascosto sotto alcuni cadaveri, stamattina è sceso dalla montagna e mi ha riferito che anche se i sudafricani si erano arresi, i fascisti gli hanno sparato lo stesso.»

«Che bastardi!» David strinse il pugno. «Questo è contrario alla Convenzione di Ginevra.»

Le lacrime sgorgarono dagli occhi di Lidia, ma lei le asciugò con il dorso della mano e fece un respiro profondo. «Notizie del comandante Falco?»

«Per quanto ne so, è ancora vivo.»

«Grazie a Dio,» disse David con un lungo sospiro.

Con mani tremanti Lidia mescolò lo zucchero nel caffè che la signora Bernardi le mise davanti. «Sai se Rosina e Antonio sono riusciti a tornare a casa?»

«I blocchi stradali dei fascisti si sono rivelati inefficaci,» disse il conte. «I partigiani conoscono il territorio e sanno come aggirarli. Non ho notizie di Rosina, ma mi aspetto che lei e suo fratello siano tornati sani e salvi.»

«Spero anche loro padre,» aggiunse Lidia sospirando.

Più tardi, dopo pranzo, Lidia e David erano in soggiorno a parlare di quello che era successo a Douglas e di quanto sperassero che Falco, Rosina e Antonio fossero riusciti a scendere dalla montagna.

Durante un pasto a base di lonza di maiale cotta in salsa di vino bianco, il conte Corradini aveva spiegato che i fascisti del posto pensavano che lui fosse uno di loro. Il conte continuava a farglielo credere per ottenere informazioni che poi riferiva al quartier generale regionale del Comitato di Liberazione Nazionale. Avvertì David e Lidia che avrebbero dovuto nascondersi di tanto in tanto quando aveva ospiti.

«Cosa ne pensi di Guido?» sussurrò David a Lidia quando si sedettero uno accanto all'altra sul divano.

«Non lo so, a dire il vero. Voglio dire, è gentile da parte sua permetterci di stare qui. Ma, siccome si finge amico dei fascisti, mi chiedo se sia davvero una finzione. Le classi abbienti sono state ferventi sostenitrici di Mussolini sin dal principio...»

«È quello che ho sentito anch'io. Ma poi, la guerra disastrosa ha messo fine al loro sostegno.»

«Mh...» Lidia inarcò le sopracciglia. «Il CLN si fida del conte, quindi suppongo che dovremmo farlo anche noi. Sono in debito con lui per avermi aiutata quando sono stata costretta a lasciare Venezia.»

«Anch'io gli sono debitore per lo stesso motivo o non sarei qui con te in questo momento.» David la guardò con occhi sorridenti. «Sei incredibilmente bella, Elena.»

Sentì le sue guance scaldarsi. «Mi sento più umana dopo aver fatto il bagno e indossato questi vestiti. Sono della sorella del conte,» gli spiegò.

Era sul punto di complimentarsi con David per quanto fosse bello con quel vestito preso in prestito, sbarbato di fresco e con i capelli puliti, quando la porta del soggiorno si spalancò e il conte fece irruzione nella stanza.

«Ho appena ricevuto una telefonata da un contatto,» sbuffò. «Il comando tedesco e le Brigate Nere stanno usando uno stratagemma per catturare i partigiani che si sono rifugiati presso le proprie famiglie. Stanno spargendo la voce che gli verrà concessa la grazia incondizionata se si consegneranno. Non saranno processati, ma avranno la possibilità di prestare il servizio militare o lavorare per progetti di ingegneria.»

«Non capiscono che si tratta di una trappola?» David scosse la testa.

«Hanno chiesto aiuto ai maestri di scuola del villaggio e a persone del genere. Vanno in giro a persuadere le famiglie affinché incoraggino i propri figli a presentarsi per ricevere la grazia.»

A Lidia si gelò il sangue. «Cosa gli fanno?»

«Secondo quanto mi hanno riferito, dopo un processo in tribunale, i bastardi impiccano quei poveri ragazzi nelle strade e nelle piazze dei paesi e delle città come "monito per la popolazione".» Il tono di voce del conte era diventato più acuto.

Lidia si alzò dalla sedia ancor prima di pensarci. «Devo avvisare gli Zalunardi.»

Si precipitò fuori dalla villa e lungo il vialetto, correndo come se avesse alle calcagna i segugi dell'Inferno, e non si rese conto che David la stava seguendo finché non si trovò sulla strada per il villaggio.

La paura le attanagliò lo stomaco. I giardini di Sant'Illaria, di solito pieni di gente che curava il proprio orto, erano stranamente vuoti. Un silenzio pesante aleggiava nell'aria, diventando più forte man mano che si avvicinavano alla piazza principale. Soffiava un vento forte, che le faceva sbattere i capelli sugli occhi. Un rombo di tuono preannunciò l'arrivo imminente del temporale.

«Fa' attenzione, Elena.» David abbassò la voce e le tenne la mano.

Quando arrivaron in piazza, Lidia si bloccò incredula. «Oddio.»

C'erano due corpi, ciascuno dei quali appeso a un lampione.

Le loro mani erano legate dietro la schiena.

Le loro gambe oscillavano nel vento.

Avrebbe voluto girarsi e scappare. Avrebbe voluto avvicinarsi per essere sicura. Avrebbe voluto nascondersi. Era sopraffatta da tante emozioni, ma alla fine, si avvicinò allo spettacolo macabro, come tirata da un filo invisibile.

Erano Antonio e Volpe, il suo compagno dai capelli rossi.

Le loro teste erano girate in modo innaturale a causa delle legature intorno al collo.

I loro occhi fissavano il vuoto.

Le loro lingue penzolavano.

Lo stomaco di Lidia si contrasse. Prese fiato per cercare di non vomitare.

Gli abitanti del villaggio si erano radunati e c'erano gli Zalunardi – Rosina e i suoi genitori – che si abbracciavano, a bocca aperta per lo shock.

All'improvviso, arrivò in piazza una squadra di Brigate Nere. In prima fila si stava pavoneggiando l'uomo vile che aveva cercato di violentarla, e lei emise un sussulto.

«Vieni, Elena,» mormorò David. «Dobbiamo andarcene via da qui. Non c'è niente da fare.»

La trascinò via. Non appena raggiunsero il vialetto sicuro della villa, lui spalancò le braccia e lei vi si tuffò.

Singhiozzò contro il suo petto. «Come si può essere così crudeli?»

«È terribile, lo so.» Le sollevò il mento e la guardò negli occhi. «Ma devi stare più attenta. Non attirare l'attenzione su di te.»

«Non riuscivo a pensare. Speravo solo di arrivare in tempo per avvisare gli Zalunardi.»

«Mi dispiace per Antonio. Era un bravo ragazzo.»

Le lacrime rigarono il volto di Lidia. David si chinò e le baciò via. «Oh, Dio, Elena. Ti amo. Sei la ragazza più incredibile, coraggiosa e meravigliosa che io abbia mai incontrato.»

«Anch'io ti amo, David.» Ed era vero. Lui era diventato il suo porto nella tempesta. Lo amava con ogni fibra del suo essere.

La baciò per bene, reclamando con la sua bocca quella di Lidia. La ragazza si rese conto che era proprio nel posto in cui doveva essere, cioè tra le braccia di David. Lui le aveva fatto abbassare le difese che lei aveva eretto dopo che Renzo aveva smesso di scriverle. Lidia aveva finalmente capito che Renzo era un ragazzo all'epoca, a differenza di David che era un uomo. Si abbandonò al suo bacio, affondando le dita nel maglione e aggrappandosi a lui.

Lui le accarezzò la guancia con un dito. «La mia ragazza di Venezia.» Sorrise.

Lidia accoccolò il viso al suo palmo e lo baciò.

Il tuono crepitò. «Faremmo meglio a entrare o ci bagneremo,» gemette David.

«E dovremo dire al conte cosa è successo.»

Capitolo 21

Charlotte, 2010

Francesca mi indicò un parcheggio di fronte alla stazione dei treni di Bassano. Dopo che ebbi trovato un posto per la Fiat, ci avviammo a piedi, facendoci strada nel centro storico lungo una stradina fiancheggiata da bancarelle.

«Il mercato c'è solo il giovedì e il sabato.» Francesca mi prese sottobraccio. «È un ottimo posto per acquistare vestiti a buon mercato.»

Il sole cocente picchiava sulle nostre teste e io mi asciugai il sudore dalla fronte mentre passavamo davanti ad ambulanti che vendevano di tutto, dai vestiti di cotone ai jeans, calze e magliette, oltre a vari furgoni che offrivano pesce fresco, formaggio, frutta e verdura. Mi sarei aspettata che i gestori delle bancarelle gridassero e reclamizzassero le loro merci, invece non sembravano particolarmente preoccupati per gli affari, anzi, chiacchieravano tra loro, fumavano o addirittura leggevano i giornali.

Eravamo arrivate in una piazza rettangolare con al centro una statua del leone alato di San Marco su un pilastro. Comprammo delle bottiglie di acqua fredda da un distributore automatico e le bevemmo.

Francesca mi condusse in una stradina piena di boutique di stilisti. Era evidente che Bassano fosse una città ricca.

«Il viale dei Martiri è da questa parte,» disse prendendomi di nuovo sottobraccio.

Viale dei Martiri. Non era difficile capire il significato delle parole. Mi si formò un groppo in gola al pensiero di cosa avrei trovato.

I bastioni di un castello si ergevano alla mia sinistra, il color sabbia contrastava con il cielo azzurro. Una fila di alberi che delimitava l'ampia strada mi attirò come una calamita. Dodici lecci con le foglie potate a mo' di elmi di soldati. Mi si contrasse lo stomaco e divincolai il braccio da quello di Francesca.

Mi avvicinai al primo albero. Una struttura tubolare metallica circondava il tronco. Al centro era stata fissata una croce smaltata di nero. Il nome, Fiorenzo Puglierin, campeggiava su una targa di ottone con la data della sua morte in mezzo alla croce, e sopra di essa era stata fissata una sua foto in ceramica dentro una cornice ovale di bronzo. Un cappio da boia in miniatura, fuso in acciaio, era appeso sotto la foto al centro della struttura, e sotto di esso era stato legato un vaso dove qualcuno aveva posto dei fiori freschi. Il mio cuore fu pervaso dalla tristezza.

Percorremmo tutto il viale, controllando i nomi dei caduti: Giovanni, Giacomo, Pietro, Girolamo, Cesare, Albino, Francesco, Pietro e tre "ignoti".

«Antonio potrebbe essere uno degli ignoti?» chiesi.

Francesca scosse la testa. «Rosina ha detto categoricamente che suo fratello è stato impiccato, perciò il suo nome dovrebbe essere qui.»

«Forse si è confusa?»

«Non credo. L'ha detto anche Michela.»

«Però non ha detto che è morto a Bassano, ora che ci penso.» Aggrottai la fronte. «Sai se giustiziarono i partigiani da qualche altra parte?»

«Ci sono monumenti commemorativi in molte città e villaggi della zona. Mi dispiace, ma non ho mai prestato loro molta attenzione.» I suoi occhi incontrarono i miei ed erano pieni di dolore. «Sono avvenimenti accaduti tanto tempo fa e non conoscere nessuno coinvolto fa sembrare tutto remoto.»

«È comprensibile,» dissi. «Penso che sia lo stesso per me quando passo accanto al Cenotafio a Londra.»

Quando arrivammo alla fine della fila di alberi, trovammo un manifesto inserito in una cornice di metallo in cui era descritto sia in italiano che in inglese ciò che era accaduto sul Monte Grappa nel settembre del 1944. Lessi ad alta voce: «La maggior parte dei partigiani scese dalla montagna, superò i posti di blocco e fece ritorno alla propria famiglia. Il Comando Germanico diffuse la notizia che si impegnava a condonare le pene a coloro che si fossero presentati spontaneamente. La popolazione locale accolse il provvedimento come la liberazione da un incubo e i familiari convinsero i ragazzi a uscire dai nascondigli. Ma si rivelò un inganno. Centinaia di partigiani furono fucilati o impiccati.»

La mia voce tremava. «Molti altri, circa un centinaio, furono mandati nei campi di concentramento nazisti. Nella stessa Bassano, diciassette uomini furono fucilati da un plotone di esecuzione nella caserma militare e trentuno furono appesi agli alberi della città con la scritta "Bandito" su un cartello attaccato al petto.»

«È orribile.» Strizzai gli occhi lucidi. «Dalle fotografie sugli alberi si evince quanto fossero giovani. Sono scioccata che possa essere successo qui...»

Francesca mi strinse il braccio. «Gli italiani si scontrarono con gli italiani. La Germania si scontrò con gli Alleati. I giovani erano animati da uno spirito insurrezionale. È stato un periodo terribile in Italia.»

«E sta succedendo di nuovo oggi in altre parti del mondo.»

«Andiamo,» disse, voltandosi e riportandomi sulla strada. «Basta con la tristezza. Lascia che ti mostri altre cose di Bassano. La vita va avanti, come si suol dire...»

Percorremmo una strada ripida fino a un pittoresco ponte di legno, in bilico su pontoni, che attraversava l'impetuoso fiume Brenta. Passeggiammo da una parte all'altra e Francesca mi raccontò la storia del Ponte Vecchio: la struttura era stata progettata da Palladio, un famoso architetto del Sedicesimo secolo, a quanto pareva. Ci facemmo dei selfie su una specie di balcone che si affacciava sull'acqua che scorreva veloce, davanti a un magnifico panorama fatto di edifici color pastello e le falesie alle spalle.

Francesca suggerì di fermarci a prendere un aperitivo alla Grapperia Nardini. «Hanno un bar come quello di *Cheers*, dove tutti conoscono il tuo nome.»

«Ottima idea,» convenni, asciugandomi le mani sudate sui pantaloncini. «Sto morendo di sete.»

La grapperia era affollata da gente del posto, le cui voci melodiche creavano un caos di suoni. «Questo posto è fantastico,» esclamai, inspirando i fumi inebrianti della grappa. «Ha un'atmosfera da vecchio mondo.»

«Risale al Diciottesimo secolo ed è il luogo dove è stata distillata per la prima volta la grappa su base commerciale.»

«Sei un pozzo di conoscenza,» ridacchiai.

«Sono le informazioni che do ai nostri ospiti in albergo quando vogliono delle idee per fare delle gite fuori porta,» disse strizzando l'occhio. «Proprio come dico loro che il nome della montagna non ha nulla a che fare con la bevanda.»

Stavo per chiederle una spiegazione quando arrivarono i nostri drink, *Mezzo e Mezzo*, che Francesca mi spiegò erano dei cocktail a base di grappa mescolati a succo di frutta e acqua gassata.

Fece tintinnare il suo bicchiere con il mio. «*Alla tua salute*, Lottie.»

«*Salute*,» risposi.

«Ad Alex piace questo posto.» Mi guardò con un'espressione indecifrabile. «È innamorato di te,» aggiunse. «So che ti ha incontrato solo pochi giorni fa, ma non l'ho mai visto così infatuato.»

Sorseggiai il mio drink per nascondere quanto fossi sorpresa dalla sua schiettezza e raccogliere i miei pensieri mentre il sapore dolceamaro rotolava sulla mia lingua. Come potevo dirle che avevo paura di essere di nuovo ferita? Avrebbe pensato che fossi banale. Tuttavia, decisi di rischiare e le raccontai di Gary, dopodiché aggiunsi: «Non sto dicendo che penso che Alex sia come lui. Niente affatto, solo che non sono pronta per una nuova relazione.»

«Dagli solo una possibilità, bella. Ne vale la pena. Mio fratello non ha avuto molta fortuna con le donne. Ha sposato Simonetta quando è rimasta incinta di Gabriele. Stavano insieme da molto prima, dai tempi dell'università, più per abitudine che per amore.»

«Sono onorata che pensi che io sia degna di lui,» dissi. «Ma la mia vita è a Londra. Iniziare una relazione con Alex sarebbe completamente folle.»

«Non hai mai sentito parlare di relazioni a distanza? Al giorno d'oggi, grazie a Internet e ai voli economici, tutto è possibile.» Rise.

«Mhh.» *Era arrivato il momento di cambiare argomento.* «Come vanno i preparativi del matrimonio?»

Un sorriso le increspò le labbra. «Mi manca solo la prova finale dell'abito. Tutto il resto è sotto controllo.» Bevve un sorso del suo *Mezzo e Mezzo*. «Perché non ceniamo insieme la settimana prossima, così ti faccio conoscere Lorenzo? Mi piacerebbe farti vedere il casale che abbiamo ristrutturato sulla collina alle spalle di Sant'Illaria.»

«Sarebbe fantastico. Grazie. Sempre se sarò ancora qui. Spero che Rosina vorrà rivedermi tra un giorno o due.»

«Spero che la cara vecchietta si ricordi altre cose di tua nonna.»

«Ha detto che Leonessa scese dal Grappa con il resto dei partigiani, e mi piacerebbe molto sapere cosa le successe dopo.»

Io e Francesca ci fermammo a mangiare una pizza prima di tornare al parcheggio. Dopo che cominciò a parlare di Lorenzo e del suo matrimonio imminente, fu facile per me distrarla e fare in modo che non mi mettesse pressione su Alex. Non riuscivo a credere che fosse "infatuato". Forse era più propenso a un'avventura. *Un'avventura che sarebbe stata disastrosa.*

Tornata a Villa Corradini, mi diressi nel mio nuovo alloggio, disfeci la valigia e mi riposai un po'.

Il letto era bello e comodo, e le persiane avevano mantenuto la stanza fresca. Al risveglio, mi recai in macchina al supermercato vicino che Francesca mi aveva mostrato di ritorno da Bassano, dove feci scorta di prodotti essenziali come caffè, latte, tè, frutta, insalate, salumi, formaggi, eccetera. Non ci misi molto a sistemare tutto in frigo quando tornai, e siccome sentivo di nuovo caldo, decisi di andare a fare una nuotata.

Indossai il bikini, lasciai la dependance e attraversai il prato per raggiungere la piscina. Una mezza dozzina degli ospiti dell'hotel era sdraiata sui lettini, ma c'era solo una persona in acqua.

Sentii le farfalle svolazzare nello stomaco.

Alex.

Emergeva e rientrava in acqua mentre nuotava.

Non appena mi vide si fermò e mi fece un cenno con la mano.

Mi tuffai e lo raggiunsi a nuoto.

Scrollò le goccioline d'acqua dai capelli e il mio battito cardiaco accelerò. *Dio, era stupendo*. Francesca mi aveva detto che si era infatuato di me, ma non poteva essere vero, no?

«Mia sorella mi ha informato di quello che è successo da Rosina e poi della tua visita a Bassano,» disse.

«Che tristezza.» Quelle parole suonarono banali alle mie orecchie. «Dev'essere stato terribile vivere a quei tempi. Non c'è da stupirsi che mia nonna abbia deciso di dimenticare il suo passato...»

«La generazione dei nostri nonni aveva un unico scopo una volta finita la guerra: gettarsi il passato alle spalle e andare avanti.»

«Lo so. Sono un'insegnante di storia, ricordi?»

«Ah sì. Certo.»

Gli toccai la spalla. «Scusa. È stata un'uscita infelice. Non volevo essere sgarbata.»

«Non mi sono offeso,» rispose con un sorriso.

«Vediamo chi arriva primo,» lo sfidai, cominciando a nuotare a stile libero per mascherare il mio disagio.

Lo lasciai indietro.

«Speedy Gonzalez.» Fece una risata gutturale quando mi raggiunse dall'altra parte della piscina.

«Dov'è Gabriele?» chiesi, guardandomi intorno in cerca della piccola fotocopia di Alex.

«Con Simonetta. È venuta a prenderlo ieri sera prima di andare al ristorante.»

«A proposito di ieri sera...» Sentii il calore affiorare alle mie guance. «Spero di non averti dato un'impressione sbagliata.»

«Non so cosa intendi, Lottie.» Il suo tono era serio, ma il luccichio nei suoi occhi mi diceva che stava scherzando.

«Penso che tornerò alla dependance,» dissi. «Ci vediamo dopo...»

Salii la scaletta e presi il mio asciugamano, poi mi diressi verso la stalla.

Alex mi raggiunse, e non potei fare a meno di gettare un'occhiata ai pantaloncini che gli fasciavano il sedere rotondo e alle goccioline d'acqua che gli scendevano lungo il petto tonico.

«Non c'è bisogno che mi accompagni,» borbottai. «Conosco la strada.» Non sapevo perché fossi così irritabile.

«Oh, non te l'ha detto Francesca?» Il suo sorriso si allargò. «Vivo nella maisonette accanto alla tua.» Si fermò e mi fissò. «Mia sorella ha insistito per concedermi la serata libera. La maggior parte dei nostri ospiti è andata con il minibus dell'hotel all'Opera di Verona, e lei dice che se la caverà bene con quelli che sono rimasti.» Mi toccò la mano. «Quindi, mi piacerebbe preparare la cena per noi. Niente di sofisticato. Un piatto di spaghetti con il pomodoro fresco. Che ne dici?»

«Grazie.» Cos'altro potevo dire? Mi aveva colto completamente di sorpresa. «Mi farebbe piacere.»

Aspettò mentre aprivo la porta.

Mi voltai per dirgli che ci saremmo visti più tardi, ma prima che potessi pronunciare una parola, mi sollevò il mento interrogandomi con i suoi occhi verdi.

Annuii e lui avvicinò la sua bocca alla mia.

Il cuore mi martellava, mi sollevai sulle punte dei piedi e risposi al bacio cingendogli il collo con le braccia mentre lui mi tirava a sé.

Ci aggrappammo l'uno all'altra, senza fiato.

Mi attirò più vicino.

Gli tirai i capelli sulla nuca. Lo desideravo da morire.

Mi strinse ancora più forte, spostandomi all'indietro e baciandomi finché la mia schiena non premette contro il muro. Il suo bacio si fece più esigente, e io mi aprii a lui, la mia pelle fremeva di desiderio.

Ma all'improvviso gli squillò il cellulare, e ci separammo con un sussulto.

«Scusa.» Controllò chi lo stesse chiamando. «È Michela.»

Parlò velocemente in italiano prima di chiudere la chiamata.

«Cosa c'è che non va?»

«Rosina è in ospedale,» disse con espressione grave.

Tornai con i piedi per terra con un tonfo. «Oh no! È grave?»

«È caduta all'ora di pranzo e si è rotta un braccio. È molto confusa, perciò la tengono in osservazione.»

«Si riprenderà?»

«Michela pensa di sì. Voleva solo dirci che ci vorrà un po' di tempo prima che sua madre possa parlarti.»

«Va benissimo,» ribattei con un tono falsamente allegro. «Una scusa per restare qui più a lungo. Non che lo avrei augurato alla povera Rosina...»

«Nemmeno io, ma sono felice che tu non stia per partire per Londra, anche se avrei preferito che non avessi avuto bisogno di una scusa.»

Lo guardai negli occhi. «Possiamo andarci piano, per favore, Alex? Qualunque cosa sia "questo"?»

Si chinò e mi accarezzò le labbra con un bacio. «Faremo come vuoi, Lottie. Hai la mia parola.»

Capitolo 22

Lidia, 1944

Lidia si svegliò tremante nel cuore della notte. Una corrente d'aria fredda stava filtrando dalla finestra della camera da letto e lei andò a chiuderla. Ancora mezza addormentata, toccò il chiavistello. Qualcosa attirò la sua attenzione: alcune ombre che guizzavano sul prato. La sua pelle formicolò quando vide i soldati tedeschi che si accendevano le sigarette mentre il suo dito era premuto sul grilletto. *Bang bang bang.*

Ma quando guardò di nuovo, le ombre erano scomparse. La sua bocca si contorse. Naturalmente Zeno, il mastino del conte, avrebbe abbaiato come un matto se ci fosse stato qualcuno lì. La sua immaginazione aveva avuto la meglio su di lei. Scosse la testa e tornò a letto.

Chiuse gli occhi e aspettò che arrivasse il sonno. Ma inutilmente. Lei aveva spezzato una vita. Più di una. Ma in guerra o uccidevi o venivi ucciso. Quella era la cosa più terribile.

Il libro di preghiere di sua madre era in fondo all'armadio, nascosto in un paio di stivali. Lidia si alzò dal letto e andò a prenderlo, se lo strinse al petto e scivolò di nuovo sotto le coperte.

Un'ondata di dolore le fece venire le lacrime agli occhi. Tutti quelli che amava alla fine le venivano portati via. Prima Renzo. Poi suo padre. E ora, David. Sarebbe partito l'indomani.

Nonostante la sua richiesta, non le era stato permesso di andare con lui. Anche se non voleva pensarci, non poteva farne a meno. Sentì una fitta al petto. Si asciugò una lacrima che le era scivolata. Avrebbe dato qualsiasi cosa per farlo stare lì con lei, nel suo letto, ma era stata troppo timida per chiederlo e lui troppo gentiluomo per farle una proposta del genere. E ora era troppo tardi. Tra poche ore se ne sarebbe andato, lasciandola senza la sua protezione, senza i suoi baci. Non avrebbe mai saputo come sarebbe stato essere amata fisicamente da lui.

Si portò una mano alle labbra. I suoi sentimenti per David erano più carnali di qualsiasi cosa avesse mai provato. Amava essere baciata da lui; le piaceva quando le faceva scivolare le mani dietro la schiena; amava il calore e la pressione della sua bocca. Le loro lingue duellavano mentre si abbracciavano senza sosta finché non sentiva il cuore in gola e le farfalle nello stomaco.

Avrebbe voluto poter condividere con il mondo l'amore che provava per lui, ma David le aveva detto che se avesse voluto continuare a combattere al suo fianco, avrebbero potuto solo baciarsi di nascosto.

A Lidia sfuggì un sospiro. Poco dopo il loro arrivo a Villa Corradini più di un mese prima, era pervenuto il messaggio che la missione britannica si era temporaneamente ritirata dopo aver combattuto con la Brigata Gramsci sulle Dolomiti. Quella campagna non era andata bene e a David era stato detto di aspettare fino a quando fosse stato istituito un altro quartier generale. Ci erano volute settimane. Durante quel periodo, la maggior parte dei partigiani sopravvissuti alle retate si era nascosta. C'erano stati così tanti omicidi e incendi da rendere tutti giù di morale, e l'insoddisfazione verso il Comitato di Liberazione Nazionale era largamente condivisa a causa delle tattiche ovviamente sbagliate che aveva insistito dovessero essere impiegate.

Alla fine, però, era stata costituita una nuova organizzazione nella foresta del Cansiglio, sopra Vittorio Veneto, prospiciente il fiume Piave, dove i combattenti per la libertà si stavano riunendo in attesa che gli Alleati sganciassero armi e rifornimenti. Ora era necessario l'aiuto di David. Lui aveva promesso a Lidia che, non appena si fosse unito ai suoi compagni, avrebbe convinto il suo comandante a farla chiamare per sfruttare la sua conoscenza delle lingue, le sue conoscenze mediche e, ultimo, ma non meno importante, il suo coraggio.

Lidia gli aveva risposto che non era niente rispetto a quello dei giovani sul Grappa. Il suo cuore si spezzava ogni volta che pensava ai suoi cuccioli di lupo e a quanto era successo nelle città e nei villaggi ai piedi della montagna: tante esecuzioni e deportazioni nei campi di lavoro. Non avrebbe mai dimenticato l'immagine di Antonio che penzolava da quel lampione e i volti di Rosina e dei suoi genitori paralizzati dall'orrore.

Lidia provava una profonda compassione per la sua amica. Rosina era tornata al suo lavoro di domestica alla villa, ma non portava più messaggi come staffetta. Erano stati i suoi genitori a convincere Antonio a consegnarsi. Loro, come molte famiglie della zona, non riuscivano a perdonarsi per quello che avevano fatto, nonostante fossero stati ingannati dai nazifascisti. La signora Zalunardi si alzava a malapena dalla sedia accanto al caminetto, e toccava a Rosina badare all'aia e agli animali.

Lidia e David erano stati confinati in un alloggio, ma a lui non sembrava importare, poiché era pappa e ciccia col conte – parole sue non di Lidia – grazie alla loro chiacchierata serale davanti a un bicchiere di brandy e un sigaro mentre Lidia si coricava presto. Grazie a Dio, c'era una biblioteca piena di libri e David con cui parlare quando non era impegnata a leggere. Sorrise tra sé e sé, si erano raccontati tutto delle loro vite. Lei gli aveva raccontato di Renzo e David le aveva confessato di essere stato già fidanzato con una ragazza della WAAF, ma per la gioia di Lidia, la giovane aveva rotto il fidanzamento. Animati dall'ottimismo, entrambi si erano promessi di voler tornare all'università dopo la guerra: David per completare il suo percorso di laurea in giurisprudenza a Cambridge e Lidia per finire i suoi studi di medicina. Il fatto che avrebbero vissuto in Paesi diversi non le era sfuggito, ma lo aveva relegato in fondo alla sua mente, poiché sperava che il futuro avrebbe fatto il suo corso.

Si girò e rigirò sotto il piumino, non riuscendo a prendere sonno. Aveva bisogno di andare in bagno, perciò accese la luce sul comodino e si alzò. Dopo esservi andata, tornò in corridoio, ma si spaventò a morte. David era in piedi sulla soglia della sua camera da letto. «C'è qualcosa che non va?» gli chiese.

«Sì,» rispose cupo, «mi sono svegliato perché mi era sembrato di aver sentito un rumore. Ora non riesco a dormire pensando a domani e a quanto mi mancherai.»

Lei avanzò di qualche passo per ridurre la distanza tra loro e affondò le dita nel suo pigiama di seta. «Mi mancherai anche tu, *amore mio*.» Il cuore le batteva forte. «Promettimi che starai attento. Non potrei sopportarlo se ti succedesse qualcosa.»

«Stai attenta anche tu, mia ragazza di Venezia.»

«Non me l'hai promesso,» disse.

«Prometto che starò attento.» Si chinò e sussurrò. «Buonanotte, amore mio. Se non me ne vado subito, potrei fare qualcosa di cui pentirmi.»

«Dove devi andare?»

«In cucina a scaldare un po' di latte.»

«Non muoverti.» Gli premette la mano sul petto e sentì il battito del suo cuore. Decise di essere diretta, di dare voce al pensiero che aveva occupato la sua mente. «Voglio che tu rimanga con me questa notte. Tutte le promesse che ci siamo fatti non contano nulla in questa terribile guerra, perché nessuno di noi sa cosa accadrà. Voglio un ricordo a cui aggrapparmi nei tempi bui che verranno.»

Poi le sue labbra si schiantarono su quelle di Lidia, e le afferrò il viso a coppa.

Lei si alzò sulle punte per allineare i loro corpi.

Le loro bocche si scontrarono e si aprirono, e le loro lingue stuzzicarono gli angoli più reconditi prima che la frenesia cedesse il passo a un pacato fervore. Le strofinò il naso alla base della gola e posò dei baci lungo la scollatura della sua camicia da notte, facendola sussultare. Continuò a baciarla scendendo lungo il suo corpo finché non si inginocchiò e avvicinò il viso alla parte più intima. La baciò in quel punto e fece scorrere la lingua sulla sua camicia da notte, provocando un calore umido che le fece formicolare il sesso.

«Oh, David,» piagnucolò.

Si alzò in piedi e la sollevò tra le braccia, chiudendo la porta della camera con la spalla prima di portarla a letto.

«È questo che vuoi, Elena? Dimmi di fermarmi ora e lo farò.»

«Non fermarti.»

Le tolse la camicia da notte e la fissò nella luce soffusa. «Sei bellissima, tesoro mio. Ti amo tanto.»

Si crogiolò nel suo sguardo. «Anch'io ti amo, David. *Ti amo*.»

Si spogliò in fretta e la prese tra le braccia finché non furono pelle contro pelle. La baciò con passione ancora una volta mentre cadevano sul letto e lei divaricò le cosce per lui. «Non voglio farti male, amore mio.»

«Non ho paura del dolore.» Ed era vero. Lo voleva più di quanto avesse mai immaginato.

Lui la coprì con il suo corpo tonico.

Lidia gli infilò le dita tra le ciocche setose.

La baciò, accarezzandole la lingua con un tale amore che Lidia avrebbe voluto piangere.

E poi cominciò a insinuarsi dentro di lei così dolcemente che la ragazza sentì a malapena la fitta. Si mosse come le onde che lambiscono la riva, generando una marea di sensazioni che le tolse il respiro. La sensazione di un liquido caldo che la sfiorava e si ritirava divenne sempre più intensa. Lui continuò a baciarla, senza mai fermarsi, facendo scorrere le mani sui suoi seni e lungo il corpo fino alla curva dei suoi fianchi.

Sentì le sue viscere contrarsi, attorcigliarsi come un gomitolo di spago. Poi la tensione si dissolse in onde, una sensazione talmente bella che le venne da piangere.

David le accarezzò i capelli e il suo corpo si calmò. La guardò negli occhi e le disse quanto la amasse. «Spero di non averti fatto male,» aggiunse asciugandole le lacrime dagli occhi.

«Non potresti mai farmi del male, *amore*.» Quando pronunciò quelle parole, si rese conto di quanto fossero vere. Quell'uomo era meraviglioso e lei era stata proprio fortunata a incontrarlo. «Erano lacrime d'amore.»

Lidia si girò e aprì gli occhi. La luce dell'alba filtrava da uno spiraglio tra le tende. Il suo cuore sprofondò. David sarebbe partito quel giorno, ricordò a se stessa. Sarebbe partito senza di lei. Si era talmente abituata a lui che non sapeva come se la sarebbe cavata da sola.

Lui si era già svegliato. La sua espressione era gentile, la sua bocca ancora di più, ma la cosa più delicata di tutte fu il suo tocco sulla sua schiena. «Buongiorno, amore mio.» Le baciò la fronte.

La tristezza le stringeva la gola così tanto che riusciva a malapena a parlare. «Buongiorno. Ti auguro una buona giornata, anche se per me non lo sarà affatto. Anzi, sarà terribilmente brutta...»

«Anche per me, Elena.»

Lo sentì tremare. Premette le labbra su quelle di lei e il suo sospiro vibrò contro la sua lingua. La baciò e allo stesso tempo mormorò contro la sua bocca: «Sposami, Elena. Non appena la guerra sarà finita, e succederà presto, ricordati delle mie parole.»

Le si mozzò il respiro. Tra tante domande che avrebbe potuto farle, lei non aveva mai pensato che le avrebbe chiesto di sposarlo. Cercò i suoi occhi, e vi vide serietà e sincerità. David era in attesa della sua risposta, ma lei non sapeva cosa dire. Sarebbe stata capace di lasciare l'Italia per andare a vivere in Inghilterra? La vita di David era lì mentre quella di Elena in Italia.

Lui doveva essersi accorto della sua espressione dubbiosa, perché disse: «Imparerò l'italiano. Mi trasferirò a Venezia. Studierò diritto italiano invece di quello inglese.»

«Oh, David. Lo faresti per me?» Le tremarono le labbra quando pronunciò quelle parole.

«Elena.» Le prese il viso tra le mani. «Ti amo. Tanto. Voglio che passiamo il resto della nostra vita insieme. Dimmi che lo vuoi anche tu.»

«Sì,» annuì.

«Quindi mi sposerai?»

«Sì,» sorrise prima di ridere di gusto. «Ti sposerò, David Roden. Non vedo l'ora che tu veda il nostro appartamento a Venezia. Ma, soprattutto, desidero farti conoscere mio padre. Ti amerà quanto me.»

David la fece girare e la soffocò di baci. «È meglio che torni nella mia stanza prima che faccia tardi. Ci vediamo a colazione, amore mio.»

Lui si vestì e quando lei lo vide andar via, non riuscì a trattenere le lacrime. Prese il libro di preghiere sul comodino e se lo strinse al petto pregando il Dio dei suoi antenati di proteggere David.

Capitolo 23

Lidia, 1944

Mancavano due giorni a Natale, ed erano passati due mesi da quando David era partito per il Cansiglio. Lidia si svegliò presto, con una bolla di eccitazione nel petto. La sera prima era arrivata una staffetta con una lettera per il conte e una per lei. Finalmente, il comandante della missione britannica aveva acconsentito alla richiesta di David. Lidia aveva preparato subito lo zaino, poiché non vedeva l'ora di andare. David le mancava così tanto e stare chiusa in quella villa senza di lui era estremamente monotono. Anche se si ripeteva continuamente che era stata fortunata a essere sfuggita alle rappresaglie nazifasciste, era irritata dalla pigrizia forzata. Aveva letto tutti i libri di Agatha Christie, l'intera collezione di Jane Austen e le opere delle sorelle Brontë nella biblioteca del conte.

Malgrado le sue aspettative, il momento più atteso delle sue giornate era quando cenava con Guido, poiché alla fine si era sentita così rilassata in sua compagnia da chiamarlo per nome. Era un uomo interessante così come la sua visione della guerra. Secondo lui, l'obiettivo strategico degli Alleati era quello di costringere i tedeschi a dispiegare così tante forze in Italia da lasciare sguarnita la Francia occupata. In caso contrario, la bilancia sarebbe stata a sfavore degli inglesi e degli americani nella loro campagna attraverso la Manica. Guido era convinto che gli attacchi dei partigiani nei confronti di Jerry fossero stati vitali e avrebbero continuato ad esserlo.

Lidia sorrise ironicamente tra sé e sé, ricordando la sera di metà novembre in cui aveva ascoltato a bocca aperta una trasmissione della radio alleata di nome *Italia Combatte*, un proclama a nome del generale Harold Alexander, comandante supremo delle forze alleate in Italia che in onda aveva richiesto una risposta coordinata da parte dei partigiani. Poiché la pioggia e il fango avrebbero rallentato l'avanzata britannica e americana, i partigiani avrebbero dovuto cessare le loro precedenti attività per combattere un nuovo nemico: l'inverno. Gli aerei degli Alleati sarebbero stati pochi e rari di notte, limitando i lanci di rifornimenti, anche se loro avrebbero fatto il possibile per assicurarli. Guido aveva commentato seccamente che la guerra contro i nazisti non era uno "sport estivo". Lidia aveva concordato con lui, frustrata dal fatto che l'attesa fine delle ostilità sembrava ancora lontana, dato che inglesi e americani dovevano ancora prendere Bologna.

A volte, quando Guido intratteneva i tedeschi e i loro leccapiedi fascisti, Lidia mangiava in cucina con la signora Bernardi. Guido spiegò che era tutta una messinscena da parte sua, altrimenti avrebbe dato adito a sospetti. Altre volte, quando gli faceva visita una delle sue amichette, Lidia si teneva lontana. Sebbene il conte avesse cominciato a starle simpatico, non era riuscita ancora a inquadrarlo.

Forse era a causa del suo background? Lidia non aveva mai conosciuto un tipo come lui.

La luce dell'alba filtrò attraverso uno spiraglio tra le tende della sua camera da letto. Era troppo eccitata per dormire. Si alzò dal letto e indossò gli abiti più semplici che riuscì a trovare per prepararsi per il viaggio. Una semplice gonna di lana grigia, una camicetta di cotone e un pesante maglione blu scuro. La lettera di David era sul suo comodino e la attirava. Accese la luce della lampada e la rilesse per l'ennesima volta.

Carissima Elena,

Spero che quando riceverai questa lettera tu sia al sicuro e in salute. Mi manchi così tanto e gli ultimi due mesi sono stati un inferno senza di te. Oh, quanto avrei voluto tenerti tra le braccia. Non c'è stato un minuto in cui non abbia pensato a te, mia cara.

Ma, prima che tu decida se vuoi unirti a me, devo avvertirti delle condizioni che ci sono qui. Le nostre caserme sono costituite da due capanne di legno situate a circa 91 metri l'una dall'altra. Quella più grande ha due file di cuccette che sarebbero circa venti, l'altra ospita la cucina e la mensa. L'acqua proviene da uno stagno a 274 metri di distanza. Ora è coperto di neve, perché siamo a oltre 1.200 metri di altezza e la foresta del Cansiglio è un luogo notoriamente freddo.

Siamo impegnati in pattugliamenti, cifrature, a tagliare la legna, a dare acqua e fieno a Henry, il nostro mulo, e a visitare i battaglioni partigiani nelle vicinanze. Le tue abilità linguistiche sono assolutamente necessarie, amore mio.

La zona per i lanci con il paracadute è vicina, ma la nostra sfortuna su questo punto continua. Un paio di settimane fa, due aerei hanno scaricato per errore i loro carichi, comprese le nostre apparecchiature senza fili e la posta di tre mesi, su una guarnigione fascista a 1.600 metri di distanza. I partigiani sono rimasti disgustati da questa tragedia, soprattutto quando i visitatori della pianura sottostante hanno raccontato loro in maniera dettagliata di come i fascisti fumassero sigarette e mangiassero cioccolati-

ni inglesi, mentre si davano da fare a smontare e rimontare nuovi Bren e Sten per usarli contro di noi. Sono lieto di dire, tuttavia, che, nonostante questo deplorevole record di insuccessi, rimaniamo buoni amici dei partigiani, anche se chiaramente trovano difficile credere che la RAF, in cui riponevano tanta fiducia, possa essere così maledettamente incompetente.

Tra un paio di giorni sarà Natale e fervono i preparativi. Desidero ardentemente averti di nuovo con me, tesoro mio, ma se dovessi decidere di non venire per paura delle difficoltà e del pericolo, lo capirò. Non c'è bisogno di giustificarti, e verrò a trovarti alla villa non appena sarà finita la guerra.

Per favore, distruggi questa lettera dopo averla letta, amore mio. Le ragioni sono ovvie.

Il tuo amato David.

Per lei era giunto il momento di seguire le istruzioni di David. Con enorme rammarico, distrusse la lettera. Raccolse i pezzi, andò in bagno e li gettò nel water. Sarebbe partita con la staffetta. Non le importava che avrebbe dormito in un letto a castello circondata da uomini che russavano e puzzavano di sudore. Non le importava che avrebbe fatto freddo. Non le importava che non avrebbe avuto abbastanza cibo o vestiti. Le importava solo di stare con David.

Tornata nella sua stanza andò a prendere lo zaino e scese a fare colazione. I forti colpi alla porta d'ingresso la fecero fermare sui suoi passi. Si precipitò alla finestra e sbirciò attraverso uno spiraglio tra le tende.

Oh, Dio!

C'erano due uomini sulla soglia, vestiti con le divise della Guardia Nazionale Repubblicana, il corpo di polizia fascista istituito da Mussolini per subentrare ai Carabinieri. Il cuore di Lidia martellò. Erano venuti per lei? Le si gelò il sangue.

Pensò di nascondersi nell'armadio, ma quello sarebbe stato il primo posto in cui la avrebbero cercata. Veloce come un fulmine, frugò nello zaino e trovò il libro di preghiere di sua madre. La sua unica opzione era di rimetterlo nel suo nascondiglio, cosa che fece prontamente, infilandolo nello stivale. Tornò alla finestra e la aprì, controllando se poteva uscire. Ma la sua camera si affacciava sul giardino anteriore e c'era un dislivello nel terreno.

Dal piano inferiore risuonarono delle urla e il rumore di porte sbattute. Il pesante tonfo degli stivali echeggiò dal corridoio piastrellato.

Oh, Dio buono. Gli occhi di Lidia quasi le uscirono dalle orbite. I poliziotti avevano ammanettato Guido e lo stavano facendo marciare lungo il vialetto.

Corse al piano inferiore e trovò Rosina. «Vieni.» La ragazza le afferrò la mano quando arrivò in fondo alle scale. «Il conte mi ha detto che se fosse successo qualcosa, avrei dovuto distruggere tutti i documenti incriminanti che avrei trovato nel suo studio.»

«Sono sorpresa che le guardie non abbiano fatto una perquisizione scrupolosa.»

«Sono troppo pigri. Volevano solo arrestare il conte e tornare subito alla stazione di polizia per potersi riposare.»

Rosina andò alla scrivania del conte, aprì tutti i cassetti e tirò fuori i documenti. «Non so quali siano incriminanti o meno, perciò li brucerò tutti.» Nel cassetto in alto trovò una mazzetta di lire e la consegnò a Lidia. «Ecco, prendi questi soldi. Devi andare a Venezia dalla sorella del conte. Conosce persone influenti che potrebbero aiutarlo.»

«Ma... ma devo partire per il Cansiglio. La missione britannica mi aspetta.» La voce di Lidia tremava.

Rosina batté il piede sul parquet. «Gli inglesi dovranno aspettare. Potrai andare da loro al ritorno da Venezia. Chiederò alla staffetta di portare loro un messaggio.»

Lidia non poteva rifiutare, poiché sarebbe stata un'ingrata. Guido l'aveva aiutata, perciò lei avrebbe dovuto restituire il favore. Rosina non poteva andarci, visto che doveva prendersi cura dei suoi genitori.

«Lo farò,» disse sospirando. «Partirò immediatamente.»

A differenza del suo viaggio a Sant'Illaria quasi un anno prima, quando aveva attraversato Treviso, stavolta Lidia pedalò fino a Castelfranco. Era la città più vicina e ci sarebbero stati meno tedeschi in giro. Alla biglietteria della stazione mostrò il suo nuovo documento d'identità falso che il conte le aveva procurato in vista del suo trasferimento al Cansiglio, e poi, col cuore gonfio di delusione e senza alcuna trepidazione, salì sul treno.

La locomotiva fischiò e, con un sussulto, partì. Il treno si fermò ripetutamente, caricando passeggeri fino a quando non furono occupati tutti i posti. Lidia sentì montare la nausea per il fetore dei corpi e dei vestiti non lavati. Il sapone era costoso a causa della guerra, ricordò a se stessa. Ci fu una lunga sosta a Mestre dove scesero quasi tutti, e Lidia si sentì vulnerabile mentre era seduta a fissare fuori dal finestrino senza nessuno accanto a lei. Ma ben presto il treno lasciò la stazione e attraversarono la strada rialzata per Venezia.

Alla stazione di Santa Lucia, mostrò il suo documento d'identità al tornello senza battere ciglio. L'anno prima avrebbe tenuto gli occhi bassi e sarebbe stata nervosa. Ma quella era la vecchia Lidia. Ora era diventata una persona diversa. Le bastava pensare a David per essere pervasa dal coraggio.

Prese il vaporetto che entrava nel canale della Giudecca via Santa Croce, poi scese al Redentore e percorse il resto della strada fino alla casa dei Pivetta.

Quando aprì la porta, Marta sussultò. «Mamma mia! Sei davvero tu?» Afferrò il braccio di Lidia e la trascinò dentro casa.

Lidia abbracciò la sua più cara amica e si commosse. «Ho bisogno del tuo aiuto,» disse, dopo essere stata condotta in cucina da Marta per farle salutare sua madre.

Lidia raccontò alla sua amica tutta la triste storia dell'arresto del conte Corradini, fermandosi solo per sorseggiare il bicchiere d'acqua che la madre di Marta le aveva portato. Lidia si ricordò di chiedere a Marta di Giorgio. «Hai sue notizie?»

«No. Nessuna.» La voce di Marta era intrisa di dolore.

Lidia si allungò sul tavolo e le strinse la mano. «Tornerà da te, ne sono sicura.»

«Spero che tu abbia ragione.»

Lidia era combattuta sul fatto di parlarle di David, ma decise che non era il momento giusto. Alla fine chiese: «Puoi aiutarmi ad andare da Beatrice Corradini?»

«Certo,» sorrise Marta. «Stanotte resterai a dormire qui. È troppo tardi per prendere il treno e tornare a Sant'Illaria in bicicletta al buio. Prenderemo la barca del babbo. Sarà più sicuro.»

Lidia la ringraziò e declinò la sua offerta di cibo, perché non ne aveva voglia, e uscirono di casa subito dopo aver recuperato l'indirizzo della sorella di Guido dal tacco della scarpa, dove aveva nascosto il pezzo di carta su cui lo aveva scritto Rosina.

La piccola barca del signor Pivetta urtò i cavalloni di schiuma bianca che increspavano le onde verde smeraldo. Un vento impetuoso le scostò i capelli dal viso e lei sentì il sapore del sale sulle labbra. Le era mancato così tanto, ma mai quanto il suo David.

Presero una scorciatoia attraversando Dorsoduro fino al Canal Grande, dove Marta legò la barca di suo padre a un palo di legno vicino al molo del Ponte dell'Accademia. Lidia la seguì su per i gradini del pontone. «Spero che la sorella del conte sia in casa,» disse.

«È ancora l'ora della pennichella, bella. Penso che la troveremo sdraiata. Per donne come lei il tempo libero è una cosa seria.»

Lidia diede un colpetto alla spalla di Marta. «Sbaglio o colgo una leggera punta di sarcasmo?» Fece una risatina ironica.

«Io? Sarcastica?» Marta ridacchiò insieme a lei.

Spinsero il pesante portone di legno ai piedi di un imponente palazzo che si affacciava sul corso d'acqua e salirono le scale di marmo. Una cameriera rispose al campanello e disse loro di aspettare sul pianerottolo mentre sarebbe andata ad avvisare la sua padrona.

Dopo pochi minuti apparve una donna snella con i capelli scuri elegantemente acconciati in un caschetto alla moda e un filo di perle intorno al collo. Lidia si tolse il cappotto e mostrò alla sorella del conte cosa indossava. «Spero non Le dispiaccia, ma ho dovuto prendere in prestito alcuni dei suoi vestiti.»

Beatrice Corradini inarcò un sopracciglio. «Entrate, e ditemi lo scopo della vostra visita.»

Condusse Lidia e Marta in un sontuoso soggiorno con lampadari in vetro di Murano. Le finestre palladiane con un arco al centro e colonne ai lati ricordarono a Lidia la finestra sulla laguna dell'appartamento che aveva condiviso con suo padre. Emise un sospiro; sperava solo che il signor e la signora Rossi si stessero prendendo cura dell'appartamento.

Dopo essersi seduta al posto che le aveva indicato la sorella del conte, Lidia le spiegò il motivo della sua visita. Quando ebbe finito di parlare, Beatrice Corradini la fissò con gli occhi sbarrati. «Ho sempre saputo che mio fratello si sarebbe messo nei guai prima o poi.» Scosse la testa. «Che cosa pensava di fare? Screditare il buon nome della nostra famiglia?»

«È un patriota,» disse Lidia con fermezza.

«Dipende da cosa intende con questa parola,» sbuffò Beatrice Corradini. Prese il portasigarette dal tavolino, e ne offrì una a Marta e Lidia prima di prenderne una per se stessa.

Lidia inspirò una boccata della sua Nazionale, ma siccome cominciò a sentirsi male, la spense. «Spero che lei possa aiutare suo fratello,» disse, rivolgendo a Beatrice Corradini uno sguardo implorante.

«Mio marito sarà via fino a dopodomani. Conosce Don Junio Borghese, il comandante della Decima MAS. Sono sicura che accetterà di andare a parlargli. Junio è un suo vecchio amico e quasi certamente gli deve un favore o due...»

«Grazie,» la ringraziò Lidia. Doveva portare Marta fuori di lì. L'espressione della sua amica si era incupita. Cosa l'aveva resa di cattivo umore?

Tutto le fu chiaro quando lasciarono l'appartamento. «La Decima MAS era la vecchia unità di Giorgio, la Flottiglia dei mezzi d'assalto,» mormorò Marta. «Borghese è un maledetto e irriducibile fascista.»

«Se è così potente, sarà sicuramente capace di far rilasciare il conte Corradini.»

«Se sarà d'accordo. Quelli della Decima MAS collaborano apertamente con i nazisti e combattono contro i partigiani...»

«Oh, Dio.» Il cuore di Lidia sprofondò.

Tornarono a casa dei Pivetta dove trascorsero il resto del pomeriggio nella camera di Marta, raccontandosi a vicenda delle loro vite. Dopo aver detto alla sua migliore amica delle sue esperienze sul Grappa, Lidia le confessò di David. Marta la avvolse in un caldo abbraccio. «Ti auguro di essere felice con il tuo *moroso* inglese,» sorrise. «Ma spero che non te andrai a vivere in Inghilterra.»

Lidia le raccontò dei progetti che aveva fatto con David, e Marta le parlò della Resistenza veneziana, di come si stava rafforzando. «Saremo pronti a riprenderci la città quando sarà il momento,» disse.

«Ora lavoro per il comune,» aggiunse. «Posso leggere documenti importanti e qualsiasi cosa degna di interesse e riportarla al CLN. Sei fortunata che oggi è sabato e sono a casa.»

«Stai attenta, bella,» la avvertì Lidia. «Quello che stai facendo è pericoloso.»

«Fa' attenzione anche tu quando salirai la montagna. Vorrei che restassi qui. Abbiamo una serie di case sicure in cui potresti vivere.»

Lidia scosse la testa. «Mi dispiace...»

«Sì. Sì. Devi seguire il tuo cuore.»

«La cena è pronta,» annunciò la signora Pivetta dal piano inferiore.

Il profumo del risotto ai frutti di mare si diffuse dalla zuppiera al centro del tavolo da pranzo quando Lidia seguì Marta nella stanza. Era uno dei suoi piatti preferiti e lei vi ci si fiondò con gratitudine. Ma, dopo alcuni bocconi, le venne la nausea e la sua pelle divenne umida. «Non mi sento bene,» disse, spingendo indietro la sedia e correndo in bagno. Dopo aver vomitato, tornò in sala da pranzo scusandosi con la famiglia di Marta. «Devo aver preso freddo in acqua,» dichiarò. «Se non vi dispiace, penso che andrò a letto.»

«Ti raggiungo tra poco,» affermò Marta. «Sdraiati e riposati un po', bella. Mi unirò a te non appena avrò finito di dare una mano a lavare i piatti.»

Lidia si sdraiò sul letto e chiuse gli occhi. Dovevano essere stati lo stress e la preoccupazione a farla ammalare. O poteva essere stato il pollo in casseruola che la signora Bernardi aveva preparato la sera prima per cena? Forse la carne era avariata?

Lidia aggrottò la fronte e fece un elenco nella sua testa di tutte le cause mediche della nausea. Con un sussulto, si strinse le braccia allo stomaco. I suoi disturbi non potevano significare che fosse incinta, vero?

Cercò di ricordare quando aveva avuto il suo ultimo ciclo. Era un inconveniente quando viveva con i partigiani, ed era stata contenta quando le mestruazioni erano diventate irregolari. No, non poteva essere incinta. Era impossibile. Non le venivano da tempo, perciò probabilmente non aveva ovulato. Doveva aver preso semplicemente freddo.

Nella foga del momento, però, quando David aveva fatto l'amore con lei prima di partire per il Cansiglio, aveva riversato il suo seme dentro di lei. Non avrebbe dovuto invitarlo nel suo letto in modo così avventato. Forse stava per avere un bambino?

In quel momento avrebbe voluto ridere di gioia e al contempo piangere per la disperazione.

Capitolo 24

Lidia, 1944

A Lidia facevano male le gambe mentre pedalava verso Sant'Ilaria nel primo pomeriggio. Dopo una notte insonne per la preoccupazione di poter essere incinta, al risveglio si sentiva meglio. Aveva fatto colazione con panini appena sfornati e surrogato di caffè in compagnia di Marta, che poi l'aveva accompagnata alla stazione ferroviaria sulla barca di suo padre. «Stai attenta, bella,» aveva detto Marta, baciandola sulle guance mentre si salutavano. «In primavera, saremo di nuovo insieme nella nuova Italia libera,» aveva dichiarato con un gran sorriso. «E saremo entrambe con i nostri *morosi*.»

«Lo spero,» aveva risposto Lidia. «Così come spero che mio padre sarà tornato a casa.»

Il sudore le imperlava la fronte, saltò giù dalla bicicletta davanti ai cancelli della parte anteriore della villa prima di spingerla su per il viale. La porta di casa era spalancata. Che strano. Portò la bicicletta fino alla stalla e si guardò intorno in cerca di Orazio, ma non lo vide da nessuna parte. Nemmeno Zeno, il cane.

Fece il giro dell'ingresso e andò sul retro, sperando di vedere Rosina. La cucina era vuota. Nessuna traccia della signora Bernardi. Con un'alzata di spalle, Lidia prese un bicchiere e lo riempì di acqua del rubinetto per placare la sete. Aveva mangiato i panini che Marta le aveva preparato da portare sul treno, perciò non aveva fame. Ma era stanca. Molto stanca. Decise di andare in camera sua per riposarsi.

Entrò in corridoio, aspettandosi di trovare la signora Bernardi e Rosina fare le loro faccende. Le chiamò, ma poi sussultò.

Oh, Dio!

Due guardie repubblicane stavano uscendo dallo studio di Guido con le armi alzate.

Lidia sentì il sangue defluire dal suo viso.

«Elena Moretti?» domandò l'uomo più alto. La sua uniforme nera e la forma frastagliata delle insegne del colletto d'argento inviarono un brivido lungo la schiena di Lidia.

«Sì.» La sua bocca era diventata completamente secca.

«Siamo venuti a prenderti per interrogarti. Dammi i polsi.»

Pensò di scappare, ma si rese conto che non era un'opzione valida in quanto i poliziotti erano armati e il conte aveva chiuso a chiave il suo Sten insieme ai suoi fucili da caccia. Tese le mani, ritraendosi quando l'acciaio freddo delle manette entrò in contatto con la sua pelle.

Le guardie la condussero fuori dalla porta e solo allora si accorse dell'intelaiatura scheggiata. I bastardi erano entrati con la forza. Grazie a Dio, Rosina, la signora Bernardi, Orazio e il cane erano riusciti a scappare.

Tenne la testa alta quando incontrò gli sguardi curiosi dei paesani, ma ogni cellula del suo corpo tremava di paura mentre le guardie la portavano alla caserma militare fascista dietro il municipio.

Il cuore le batteva forte. Il robusto caposquadra della brigata nera che era venuto alla fattoria Zalunardi e che aveva visto nella piazza all'impiccagione di Antonio era lì, davanti a lei, e sogghignava. «Ah, signorina Moretti. Ci incontriamo di nuovo.» Si fermò. «Lasci che mi presenti. Sono il comandante Quinto.»

Lidia gli lanciò uno sguardo provocatorio. Era tutto ciò che poteva fare; aveva il suo orgoglio e si sarebbe aggrappata ad esso.

L'ufficiale e le guardie la condussero al piano superiore, in una stanza che si affacciava sul retro dell'edificio. «Spogliati così potremo perquisirti,» abbaiò Quinto.

«Non posso. Sono ammanettata,» ribatté lei.

Le strinse la mano sul braccio. «Non rispondere.» Indicò alla guardia più bassa. «Liberala.»

La guardia fece come gli aveva chiesto e Lidia riuscì a togliersi il maglione.

«Di più,» ringhiò il comandante. «Togliti tutto.»

Con dita tremanti, Lidia si slacciò la camicetta e si sbottonò la gonna. I vestiti caddero sul parquet e lei li scostò. Si tirò giù i calzini di lana e si tolse le scarpe rimanendo in reggiseno e mutandine. Rabbrividì e si strinse le braccia intorno al corpo.

«Ti ho detto di toglierti tutto,» le urlò Quinto all'orecchio sputacchiando.

Lei sussultò ma obbedì al suo ordine. Tuttavia, nonostante le tremassero le mani, lo guardò negli occhi con audacia.

Nuda e imbarazzata, si coprì i seni con un mano e le parti intime con l'altra.

Quinto si mise al suo fianco. «Piegati,» le ordinò, «devo controllare se hai nascosto delle armi.»

Lidia non si mosse. Tremava solamente.

«Piegati!» le urlò all'orecchio, spingendole una mano sulla schiena.

Lidia fece come le era stato ordinato, le guardie ridevano mentre le dita indagatrici di Quinto la violavano.

«Mettiti dritta,» disse alla fine, posizionandosi di fronte a lei. Le strappò le mani dai seni e fece vagare lo sguardo sul suo corpo.

«Vestiti,» le ordinò. «È la vigilia di Natale e ho un po' di tempo libero. Ti interrogherò dopo le feste.»

Si rivestì e le guardie la ammanettarono di nuovo. I loro sguardi erano feroci, ma lei strinse i denti. La condussero giù nel seminterrato, in una cella vuota. Alla luce di un'unica lampadina, Lidia notò che c'era un vaso da notte nell'angolo, una branda con una coperta dall'aspetto ruvido contro una parete e un tavolo con una sedia di legno di fronte.

«Non muoverti,» disse la guardia alta. «Ti tolgo le manette.»

Fece come aveva ordinato e si strofinò i polsi quando le manette furono rimosse.

L'altra guardia se ne stava immobile e le lanciava degli sguardi che le facevano accapponare la pelle.

Con un clangore, i due uomini chiusero la porta della cella, serrandola a chiave prima di lasciarla sola.

Oh, Dio, perché sono stata arrestata? Cosa sanno di me? E, soprattutto, chi mi ha tradito?

Quelle domande le vorticavano in testa in un ciclo infinito. Camminò avanti e indietro sul pavimento di cemento, mordicchindosi l'unghia e cercando di essere coraggiosa. Ma sapeva cosa era successo ai partigiani che erano stati catturati. Il suo battito accelerò. Sarebbe stata torturata e poi giustiziata.

Forse si trattava di un errore? Un fraintendimento. Da quando era scesa dal Grappa aveva mantenuto un basso profilo. Forse i fascisti non sapevano che era stata lassù. E in quel caso, perché l'avevano rinchiusa? Si accasciò sul lettino e si rannicchiò in una posizione fetale mentre una gelida sensazione di paura si diffondeva in lei.

I suoi carcerieri tornarono circa un'ora dopo con una brocca d'acqua e un vassoio di cibo: zuppa di fagioli, formaggio e pane nero. Sentì un sapore amaro in bocca. Se avesse mangiato qualcosa, si sarebbe sentita male.

Si svegliò dopo una notte inquieta passata a preoccuparsi. Era sicura che la avrebbero torturata, ma avrebbe preferito morire piuttosto che tradire qualcuno.

La guardia alta le portò pane, marmellata e surrogato di caffè per colazione. Quando le augurò buon Natale, lei fu sul punto di sputargli in faccia ma si fermò in tempo. Cercò di sorseggiare il caffè e sgranocchiare il pane, ma ebbe un attacco di nausea e corse al vaso da notte per vomitare. Trascorse la mattina rannicchiata sotto la coperta, cercando di rimanere calma.

A pranzo arrivò la guardia più bassa con un pasto a base di coniglio in umido e una torta al marsala. Tuttavia, lei non riuscì a mangiare, poiché il cibo le rimase in gola ed ebbe difficoltà a deglutire. Pensò che probabilmente la stavano trattando bene per farla parlare, ma lei non lo avrebbe mai fatto. Anche se le avessero rotto ogni osso del corpo, sarebbe rimasta in silenzio.

La sera la guardia alta tornò con una scodella di minestra. «Dato che è Natale, non ti faremo niente oggi,» sorrise. «Invece, domani verrai interrogata, e dovrai dire la verità, altrimenti...»

Si sdraiò sul lettino, sola e impaurita, e per non piangere pensò a David. "Tieni duro," si disse. Chiuse gli occhi, aspettando che arrivasse il sonno. Aveva bisogno di riposare se voleva resistere a ciò che sarebbe sicuramente accaduto.

La mattina dopo, le guardie la portarono in una stanza separata, dove la fecero sedere su una sedia. Le legarono le mani dietro la schiena e le incatenarono i piedi. Quando si contorse, le catene le morsero la pelle.

Arrivò il comandante corpulento e si fermò di fronte a lei. «Dicci dove si nascondono i partigiani e ti lasceremo andare.» La fissò con determinazione.

Lidia sostenne il suo sguardo. «Non lo so.»

Lo schiaffo arrivò all'improvviso, spostandole la testa di lato. Il dolore fu così acuto da farle venire le lacrime agli occhi. Il sapore metallico del sangue le riempì la bocca.

«Dov'è l'inglese che alloggiava alla villa?»

«Non so di chi parli.»

Un pugno le colpì lo stomaco togliendole il respiro.

«Qual è il tuo rapporto con il conte? È in una stanza al piano di sopra, e sta cantando come un uccellino. Ci ha detto tutto di te: che eri sul Grappa con la Brigata Campo Croce e che hai combattuto con i prigionieri di guerra evasi e un ufficiale della Special Force One britannica.»

«Non ho niente da dire,» rispose.

Quinto le infilò una mano tra i capelli, tirandole indietro la testa. Il suo cuoio capelluto bruciò come fuoco e lacrime di dolore sgorgarono dai suoi occhi. Lui si chinò e le fece scorrere la lingua sul collo, il suo alito era così puzzolente che le veniva da vomitare.

Lui la fissò, osservando con freddezza le lacrime scorrerle lungo le guance.

«Parla,» ringhiò. «Dicci i veri nomi dei partigiani con cui eri!»

«Mai!» gridò.

«Qual è il tuo legame con la famiglia Zalunardi?»

«Sono una loro cugina. Lo sai già.»

«Dov'è andato l'inglese?»

«Non conosco nessun inglese.»

Oh, Dio. Quinto le puntò la pistola addosso. I proiettili volarono, sfrecciando oltre la sua testa. Stava deliberatamente cercando di spaventarla sparando senza prendere la mira.

«Parla!» urlò.

Le diedero altri schiaffi in faccia e pugni sulla pancia. Quinto ripeté in continuazione le stesse domande. Lei chiuse gli occhi per trattenere le lacrime.

«Parla o ti impiccheremo per il collo finché non morirai.»

Scosse la testa.

«Slegatela. Spogliatela e piegatela sulla scrivania,» ordinò ai suoi uomini.

Quando sentì lo schiocco di una frusta, il suo cuore quasi cedette. Percepì il comandante spostarsi dietro di lei e si preparò.

«Chi sei, Elena Moretti? Questo è il tuo vero nome?»

«Non ho niente da dire.»

Un dolore acuto la trafisse quando il cuoio le colpì le spalle. Emise uno strillo.

«Parla!»

«Mai!»

Rabbia e odio le ribollirono dentro. Quanto avrebbe voluto aggredire quell'uomo, prendergli la pistola e ucciderlo. Ma sapeva che lui le avrebbe sparato a morte ancora prima che lei avesse avuto la possibilità di farlo.

Fece un respiro profondo ed espirò prima che arrivasse un altro colpo, trafiggendole la schiena come un coltello rovente. Gridò e i suoi piedi si contorsero.

«Dicci quello che vogliamo sapere,» sputò fuori Quinto.

«No!»

Un altro schiocco di frusta. Più forte questa volta. Lidia gridò per il bruciore.

«Sei pronta a parlare ora?»

Ma lei rimase in silenzio.

Il comandante continuò a frustarla sempre più forte, trovando quasi un ritmo. Lei gemette, le sue gambe erano deboli e tremanti.

All'improvviso, la afferrò e la fece girare in modo che fosse semisdraiata sulla scrivania con le gambe penzoloni.

«Tenetela ferma,» ordinò ai suoi uomini.

Rimasero in piedi, uno per lato, e le bloccarono le braccia. Lei si dimenò e girò la testa.

Porca miseria!

Quinto la stava fissando con lo sguardo carico di lussuria.

«Non toccarmi!» urlò.

«Non sei nella posizione di dirmi cosa fare,» rise.

Si posizionò tra le sue gambe e si sbottonò i pantaloni.

Oh Dio, no!

Non poteva accadere.

Lei urlò, ma lui le tappò la bocca con una mano.

Lidia affondò i denti nella carne grassa del suo palmo.

«Puttana!» ruggì l'uomo, schiaffeggiandole forte il viso.

Prese un bavaglio dal cassetto e glielo legò intorno alla bocca. Tutto ciò che poteva fare era supplicare con i suoi occhi.

Tuttavia, Quinto la ignorò. Aveva solo una cosa in testa. Si spinse dentro di lei facendole sentire dolore. Lidia lanciò un grido soffocato. Le lacrime le scorrevano sul viso mentre lui pompava come un pazzo e grugniva, e le sue guardie urlavano e applaudivano. Con un sussulto, si tirò fuori da lei. «Tocca a te,» disse alla guardia alla sua sinistra.

Lei lo supplicò con gli occhi, ma fu tutto inutile, poiché la guardia si slacciò la cintura e la penetrò. Dopo che ebbe finito, prese il suo posto l'altra guardia.

Lidia si isolò dalla realtà. Era come se avesse lasciato il suo corpo per andare da un'altra parte. Tutto ciò a cui riusciva a pensare era David, ma ora sapeva che non avrebbero mai potuto stare insieme. Si sentiva sporca, rovinata. Non le importava più se i fascisti l'avessero uccisa. Dopo quello che le avevano fatto, desiderava solo la morte.

Quando tutto finì, Quinto la fece rivestire e la guardia alta la riportò nella sua cella. Lidia riusciva a malapena a camminare a causa dell'abuso che aveva subìto. Il suo viso era gonfio e l'interno coscia striato di sangue e sperma.

In qualche modo, riuscì a ritrovare la sua forza. Si lanciò contro la guardia e affondò le unghie su un lato della sua faccia.

«Stronza!» Lui la sbatté a terra e la prese a pugni, e quando il suo piede si schiantò contro il suo cranio, Lidia smise di fare caso a dove atterrassero i colpi. Alla fine l'uomo si fermò. Lidia sentì in bocca un sapore metallico, il sangue le scorreva lungo il mento e aveva la sensazione che le avessero cucito un occhio.

«Lurida puttana.» Indicò la bacinella d'acqua e il panno che le avevano dato. «Datti una ripulita.»

La guardia girò i tacchi e la lasciò prostrata sul pavimento della sua cella. Lei si avvicinò strisciando alla bacinella, raccolse il panno e asciugò lo sporco meglio che poteva. L'acqua divenne rossa.

Si raggomitolò sulla branda e chiuse gli occhi.

Nonostante quello che era successo, si addormentò. Sbatté le palpebre, la testa le pulsava e ogni muscolo del corpo le doleva. Nonostante si sentisse completamente disorientata, cercò di concentrarsi, ma era troppo stordita.

All'improvviso, fu assalita da un attacco di nausea, ma ingoiò la bile che era risalita dallo stomaco alla gola.

A poco a poco, la sua mente si schiarì e ricordò cosa era successo.

Quei maledetti mi hanno violentata!

Soffocò un singhiozzo. Era andata a Venezia per aiutare il conte, ma lui l'aveva tradita con i fascisti. Come aveva potuto farlo?

Il rituale si ripeté per i successivi quattro giorni. I fascisti la interrogavano, lei si rifiutava di rispondere, poi la picchiavano e la violentavano. Il quarto giorno, dopo aver abusato di lei come al solito, le guardie la riportarono in cella. Uno di loro si lasciò sfuggire che il conte era stato liberato. Ma lei non provò alcuna felicità per lui.

Cinque giorni dopo l'inizio delle violenze, Lidia si svegliò con dei forti crampi alla pancia. Si girò sul lettino. Giaceva in una pozza di sangue rosso appiccicoso. Dei grandi grumi erano stati espulsi dal suo corpo, e in quel momento capì con assoluta certezza che era incinta e che stava perdendo il bambino. E allora, cominciò a piangere, non per se stessa, ma per quel bambino che non sarebbe mai nato e la cui vita era stata sacrificata per la causa.

Capitolo 25

Charlotte, 2010

Quando aprii la porta ad Alex, il mio cuore saltò un battito. Era così bello coi jeans neri e la camicia bianca sartoriale. Mi sentivo più rilassata in sua compagnia. Era stato fedele alla parola data, e aveva preso le cose con calma nel corso dell'ultima settimana. Passavamo tutte le sere insieme dopo che lui aveva affidato la gestione dell'albergo al portiere notturno. Quando ci davamo la buonanotte, mi faceva scivolare le mani sulla schiena e schiantava la sua bocca sulla mia. Godevo del calore e della foga dei suoi baci, il mio corpo tremava di desiderio, ma poi ci tiravamo sempre indietro.

Fui pervasa da una sensazione di calore. I sentimenti che stavo sviluppando per Alex non erano solo dovuti all'attrazione fisica. Amavo il suo senso dell'umorismo, il sottile equilibrio di tenacia e rispetto che mostrava nei miei confronti, e amavo quanto fosse facile stare in sua compagnia. Solo il giorno prima mi aveva portato con sé nei vigneti dove si produceva il prosecco nel corso di una visita a un fornitore. Avevamo pranzato in un ristorante rustico che si affacciava sulle dolci colline dove venivano coltivate le uve Glera, un sito patrimonio mondiale dell'UNESCO. Al ritorno in hotel, eravamo andati a rinfrescarci in piscina prima che lui tornasse al lavoro.

Quando non ero con Alex, passavo il tempo esplorando le pittoresche cittadine del Veneto, frequentando un corso di italiano online e leggendo e-book. Più stavo lì, più mi innamoravo di quella bellissima zona d'Italia e dei suoi abitanti. Francesca era diventata una vera amica; aveva mantenuto la promessa di farmi conoscere Lorenzo. Ovviamente, era venuto anche Alex, dopo che il portiere d'albergo lo aveva sostituito all'hotel. Lorenzo aveva grigliato costolette e braciole di maiale su un tradizionale barbecue in ceramica a legna, e ci eravamo seduti all'aperto, sotto le stelle, sorseggiando un ricco vino rosso.

«Sei pronta ad andare?» chiese Alex con un sorriso incoraggiante mentre era in piedi sulla soglia.

«Più pronta che mai...»

Alla fine Michela aveva telefonato per dire che sua madre si sentiva meglio e che si era ricordata di quello che era successo a Leonessa dopo che era scesa dal Grappa. Alex si era offerto di venire con me e io avevo accettato con gratitudine. Francesca lo avrebbe coperto in albergo. Lui aveva fatto lo stesso con lei la sera prima quando era andata a provare l'abito da sposa.

«Come ti senti?» chiese Alex mentre ci dirigevamo verso la sua macchina.

«Sono un po' nervosa, a dire il vero. Voglio dire, alla fine potrei scoprire il motivo per cui la nonna aveva cancellato le proprie radici.»

Mi prese la mano e la strinse. «Non dimenticare che ci sono io accanto a te, Lottie. Ti aiuterò a superarlo.»

«Grazie. Sei così gentile.»

«Semplicemente gentile?» Un sorriso beffardo gli arricciò le labbra.

«Okay,» ridacchiai. «Sei davvero fantastico.»

«Così va meglio,» rispose con un luccichio negli occhi.

Andammo in auto fino al villaggio, nonostante fosse un breve tragitto. Avevamo deciso in anticipo che facesse troppo caldo per camminare.

Michela aprì la porta ancora prima che suonassimo il campanello. «Buongiorno, venite in giardino. Si sta bene, e fa più fresco là fuori.»

La seguimmo passando attraverso delle porte scorrevoli in vetro che si aprivano sulla zona giorno. Rosina era seduta sotto un ombrellone che la riparava dal sole, il braccio ingessato era sostenuto da una fascia intorno al collo.

Le chiesi come stesse e Alex tradusse. «Molto meglio,» rispose. «Sono inciampata in un paio di scarpe che avevo lasciato vicino al mio letto e ho allungato il braccio per attutire la caduta.» Sbuffò. «È stato stupido da parte mia.»

«Niente affatto,» le dissi.

«Ho dormito a lungo stamattina,» aggiunse. «Perciò mi sento abbastanza forte per dirti tutto.»

Michela ci offrì il caffè, ma noi rifiutammo, perciò si sedette insieme a noi in attesa che Rosina parlasse.

Rosina fece un respiro profondo. «Tua nonna era incredibilmente coraggiosa...»

E poi, ci raccontò che mia nonna avrebbe dovuto unirsi agli inglesi in una foresta sulla montagna alle spalle della città di Vittorio Veneto, ma siccome il conte era stato portato via per essere interrogato, lei aveva accettato di recarsi a Venezia per chiedere aiuto a sua sorella.

Alex si irrigidì visibilmente mentre traduceva le parole di Rosina. «Incredibile. Di cosa era sospettato mio nonno?»

«Dopo che il conte fu liberato,» Rosina ci rivolse uno sguardo comprensivo, «grazie a Leonessa, capimmo che doveva essere stato il suo maggiordomo, Orazio, ad aver passato le informazioni su di lui. Il bastardo era scappato subito dopo l'arresto del conte portando con sé il suo cane. I nazifascisti all'epoca pagavano le persone per avere informazioni. Probabilmente Orazio disse alle Brigate Nere che il conte Corradini aveva contatti con i partigiani e gli Alleati.»

«È terribile.» Ogni parola mi sembrava inadeguata. «Cosa successe dopo?»

«Dunque,» gli occhi di Rosina incrociarono i miei, «poco prima che tua nonna tornasse da Venezia, due guardie repubblicane fecero irruzione nella villa. Io e la signora Bernardi, la governante, dopo averle sentite bussare alla porta d'ingresso, riuscimmo a scappare sul retro, ma non ad avvertire Leonessa che cadde dritta nella trappola.»

Fui sopraffatta dallo shock. «F... fu arrestata?»

«Sì, mia cara.» Rosina si fermò, rimuginando chiaramente su cosa dire. «Fu il conte a tradirla.» Un'altra pausa. «Lo scoprimmo successivamente. Era certo che Elena fosse già partita per unirsi agli Alleati come previsto, perciò pensava che stesse fornendo ai fascisti delle informazioni inutili.»

Rosina aspettò che Alex traducesse, le parole gli si incastravano in gola. Poi rivolgendosi a lui, gli disse: «Tuo nonno fu devastato quando scoprì cosa era successo a Leonessa e si mosse subito per farla liberare.»

«Quindi non le venne fatto alcun male?» mi azzardai a chiedere, anche se sapevo che mi stavo arrampicando sugli specchi. Da quanto avevo appreso sui nazifascisti, e dato il bisogno della nonna di dimenticare il passato, temevo che le fosse stato fatto molto male. Mi irrigidii per l'apprensione.

«Il conte me la fece riportare alla villa quando quei bastardi la lasciarono andare. Era la vigilia di Capodanno e lui aveva organizzato una festa per una cinquantina di tedeschi, uno stratagemma da parte sua per convincere i fascisti che era dalla loro parte.» Rosina aspettò mentre Alex traduceva con un'espressione incredula sul volto.

«Non c'è un modo semplice per dirlo, miei cari,» continuò Rosina. «Ma Elena era stata torturata e violentata.»

L'orrore mi fece contorcere lo stomaco. «Povera cara nonna...» provai a dire nonostante il groppo in gola.

«Era solo un guscio vuoto. Il suo meraviglioso spirito era stato completamente distrutto. La riconobbi a stento. Il suo viso era terribilmente gonfio e malconcio, e il corpo coperto di tagli e lividi.»

Ascoltai Alex tradurre, la sua voce tremante. Non riuscivo a trovare le parole. *Respira, Lottie, respira*, mi dicevo.

Gli occhi di Alex incontrarono i miei ed erano pieni di preoccupazione quando mi chiese: «Stai bene?»

Annuii e domandai a Rosina: «Leonessa rimase alla villa fino alla Liberazione?» Non potevo immaginare che la nonna volesse vivere con l'uomo che l'aveva tradita.

«Quando fu rilasciata, fu costretta a promettere che non avrebbe più avuto alcun coinvolgimento con i partigiani. Si vergognava troppo di quello che le avevano fatto i fascisti per volersi unire agli Alleati. Tuttavia, era fermamente convinta di voler tornare a Venezia e lavorare lì con la Resistenza.»

«È quello che fece?» Inclinai la testa verso Rosina.

«Sì. Non vedeva l'ora di andarsene. Il conte le fornì un nuovo documento d'identità falso, e io riuscii a prendere del perossido di idrogeno da un parrucchiere per schiarirle i capelli. Si trattava di un buon camuffamento. Appena riprese le forze, il conte fece in modo che fosse condotta alla stazione e lei salì su un treno per Venezia.»

«Vi siete più viste dopo la fine della guerra?» chiesi dopo che Alex mi tradusse ciò che aveva detto.

«No, mia cara. Non è mai tornata a Sant'Illaria e io dovevo prendermi cura dei miei genitori, perciò non potevo andare a trovarla.» Rosina aspettò che Alex comunicasse il senso delle sue parole, poi aggiunse: «Dovresti andare a trovare Marta a Venezia. Lei potrà raccontarti il resto della storia di tua nonna.»

«Chi è Marta?» chiesi sussultando.

«La migliore amica di tua nonna. Si supponeva che non avrebbe dovuto dirci nulla di quella che era stata la sua vita prima di arrivare al villaggio, invece mi aveva parlato di Marta, ed è da lei che andò dopo essere stata rilasciata.»

«Come faccio a trovare questa signora? Voglio dire, potrebbe non essere ancora viva...»

«Questo non lo so. L'ho incontrata una volta a una riunione dei partigiani veneti a Treviso. Mi ha dato il suo indirizzo nel caso fossi mai andata a Venezia.» Rosina frugò in tasca e tirò fuori un pezzo di carta stropicciato. «Potresti provare ad andarci.»

«Grazie, lo farò sicuramente.» Infilai l'indirizzo nella tasca esterna della mia borsetta.

«Siete sicuri che non volete niente da bere?» chiese Michela.

Colsi l'occasione di quel piccolo suggerimento per congedarci. Avrei voluto chiedere a Rosina come avesse ottenuto l'indirizzo del nonno, ma avrei aspettato la prossima volta che le avessi parlato. La cara vecchietta aveva l'aria stanca e io non volevo disturbarla ulteriormente.

Alex tolse la mano dal volante della sua Alfa e strinse brevemente la mia mentre tornavamo alla villa. «Mi dispiace tanto che mio nonno abbia tradito tua nonna,» disse, non riuscendo quasi a pronunciare le parole. «Non ne avevo idea.»

«Dispiace anche a me. Come storico, so cosa è successo in passato. Ma questa è la prima volta che gli eventi passati mi toccano sul personale.»

«Spero che tu non sia arrabbiata con me.» Mi lanciò uno sguardo preoccupato.

Scossi la testa. «Assolutamente no. Non sei tuo nonno. Da quello che ho capito, non assomigli affatto a lui...»

«Conobbe mia nonna dopo la guerra. Era una vedova il cui marito era stato ucciso combattendo in Africa. Per fortuna, mio padre ereditò la sua personalità trasmettendola a me e a Francesca.»

Non sapevo cosa dire, perciò rimasi in silenzio.

«Vuoi che venga a Venezia con te?» mi chiese Alex, cambiando argomento. «Domani è il mio giorno libero.»

«Oh, Alex. Speravo che me lo chiedessi. Non credo che riuscirei ad affrontare da sola quella situazione. La delusione per non aver trovato Marta sarebbe insopportabile.»

Tenne la mia mano nella sua mentre cambiava marcia. «Se non nutrirai troppe speranze, ce la farai.»

Dopo aver parcheggiato l'auto, ci dirigemmo mano nella mano alla dependance. Si appoggiò allo stipite intanto che io entravo. Poi chiuse la porta, mi fece appoggiare con le spalle al muro e schiantò la sua bocca sulla mia. Le sue labbra erano rudi ma gentili, esigenti ma delicate. La sua lingua cercava la mia in una danza secolare.

«Mi fai impazzire, Lottie.» Il suo respiro mi scostò i capelli. «Ho cercato di andarci piano, credimi.»

«Sei stato... straordinario...»

«Ho fatto appello a ogni briciolo del mio autocontrollo,» gemette. «Non voglio farti pressione, ma ho bisogno di avere di più.»

Gli baciai il collo, tirando la pelle con i denti e sfiorando con le labbra il punto sotto l'orecchio in cui pulsava il battito, e in quel momento feci la mia scelta: avrei rischiato il mio cuore per Alex. «Per favore, portami a letto,» dissi.

«Sei sicura?»

«Sono sicura. E prendo la pillola,» dissi d'impulso. «Il mio medico me l'ha prescritta per tenere sotto controllo il dolore mestruale.» Il cuore mi batteva dolorosamente. Gli presi la mano e lo condussi in camera da letto.

I nostri occhi si incrociarono mentre ci strappavamo di dosso i vestiti. I nostri respiri erano erratici quando cademmo sul materasso.

Ci rotolammo e strusciammo, toccandoci ovunque. Una sensazione di calore mi avvolse le viscere, bruciando via la paura di soffrire. Mi resi conto che conoscevo Alex. Era incredibile conoscere qualcuno così bene in così poco tempo. Forse era stata la mia ricerca della verità sulla nonna che mi aveva portato ad abbassare le mie difese? La sua tragica storia aveva fatto sembrare banale la mia reticenza.

Alex mi posò dei baci lungo il corpo, esplorando con la lingua le mie parti più intime. E mi sciolsi. Il mio cuore. La mia anima. Tutto di me divenne suo. Non glielo dissi, perché sarebbe stato troppo presto, ma lo amavo. Lo amavo tanto.

I nostri baci divennero più profondi, le bocche si muovevano con pacatezza, le lingue si aggrovigliavano prima di districarsi e attorcigliarsi di nuovo.

Infine si spinse dentro di me, affondando e indietreggiando finché non si capì più dove iniziava lui e finivo io. Il suo respiro divenne il mio respiro. Il suo cuore divenne il mio cuore. Il suo nome si formò sulle mie labbra e il mio sulle sue.

Mi accarezzò i capelli quando i nostri corpi si placarono. Lo fissai meravigliata negli occhi e lui fece lo stesso. Mi posò una scia di baci sulla guancia sussurrando: «Ti amo, Lottie. Tanto.»

«Anch'io ti amo,» sussurrai. «È totalmente folle, ma è così.»

Mi diede un bacio sulle labbra. «Allora siamo entrambi folli, *amore mio.*»

Capitolo 26

Lidia, Aprile 1945

Lidia stava aiutando Angelo, Stefano, Giovanna e Marisa nella stampa clandestina nascosta sul retro di un bar di Dorsoduro quando Marta irruppe nella stanza. «Gli Alleati saranno presto qui,» annunciò con tono esultante. «Hanno sfondato le linee tedesche e stanno per prendere finalmente Bologna.»

Tutti esultarono e si abbracciarono, tranne Lidia che si ritrasse. Dopo quello che Quinto e i suoi uomini le avevano fatto, non riusciva a sopportare di essere toccata.

Ripensò a quando all'inizio di gennaio era tornata a Venezia martoriata, contusa e ancora sanguinante per l'aborto spontaneo. Marta l'aveva portata subito da un medico e l'aveva curata durante le lunghe settimane della sua convalescenza, nascosta nella soffitta dei Pivetta.

Si era sentita terribilmente sola lì. Non aveva visto nessuno tranne Marta, che le portava da mangiare due volte al giorno e la conduceva di nascosto in bagno. Durante quelle brevi pause lontano dalla sicurezza del loft, Lidia sudava freddo, ed era così spaventata che trovava difficile consumare i pasti che Marta le chiedeva di mangiare.

In quella soffitta, rannicchiata sotto le coperte, i suoi incubi erano peggiorati. Ogni notte, prima di andare a dormire con il libro di preghiere della madre stretto al petto, aveva recitato una preghiera per suo padre. Pregare affinché David fosse vivo e vegeto, era doloroso per lei. L'avevano rovinata, ma ciononostante Lidia non poteva fare a meno di immaginare il suo viso sorridente prima di addormentarsi e recitare un'ultima preghiera per riuscire a sognarlo. Tuttavia, era sempre Quinto che la faceva svegliare urlando. Quinto che rideva mentre la violentava. Quinto che nei suoi strani incubi rideva mentre picchiava suo padre.

«Voglio ucciderlo,» aveva detto un giorno a Marta, dopo aver finalmente confessato all'amica cosa le aveva fatto quel maiale fascista.

«Allora falla diventare la tua missione,» aveva risposto Marta. «Pensa a quei tedeschi che hai ucciso a colpi di arma da fuoco e rimesso al loro posto. Devi guarire al più presto, bella.»

E Lidia aveva messo Quinto al posto di quei tedeschi.

Bang, bang, bang. Il rumore degli spari aveva riecheggiato nella sua mente prima di addormentarsi quella notte. Tuttavia, non aveva sognato Quinto, ma lei e David che chiacchieravano vicino al fuoco, lui che le cingeva la spalla e lei con la testa appoggiata sul suo petto. Quando si era svegliata, aveva pianto calde lacrime di rimpianto per quello che avrebbe potuto essere. Non poteva permettere che lei e David stessero di nuovo insieme. La vergogna era insopportabile.

Lidia aveva dimenticato la sensazione di svegliarsi riposata. Quinto era sempre lì, col volto sorridente e l'espressione maliziosa mentre faceva vagare lo sguardo sul suo corpo e rideva quando...

Lidia non aveva detto a Marta delle sue visite, ma aveva ritrovato la determinazione per guarire, per essere coraggiosa e uccidere quel bastardo o qualcuno simile a lui.

A febbraio Lidia era uscita per l'ultima volta dalla soffitta, pronta per continuare a combattere. L'odio che provava verso i fascisti era così forte che sentiva di dover uscire dalla clandestinità ed entrare di nuovo nella Resistenza. Tuttavia, il falso documento d'identità che le avevano dato era come una bomba a orologeria, perciò sapeva che avrebbe dovuto difendersi se fosse "esplosa". Per quel motivo, portava una pistola Steyr nella tasca interna del cappotto, e aveva imparato a sbloccare la sicura in modo discreto, con un unico movimento, fingendo di cercare altri documenti o qualcosa del genere se fosse stata fermata da una guardia che avrebbe voluto esaminare le sue carte in modo troppo scrupoloso. La necessità di dover sparare con la mano sinistra la metteva un po' a disagio, ma difficilmente avrebbe potuto sfilare per Venezia con il suo Sten che teneva nascosto, sempre pulito e pronto all'uso, insieme al suo libro di preghiere sotto il letto nel suo ultimo alloggio.

Quando all'inizio aveva camminato per la città, con i documenti contraffatti e i capelli biondi schiariti, la vita a Venezia le era sembrata estranea. La gente svolgeva la propria attività, ignorando le voci gutturali tedesche che gridavano "*Achtung, Achtung*" nelle calli. Lidia, però, sentiva di essere ancora una partigiana. Aveva cercato mitragliatrici presso i lattai, donne nelle edicole e venditori di cibo sulle loro barche. La prima volta che era entrata in un bar, aveva immaginato che tutti gli uomini seduti ai tavoli fossero squadristi della Brigata Nera, e le si era accapponata la pelle.

I flashback arrivavano quando meno se li aspettava. Se vedeva un uomo somigliante a Quinto, doveva trattenersi dall'estrarre la pistola dalla tasca interna. E se sentiva un uomo con la sua risata, il cuore cominciava a batterle forte. Ovunque andasse guardava le facce in cerca di quel bastardo malvagio.

Si teneva occupata per tenere a bada i flashback, lavorando per il Comitato di Liberazione Nazionale. I suoi compiti consistevano nel mantenere i contatti tra le varie fazioni della città e in interminabili incontri sulla liberazione: come organizzarla, come gestire i rapporti con gli Alleati, come assicurarsi che i partigiani in montagna fossero adeguatamente armati e pronti a scendere in pianura. Con lo scioglimento delle nevi, il numero dei combattenti attivi aveva ricominciato a salire bruscamente, da circa 60.000 dopo il messaggio del generale Alexander a novembre, a quasi 100.000 alla fine di gennaio, e aveva continuato ad aumentare.

Alla fine il Comitato aveva raggiunto un accordo sulla strategia e i partigiani si erano impegnati a rallentare la ritirata tedesca e a informare gli Alleati sugli obiettivi da bombardare. Circolari urgenti, ordini, bozze e memorandum uscivano dal quartier generale segreto, portati dalle donne in bicicletta ai patrioti, che finalmente combattevano sotto un unico comando unificato. Lidia li notava di tanto in tanto nelle ombre scure della città. In quei giorni indossavano un'uniforme da battaglia e il loro emblema consisteva in una bandiera tricolore con una stella a cinque punte.

Le piaceva ascoltare le nuove canzoni che venivano composte e fatte circolare in cui si inneggiava alla vittoria e alla libertà. Il giornale clandestino che scriveva con i suoi amici assunse un tono elettrizzato. *"Sta per arrivare il momento decisivo, quello in cui il mondo verrà liberato dall'incubo di un oppressore senza eguali nella storia".*

Lidia non vedeva l'ora che accadesse. Ogni tanto aveva bisogno di cambiare la sua identità e il suo indirizzo per evitare di essere scoperta. Gli antifascisti della città le davano ospitalità e la sfamavano, perciò avrebbe sempre provato gratitudine nei loro confronti.

Durante i lunghi e freddi mesi invernali, si era costretta a rimanere concentrata sulle sue azioni a favore della Resistenza per evitare di pensare al passato. Ora che la guerra stava finendo, poteva permettersi di sperare in un imminente ricongiungimento con suo padre? L'idea di riunirsi a lui era ciò che la faceva andare avanti. Invece, non voleva mai pensare a David, perché se lo avesse fatto, si sarebbe fatta prendere dalla disperazione. Se David avesse scoperto cosa le avevano fatto quei malvagi fascisti, lei non sarebbe stata in grado di sopportarlo. L'avevano rovinata. Invece l'amore tra lei e David era stato bello e puro. Non avrebbe mai potuto ritornare così.

«Penso che dovremmo stampare un'edizione sull'arrivo degli Alleati,» suggerì Marta agli altri, riportando Lidia al presente. «Ma ricordiamo anche ai veneziani che l'Italia è piena di uomini e donne nuovi e che ci stiamo preparando a metterci alla prova.»

Con il cuore trepidante d'attesa, Lidia andò ad aiutare i suoi amici. Oh, quanto pregò che la vittoria fosse davvero all'orizzonte.

La primavera era arrivata a Venezia, portando raffiche di pioggia intervallate a luminosi raggi di sole. Il cielo azzurro zaffiro, l'aria dolce e la neve scintillante sulle lontane Dolomiti accrescevano l'euforia di Lidia ogni volta che si rendeva conto che i fascisti avevano i giorni contati. Non riusciva a pensare ad altro. Presto avrebbero capito che non ci sarebbe stata alcuna pietà nei loro confronti. I cacciatori sarebbero diventati prede.

A metà aprile, il Comitato di Liberazione Nazionale chiese un'insurrezione generale. Lidia apprese che i partigiani avevano apertamente attaccato i nazifascisti a Bologna, liberando la città in quarantotto ore. Le sue viscere fremettero per l'attesa quando scoprì che le città settentrionali di Torino e Milano erano state liberate dai loro abitanti dopo le rivolte popolari. Poteva illudersi che presto sarebbe stata la volta di Venezia?

All'alba del 27 aprile era nel retrobottega del bar di Dorsoduro con l'amica Giovanna, a riempire la sua borsa di documenti clandestini, nascosti sotto la biancheria sporca nel caso fosse stata fermata per un controllo a campione. Erano rimaste solo lei e Giovanna, gli altri erano già andati via con le borse stracolme. Dopo essersi assicurata che la sua pistola fosse nella tasca del cappotto, si gettò la borsa in spalla e si preparò ad andare.

Con un tonfo improvviso, la porta si spalancò e un giovane irruppe nella stanza. Indossava l'uniforme dei partigiani composta da pantaloni neri, un panciotto e una mitragliatrice Bren sul petto. Lidia si rese conto in ritardo che si trattava del giovane Vitas, uno dei suoi cuccioli di lupo di Campo Croce.

«Sono stato mandato dal quartier generale,» disse, passandosi una mano tra i ricci castani. «Vogliono che stampi un'edizione speciale per informare i veneziani che l'insurrezione è iniziata. Ieri sera abbiamo preso il controllo del carcere di Santa Maria Maggiore. La sua posizione strategica vicino al porto e alla stazione ci darà un enorme vantaggio. E abbiamo liberato i prigionieri politici in modo che i tedeschi non possano usarli come ostaggi.»

Il cuore di Lidia batté all'impazzata quando disse in dialetto veneto: «Portami con te. Voglio combattere anch'io.»

Vitas la fissò a bocca aperta. «Chi sei?»

«Sono Leonessa. Non mi riconosci? Mi sono schiarita i capelli...»

«Dio mio, certo.» La tirò a sé per darle un abbraccio da orso, ma lei si irrigidì e si divincolò. «Non sapevo che fossi di Venezia,» disse. «Avevi un accento diverso sul monte Grappa...»

La sua bocca si contorse. «Neanch'io sapevo che fossi veneziano.»

«Abbiamo bisogno di tutti i combattenti possibili. Siamo solo un migliaio di partigiani contro un numero di nazifascisti almeno dieci volte più grande. Le staffette sono tutte impegnate a correre tra i vari gruppi, motivo per cui il quartier generale ha mandato me.» Vitas rivolse a Lidia uno sguardo interrogativo. «Sei armata?»

Lei estrasse dalla tasca la Steyr e gliela mostrò. «Il mio Sten è a casa.»

«Bene.»

Lidia si rivolse a Giovanna. «Puoi fare a meno di me?»

«Vai! Ce la faremo. Ma fa' attenzione. Avviserò gli altri quando li raggiungerò.»

L'alloggio di Lidia era vicino all'Accademia. Prese rapidamente la sua arma mentre Vitas la aspettava fuori con la sua Bren puntata. «Non c'è bisogno che ti ricordi che nel caso in cui vedessimo fascisti o tedeschi, dovremo sparare per primi,» mormorò intanto che correvano lungo la calle.

No, non c'è bisogno che me lo ricordi, pensò Lidia. *Bang bang bang!*

La pioggia fendeva l'acqua quando salirono e poi scesero i cinquanta scivolosi gradini dell'alto ponte di legno che attraversava il Canal Grande. Le strette calli che portavano a San Marco erano stranamente vuote. Il comandante di Vitas, un uomo muscoloso con i baffi neri, attendeva con un gruppo di partigiani, in piedi dietro le colonne del lungo porticato con le mitragliatrici in spalla. Il quartier generale nazista era vicino, ma non era il loro obiettivo del giorno. «Prima prendiamo i fascisti,» sibilò Vitas prima di presentare Lidia e dire al suo capo che era Leonessa della campagna del Monte Grappa.

«Ho sentito parlare di te. So che hai rischiato la vita per la causa,» le disse il comandante, porgendole una cintura di munizioni che lei appese sul petto.

Lidia deglutì a fatica. Non sopportava il pensiero che il comandante avesse sentito che lei era stata torturata. Scosse la testa. «Voglio solo combattere contro i fascisti,» dichiarò.

«E lo farai,» grugnì prima di dare l'ordine ai suoi uomini di andare.

Si fecero strada in modo furtivo sotto i portici verso la piazzetta antistante il Palazzo Ducale. Lidia guardò con un brivido le cannoniere tedesche in laguna; il suo sguardo fu attirato dalla Giudecca, la sua vecchia casa sul lungomare. Da quando era tornata, non era andata nell'appartamento perché non voleva mettere a rischio il signor e la signora Rossi. La guerra sarebbe finita nel giro di pochi giorni, e sperava che suo padre sarebbe tornato e che avrebbero vissuto di nuovo lì insieme.

«Vieni, Leonessa,» indicò Vitas con la mano. Attraversarono il Ponte della Paglia che percorsero a piedi lungo la Riva degli

Shiavoni e oltrepassarono il lussuoso hotel Danieli prima di svoltare a sinistra su Campo San Zaccaria per arrivare al quartier generale della Guardia Nazionale Repubblicana, un imponente edificio in pietra di fronte alla chiesa.

Prima di loro erano arrivati altri gruppi di partigiani. Tutti avevano le armi cariche. Fu dato il segnale e le pesanti porte di legno vennero aperte da un infiltrato.

Il cuore di Lidia batté forte. Aveva le mani sudate e se le asciugò sul cappotto prima di afferrare di nuovo la canna della sua arma.

I partigiani irruppero in massa nell'edificio, cogliendo completamente di sorpresa i fascisti a guardia del quartier generale.

Le grida riecheggiarono.

Le pistole ruggirono.

I proiettili volarono.

Una guardia repubblicana estrasse la pistola e la puntò contro Lidia.

Lei vide Quinto. Sapeva che non era davvero lui, ma avrebbe potuto esserlo. Puntò lo Sten, prese la mira e sparò. *Bang bang bang!* La guardia cadde di lato col sangue che sgorgava dai fori che aveva fatto nel suo torso.

Con calma serafica, lo scavalcò e continuò a sparare.

Alla fine, il rimbombo dei proiettili cessò. Lidia sentì solo i gemiti dei feriti. *Dei nemici, grazie a Dio.*

«Restate qui e tenete le armi puntate contro di loro,» abbaiò il comandante a Lidia e Vitas. «Il resto di noi andrà avanti per arrestare quei maledetti fascisti nei loro uffici, liberare i prigionieri politici dalle celle e sequestrare armi e munizioni.»

«Sissignore,» risposero Lidia e Vitas.

Lidia ricordava a malapena come fosse tornata alla stampa clandestina dopo che il quartier generale delle guardie repubblicane era stato preso. Era stata incoraggiata da una folla di partigiani intenti a rastrellare il maggior numero possibile di fascisti.

Le era stato affidato il compito di occuparsi dell'ennesima edizione speciale del giornale. I veneziani dovevano fare lo sciopero generale. Il Comitato di Liberazione Nazionale avrebbe assunto tutti i poteri politici e amministrativi.

Non appena entrò nella stanza dietro il bar, la sua amica esclamò: «Mamma mia, ero così preoccupata per te.»

«Sto bene,» rispose Lidia, abbassando lo Sten e togliendosi la cintura di munizioni dal petto. Le sue dita tremarono e le sue ginocchia iniziarono a cedere.

Marta la afferrò e la condusse a una sedia. «Siediti qui. Ti porto un bicchiere d'acqua.»

Lidia trascorse il resto del pomeriggio aiutando a scrivere e stampare l'edizione speciale. Poi, dopo aver riposato un po' su una brandina in un angolo della stanza e aver mangiato il cibo fornito dalla proprietaria del bar, uscì con le sue amiche per dare una mano a distribuire il giornale. Era importante che tutta Venezia sapesse cosa era successo e cosa sarebbe accaduto.

Il giorno dopo, Lidia si alzò di nuovo presto. Aveva organizzato un incontro con Marta al Rialto, e da lì sarebbero andate a distribuire il loro giornale. Lidia sospirò tra sé; avrebbe voluto stare con i partigiani, con lo Sten puntato. Era rimasta delusa quando un membro del Comitato di Liberazione Nazionale era passato la notte prima per dirle che dopo la liberazione dei prigionieri politici, avevano a disposizione abbastanza uomini, e che sarebbe stato più utile se lei avesse stampato e distribuito le informazioni per la gente di Venezia.

Quel giorno era evidente che la rivolta stava guadagnando forza. Tutti i partigiani che incontrarono dissero loro che i fascisti si arrendevano senza combattere, con la coda tra le gambe. Ovviamente i bastardi in camicia nera erano consapevoli che il gioco fosse finito, dato che le altre grandi città del nord erano già state liberate. Ca' Littoria, sede dei repubblichini e una delle *ville tristi*, come erano chiamati i centri di tortura, era stata occupata senza che fosse sparato un solo colpo.

I tedeschi, tuttavia, continuarono a resistere. Per tutta la mattinata gli echi di pesanti combattimenti risuonarono per la città. A mezzogiorno regnò il silenzio. I tedeschi avevano chiesto una tregua?

Quando Lidia e Marta tornarono la sera al bar di Dorsoduro, appresero dai loro amici che al Danieli erano alloggiate due missioni speciali alleate per negoziare la resa dei nazisti, che minacciavano di bombardare la città sulla terraferma e distruggere il centro storico se non fosse stato loro consentito di evacuare e portare con sé tutte le armi. Avevano anche minato la strada rialzata che portava a Venezia.

«Oh, Dio,» gemette Lidia. «Non riuscirò a dormire finché non saprò che siamo al sicuro.»

Lei e le sue amiche rimasero in attesa di notizie per tutta la notte. I partigiani si rifiutavano di permettere ai tedeschi di lasciare la città se non avessero prima consegnato una mappa dei campi minati. Infine, tramite una staffetta, giunse la notizia che il nemico aveva ceduto e stava andando via.

Con gli occhi assonnati, Lidia e Marta si recarono con le altre in piazza San Marco, con il cuore traboccante di gioia e sollievo mentre guardavano i partigiani scortare quei vergognosi tedeschi dal loro quartier generale sulle chiatte che li avrebbero portati a Mestre, da dove avrebbero iniziato il loro ritiro.

«Ti rendi conto che non dovrai più nasconderti?» disse Marta a Lidia mentre tornavano a braccetto a Dorsoduro.

Lidia rise man mano che la consapevolezza si faceva strada dentro di lei. «Mi chiedo se ci sia un salone aperto. Vorrei tingere di nuovo i miei capelli e tornare al mio colore naturale.»

«È domenica, ma ho un'amica che abita nella prossima calle. Lavora come parrucchiera ma ha anche clienti privati. Ci fermeremo lì, poi andremo a prendere le tue cose dal tuo alloggio. Starai da me stanotte.»

In seguito, giunse la notizia che i veneziani si stavano radunando a San Marco per festeggiare la loro liberazione. Lidia e le sue amiche si precipitarono fuori per unirsi a loro.

Ovunque si respirava un'atmosfera gioiosa. I partigiani marciavano per le calli con le armi in spalla e le donne li salutavano e li acclamavano dalle finestre del piano superiore. Nella piazza avevano cominciato ad arrivare processioni e cortei improvvisati. Persone che indossavano bracciali tricolori correvano, camminavano, marciavano e cantavano canzoni patriottiche. Abbatterono le bandiere con la svastica sui lati degli edifici sostituendole con quelle che avevano bande verticali verde, bianche e rosse. Dall'alto campanile che sovrastava la città risuonarono le campane della basilica.

«Mussolini è morto!» gridò qualcuno. «È stato fucilato da un partigiano vicino al lago di Como.»

«Oh, Dio, sarà vero?» sussultò Lidia.

Marta la afferrò e la fece roteare in una danza di pura gioia. «Guarda,» indicò, «c'è un fotografo. Facciamoci fare una foto insieme agli altri. Oggi è un giorno speciale. Sarà bello avere un souvenir.»

«Gli Alleati sono qui,» esclamò la madre di Marta a colazione il mattino dopo. «Sono alloggiati al Danieli, e c'è uno strano veicolo chiamato "Jeep" in piazza San Marco. Ne parla tutta Venezia.»

Marta rise. «Come hanno fatto a guidare un veicolo per il Canal Grande?»

«È arrivato su una barca, sciocca,» ridacchiò la signora Pivetta, versando il caffè. «Cosa avete intenzione di fare oggi, ragazze?»

«Devo lavorare,» sbuffò Marta. «Lo sciopero generale è finito.»

«Andrò a trovare il signor e la signora Rossi,» annunciò Lidia. «Forse potrò tornare nel mio appartamento.»

Marta e sua madre protestarono dicendo che era la benvenuta a casa loro e che avrebbe potuto restare lì per tutto il tempo che avesse voluto, ma lei era ansiosa di riprendere la sua vecchia vita. *Nel miglior modo possibile.* La sola menzione degli Alleati le fece venire le lacrime agli occhi. Si concesse di pensare brevemente a David, e si chiese dove e come stesse, ma era troppo doloroso rimuginarci su, perciò si concentrò sul ritorno di suo padre.

Marta andò al lavoro e Lidia era in procinto di andare dai Rossi quando sentì un colpo alla porta.

La signora Pivetta fece entrare nell'atrio Fazio, il contatto di Lidia al Comitato di Liberazione Nazionale.

«Sono venuto per te,» disse a Lidia dopo aver salutato la signora. «C'è un posto dove possiamo parlare?»

«Potete accomodarvi in salotto,» disse la signora Pivetta. «Posso offrirti qualcosa da bere?»

Fazio la ringraziò ma declinò l'offerta. «Non mi tratterrò a lungo...»

C'era qualcosa nell'espressione addolorata di Fazio che le fece battere forte il cuore. *È successo qualcosa a David*. Il petto le si strinse.

Era appollaiata su una sedia di fronte a Fazio, separati solo dal tavolino da caffè.

Si chinò verso di lei. «Mi dispiace, Lidia. Ma ti porto brutte notizie.»

Lei si portò la mano sul cuore. «Oh, Dio,» piagnucolò.

«Si tratta di tuo padre.»

«Papà? Che cosa gli è successo?»

«Non c'è un modo semplice per dirlo, ma siamo preoccupati per la sorte degli ebrei veneziani sin da quando abbiamo ricevuto notizie di ciò che accadeva nei campi di concentramento nazisti. La notizia fu pubblicata sui giornali inglesi e americani qualche tempo fa, ma non qui in Italia. I censori fascisti nascosero le informazioni al pubblico, ma noi lo sapevamo già da un po'. Le nostre peggiori paure sono state confermate ora che stanno liberando i campi e stanno venendo alla luce delle cose terribili.»

«Cose terribili? Quali?» Lidia scosse la testa, non volendo sapere la verità.

«Fammi cominciare da capo,» disse Fazio con un sospiro. «I nostri ebrei furono portati ad Auschwitz in Polonia. Lo scorso gennaio il campo è stato liberato dai sovietici che sono rimasti scioccati da ciò che vi hanno trovato. C'erano camere a gas e forni crematori. La maggior parte dei detenuti è stata uccisa.» Fece una pausa, la voce soffocata. «Alcuni sono sopravvissuti e stiamo cercando di scoprire se qualcuno di loro sia di Venezia.»

«Continuo a non capire,» mormorò Lidia, con il terrore che la assaliva. «Cosa stai cercando di dirmi?»

Fazio si chinò in avanti e le prese la mano. «Non c'è traccia di tuo padre in nessuno dei campi di transito. Mi dispiace tanto, ma non è sopravvissuto.»

Capitolo 27

Lidia, giugno 1945

«Basta! Togliti di dosso!» gridò Lidia. Ma l'alito ripugnante del maiale fascista le invase le narici. Cercò di spostare la sua mano grassa che le copriva la bocca.

«Shh, calmati, signorina,» la tranquillizzò una voce femminile.

Lidia aprì gli occhi e una luce brillante le fece sbattere le palpebre. Era legata a un letto. *Oh, Dio! Cosa le avrebbero fatto ancora quei bastardi?*

«Sei in ospedale, mia cara,» disse la voce.

Lidia girò la testa. Accanto a lei c'era un'infermiera con un cappello bianco con visiera. «Ti sei sentita male una settimana fa.»

Lidia abbassò lo sguardo sulle sue mani che erano legate ai lati di un lettino d'ospedale. Era uno strano scherzo da parte dei suoi rapitori? Chiuse gli occhi e scivolò in un bozzolo di oscurità.

La stavano picchiando.

Dei forti schiaffi le atterravano sul viso e dei pugni sulla pancia.

Qualcosa di pelle le sferzava continuamente la carne.

Quinto si avvicinò, sputacchiandole in faccia mentre rideva e si spingeva dentro di lei.

Lidia gridò: il dolore era troppo forte.

«Va tutto bene,» la rassicurò una voce.

Sentì la puntura di un ago nel braccio, e ben presto fu pervasa da un senso di calma che accolse con gratitudine. Era grata di scivolare ancora una volta nell'oblio.

Si svegliò più tardi sentendo sussurrare il suo nome e si ritrovò davanti un viso caro: quello di Marta. L'espressione della sua amica era molto preoccupata. La mente di Lidia era in subbuglio e non riusciva a raccogliere i pensieri.

«Oh, bella,» disse Marta. «Ci hai fatto prendere un grande spavento. Fazio era sconvolto quando sei svenuta. Hai sbattuto la testa sul pavimento di marmo. La mamma ha chiamato l'idroambulanza e ti hanno portato qui, all'ospedale del Lido.»

«Non capisco.» Lidia sentì il panico nella sua voce e poi si ricordò.

Papà è morto. Assassinato dai nazisti.

Le sfuggì un guaito, simile a quello di un animale ferito.

Marta le scostò i capelli dal viso. «Piangi, mia cara. Esterna il tuo dolore.»

Lidia lo fece e sentì le lacrime della sua amica scivolarle sul viso e mescolarsi alle sue.

Il tempo passò. Le sue giornate erano scandite da un ritmo: dormiva, si svegliava, andava in bagno, prendeva i farmaci che le somministravano le infermiere ed era visitata da uomini che le dicevano di essere medici e che lei soffriva di un disturbo psichiatrico. Si rannicchiava ogni volta che la toccavano.

Le infermiere le portavano tre portate abbondanti costituite da pasta, carne, verdura e poi frutta e formaggio. Non se la sentiva di mangiare, ma mordicchiava i pezzi di pane croccanti che le davano, pensando per tutto il tempo a suo padre. Era stato picchiato e maltrattato come lei? O peggio? Quanto doveva aver sofferto...

Marta veniva a trovarla tutte le sere dopo il lavoro, le raccontava degli eventi orribili degli ultimi mesi, la aiutava a respirare quando si faceva prendere dall'ansia e la supplicava di mangiare. «Devi rimetterti in forze,» le diceva.

Quel giorno Lidia era seduta sul suo letto. Le finestre del reparto erano aperte, permettendo alle dolci brezze morbide di inizio estate di mescolarsi all'odore amaro dell'antisettico dell'ospedale. Lidia si sentiva come in un limbo, sospesa tra la durezza del passato e un futuro incerto. C'era una sensazione di vuoto dentro di lei; non aveva alcun desiderio di tornare alla sua vecchia vita. Il libro di preghiere era in fondo allo zaino, nell'armadio accanto al letto. Non riusciva a guardarlo. Il dolore le avrebbe spezzato il cuore. Per una volta, pensò a David. Dov'era? Come stava?

Sentì la sua voce gentile in modo chiaro nella sua mente, ma poi sussultò quando si rese conto che non era affatto frutto della sua immaginazione.

Lui stava parlando con l'infermiera all'ingresso del reparto. Anche se non poteva vederlo a causa delle tende tirate a metà intorno al suo letto, era sicuramente lui.

David.

Il cuore le batté forte.

Come faceva a sapere che era lì?

Lidia chiuse gli occhi e fece appello a tutta la sua determinazione. Gli avrebbe detto di andarsene, che ormai l'avevano rovinata.

«Tesoro mio,» disse David, prendendole la mano quando lei aprì gli occhi. La baciò dolcemente, come se lei potesse crollare da un momento all'altro. Le sue labbra erano morbide, ma così familiari, e Lidia non si ritrasse. «Finalmente ti ho trovata.» Fece vagare lo sguardo sul suo viso in cerca di risposte. «Pensavo di averti perso.»

Lidia lo guardò, e le bastò quell'occhiata per permettere all'amore che provava per lui di farsi strada nel suo cuore e risuonare nella sua anima. «Mi dispiace di non essere venuta al Cansiglio...» singhiozzò.

David baciò le lacrime sulle sue guance. «Non c'è bisogno di alcuna spiegazione. Quando la staffetta è tornata senza di te, ha detto che eri alla villa. Sono andato a cercarti lì appena ho potuto. Quel bastardo di Guido mi ha detto tutto. Dio, mi ha fatto ribollire il sangue. Gli ho dato un pugno in faccia. Ti ha tradito, cazzo...»

Lidia non aveva mai sentito David usare un linguaggio simile. La forza della sua rabbia risuonò attraverso di lei. «Ha cercato di scusarsi, ma penso che sia un vigliacco. Ha parlato di me ai fascisti perché aveva paura di essere torturato. Ti ha detto lui che ero qui?»

«Mi ha dato l'indirizzo di Marta. È stata lei a portarmi al Lido sulla barca di suo padre, e ora sta aspettando di sotto.»

David prese una sedia e si sedette, avvicinando il suo viso a quello di Lidia. «Ti amo. Ti amo tanto. Non sono mai stato più orgoglioso di amarti come in questo momento.» Le lacrime gli rigarono il viso. «Mi dispiace tanto, tesoro. Mi dispiace per quello che ti è successo.»

Lidia allungò una mano attraverso lo spazio tra loro e gli asciugò le lacrime. «Dimmi cosa hai fatto in questi ultimi sei mesi. Come è finita per te la guerra?»

E così lui le raccontò della sua permanenza al Cansiglio. Le disse che aveva organizzato tre diversi campi di atterraggio ed era stato impegnato a coordinare la costruzione di un aeroscalo e a imparare a parlare un po' l'italiano.

«I partigiani che aiutavo erano incredibilmente forti. Hanno minato la strada che portava ai loro nascondigli e, quasi ogni notte, compivano azioni di sabotaggio contro le autostrade e le ferrovie delle pianure.»

David aggiunse che andava d'accordo con loro ed era convinto che non esistesse un corpo di uomini migliore da nessuna parte, perciò gli era dispiaciuto di doverli lasciare quando i suoi servizi erano stati richiesti più a nord.

«Cosa è successo lì?» chiese Lidia, ancora meravigliata che lui fosse lì con lei e che non avesse trovato dentro di sé la forza di respingerlo.

«Alla fine di aprile tutte le guarnigioni nemiche a sud del Piave si sono ritirate o arrese,» disse. «Ma siccome Belluno era rimasta occupata da Jerry, i partigiani hanno dovuto ucciderli o imprigionarli tutti prima che accettassero la sconfitta.»

«Ho aspettato per settimane che venissero smantellati i campi dei tedeschi armati e arroganti, pieni di veicoli, cavalli e cibo che avevano saccheggiato. Alla fine, i partigiani hanno assistito alla loro parata finale. Si sono ritirati e hanno consegnato la città agli Alleati, che hanno istituito un governo militare.

Ho chiesto e ottenuto un congedo per "gravi motivi personali", dopo aver spiegato che dovevo trovare la mia fidanzata.»

Lidia si prese il labbro tra i denti. «Sei sicuro di volermi ancora sposare? È solo, be'... non sono stata solo torturata.» Si fermò, lottando per tradurre l'orrore in parole. «Quegli uomini, David. Mi hanno violentata. Mi sento così danneggiata ora...»

Lui si alzò dalla sedia e la prese tra le braccia prima che lei potesse dire un'altra parola. «Sei la mia ragazza,» disse. «Ti amo. Quei bastardi non ti hanno macchiato. Non hanno intaccato la tua forza, né il tuo spirito né la tua essenza. Non te li hanno portati via.»

Si lasciò abbracciare mentre singhiozzava. «Ho avuto un aborto spontaneo. Hanno ucciso il nostro bambino,» pianse. «E dopo la liberazione di Venezia, ho scoperto che mio padre è morto in Polonia.»

La cullò teneramente. «Vorrei essere stato io a darti quella notizia, amore mio. Sapevo da tempo cosa stavano facendo i nazisti agli ebrei nei loro vili campi di concentramento, ma non ti avevo detto nulla di proposito perché volevo aspettare il momento giusto, non che ci sarebbe mai stato un "momento giusto" per parlare di un tale male.» Le accarezzò la guancia e la guardò negli occhi. «Volevo attutire il colpo.»

Lidia si rannicchiò contro il petto di David. Si sentiva al sicuro. Era proprio nel posto in cui doveva essere. Con David. Ma non lì. Non a Venezia né in Italia poiché c'erano troppi ricordi.

«Se sei sicuro di volermi ancora sposare, allora portami in Inghilterra, per favore, David. Non voglio più vivere qui. Venezia non è più casa mia senza mio padre. Voglio ricominciare da capo da qualche altra parte.»

«Sei pronta ad andare, tesoro?» David le tese la mano.

«Più pronta che mai,» sorrise Lidia, mettendo la mano nella sua mentre uscivano dall'ospedale.

Un mese dopo averla trovata, era tornato a Venezia. Aveva dovuto restituire l'auto che aveva preso in prestito da qualcuno a Belluno e poi organizzare una smobilitazione accelerata e un passaggio su una nave per Southampton. Durante quel tempo, Lidia si era concentrata sulla sua salute, evitando deliberatamente di pensare al passato e facendo di tutto per guardare al futuro. Aveva deciso che avrebbe fatto buon viso a cattivo gioco. La vita non sarebbe stata facile in un Paese straniero con tradizioni diverse. Ma David sarebbe stata la sua roccia e lei si sarebbe appoggiata a lui fino a quando non avesse avuto la sicurezza di stare in piedi orgogliosamente da sola.

David si mise lo zaino in spalla. Lei stava portando con sé molto poco, ma era contenta così. Il suo appartamento avrebbe potuto restare intestato ai Rossi, tanto non aveva alcun desiderio di metterci più piede.

Marta li stava aspettando sul vialetto dell'ospedale, con un sorriso sul volto. Giorgio era apparso all'improvviso la settimana prima, essendo riuscito a farsi trasferire alla base navale di Venezia. Le aveva fatto la proposta e si sarebbero sposati il mese prossimo. «Vorrei che tu potessi essere la mia damigella d'onore,» aveva detto a Lidia il giorno prima quando era andata a trovarla.

«Mi dispiace,» aveva sospirato la sua amica. «David ha già organizzato tutto.»

«Ecco, prendi questa.» Marta aveva messo una fotografia nella mano di Lidia. «È la foto che ci hanno fatto il giorno della Liberazione.»

Lidia aveva fissatol' immagine e il suo cuore aveva battuto forte per il dolore. Avrebbe sentito la mancanza di Marta e delle sue amiche.

«Grazie,» aveva detto, infilando la foto nello zaino. «Ti scriverò dall'Inghilterra.»

Tuttavia, sapeva che non avrebbe fatto nulla del genere. L'unico modo in cui avrebbe potuto affrontare il futuro sarebbe stato quello di recidere tutti i legami con il passato. La sua malattia non era stata curata. Non lo aveva detto a nessuno, ma soffriva ancora di quegli incubi e aveva fatto sforzi erculei per controllare le sue reazioni. Da studentessa di medicina, sapeva benissimo quali avrebbero dovuto essere i prossimi passi della sua terapia, altrimenti la avrebbero ricoverata in un manicomio per sottoporla a un trattamento con scosse elettriche invece di partire per l'Inghilterra.

Attraversarono la stretta isola del Lido fino al molo dove Marta aveva ormeggiato la barca di suo padre. A Lidia si formò un groppo in gola mentre si perdeva per l'ultima volta nella bellezza della sua città. I palazzi perlati lungo la sponda opposta luccicavano nei colori mandarino del sole pomeridiano, le alte vette delle Dolomiti si ergevano alle spalle, i loro contorni frastagliati non erano più addolciti dalla neve.

David la cinse con un braccio e lei appoggiò la testa sulla sua spalla. «Ti amo così tanto,» gli disse. «Per favore, andiamo.»

Capitolo 28

Charlotte, 2010

Mi girai nel letto e guardai Alex che dormiva accanto a me. Il cuore mi batteva forte mentre mi godevo la sua vista. Le sue ciglia scure accentuavano gli zigomi cesellati, e i suoi capelli castani erano gloriosamente disordinati.

Era la mattina dopo che Rosina ci aveva raccontato di come il conte avesse tradito la nonna. Alex aveva passato la notte con me e avevamo fatto l'amore in modo incredibile. Mi aveva fatto mettere a cavalcioni e, guardandomi coi suoi meravigliosi occhi verdi e fiammeggianti d'amore, era entrato dentro di me. I nostri corpi si erano mossi a un ritmo perfetto e io avevo raggiunto l'orgasmo con un'intensità tale da togliermi il respiro e molto altro ancora.

Ero stata sopraffatta da ciò che provavo per lui. La sua amicizia, la sua bontà e la sua lealtà mi avevano travolto facendomi perdere ogni traccia di paura. Apprendere la devastante verità sulla nonna mi aveva insegnato che anch'io potevo essere coraggiosa e correre dei rischi, e speravo che, quando più tardi sarei andata a Venezia, avrei trovato gli ultimi pezzi del puzzle del suo passato in modo da pensare a un futuro più luminoso per me stessa.

Baciai Alex che si era svegliato e gli sussurrai in italiano: «-*Buongiorno.*»

«*Buongiorno, tesoro.*» Il suo sorriso divenne più profondo.

«Cosa vuol dire in italiano la parola "tesoro"?» Gli infilai le dita tra i capelli.

«Letteralmente, significa un insieme di cose preziose, ma lo usiamo per tradurre la parola "darling".»

«Mi piace, *tesoro*,» gli dissi, accoccolandomi sul suo petto.

Mi diede un bacio in testa. «Faremmo meglio a darci una mossa se vogliamo arrivare a Venezia a metà mattinata.» Mi prese per mano, mi tirò fuori dal letto e ridemmo come due adolescenti quando mi trascinò sotto la doccia.

L'acqua calda bagnò le nostre teste prima che lui prendesse la spugna, vi versasse sopra il bagnoschiuma e poi mi insaponasse dappertutto.

Emisi un sospiro di puro piacere e versai un po' di bagnoschiuma nel palmo della mia mano prima di spalmarglielo sul petto, sul ventre piatto e ancora più in basso.

Mi fece girare, appoggiare i palmi contro le piastrelle e mi divaricò le gambe.

Rimasi senza fiato, e le dita dei piedi mi si arricciarono quando iniziò a prendermi da dietro.

«*Tesoro, amore mio*,» mi sussurrò all'orecchio, tenendomi ferma.

Chiusi gli occhi e mi dondolai su e giù mentre il piacere montava.

Mi stava prendendo così a fondo che i miei piedi si sollevavano dal pavimento, e andò avanti finché non tremammo di piacere.

Restammo uniti e ansimanti mentre l'acqua continuava a scorrere lungo i nostri corpi. Inclinai la testa e catturai le sue labbra. La sua lingua danzava e si aggrovigliava con la mia intanto che ci abbracciavamo.

Espirando, si tirò indietro. «Ti amo così tanto, Lottie,» disse.

«Anch'io ti amo, Alex. Tanto.»

Mi avvolse teneramente in un soffice asciugamano bianco e mi asciugò. Fissai il suo bel viso. Mi ero innamorata di lui, in un modo così intenso e repentino che non mi riconoscevo più.

Dopo una colazione veloce con cappuccino e croissant, telefonai a mia madre e le raccontai quello che mi aveva detto Rosina il giorno prima.

«Sono sbalordita,» la voce scioccata di mia madre risuonò lungo la linea. «Povera mamma. Non c'è da stupirsi che non abbia mai voluto tornare in Italia...»

«Ti farò sapere se scopriremo qualche altra cosa a Venezia,» le promisi. «Mi accompagnerà Alex.» Le avevo già parlato di lui, ma sapeva che eravamo solo amici.

Terminai la chiamata e andai a prendere la mia borsa e gli occhiali da sole. Alex era già andato a controllare che tutto procedesse bene a Villa Corradini prima di andar via.

«Ho affittato un motoscafo per quando arriveremo,» disse mentre ci guidava fuori dal villaggio.

«Per favore, lascia pagare me,» proposi. «Ti sarà costato parecchio.»

«L'ho prenotato tramite il nostro hotel partner al Lido. Ho usufruito di un'offerta speciale, quindi non c'è bisogno di preoccuparsi.»

«Hai un hotel partner?»

«Un posto a conduzione familiare come il nostro. Ci inviamo i clienti a vicenda, il che è reciprocamente vantaggioso.»

Restammo in silenzio, ascoltando i CD nell'autoradio. Ero nervosa perché non sapevo se avrei trovato Marta. Volevo così tanto sapere come la nonna aveva trascorso gli ultimi mesi di guerra e speravo anche che la sua più cara amica potesse parlarmi della sua famiglia. Per quel che ne sapevo, avevo dei parenti a Venezia. Quel pensiero mi faceva fremere per l'attesa.

Alex prese l'autostrada da Treviso e tre quarti d'ora dopo si fermò nel posto che ci era stato assegnato in uno dei parcheggi multipiano in fondo alla strada rialzata. Scendemmo la rampa di scale fino al piano terra e ci dirigemmo verso il molo, dove ci stava aspettando il nostro motoscafo. L'indirizzo che mi aveva dato Rosina si trovava all'isola della Giudecca. Mostrai al nostro barcaiolo il pezzo di carta stropicciato e lui annuì. «Lo conosco bene.»

Mi sedetti accanto ad Alex sul lussuoso sedile a poppa dell'imbarcazione che oscillò piano. Mi prese la mano e mi posò un bacio sul polso. «Andrà tutto bene,» mi tranquillizzò. «Cerca di non preoccuparti, *tesoro.*»

Avrei voluto essere anch'io così fiduciosa. Se fosse stata ancora viva, Marta avrebbe dovuto avere almeno la stessa età di Rosina. E visto che anche lei era anziana, se anche l'avessi trovata, forse non sarebbe stata capace di parlare con me.

Facendo rombare il motore, Vittorio, il nostro autista, guidò il motoscafo al centro del corso d'acqua prima di dirigersi oltre il porto dei traghetti e il terminal delle navi da crociera all'estremità superiore del canale della Giudecca.

In breve tempo arrivammo in uno stretto canale fiancheggiato da case finché Vittorio non ci portò in un posto con alcuni gradini.

«I veneziani numerano i loro indirizzi in base a quante case ci sono in un quartiere o *sestiere*,» spiegò Alex aiutandomi a scendere dalla barca, «ma per fortuna oggigiorno mettono anche il nome della calle o fondamenta.» Confrontò ciò che c'era sul pezzo di carta di Rosina con il numero scritto sul muro di un edificio. «Penso che il posto che stiamo cercando sia più avanti.»

Camminammo mano nella mano finché arrivammo a una casa a due piani con gerani rossi in delle fioriere al piano terra. Alex suonò il campanello e rispose una ragazza bionda.

«Buongiorno,» salutò, guardando il nome che Alex le aveva mostrato. «È mia nonna. Chi devo dire che la cerca?»

«Vuoi dire che è qui?» L'eccitazione mi ribollì nel petto. «Per favore, dille che sono la nipote di Leonessa.»

La ragazza tornò dopo pochi minuti, portando un'anziana signora sottobraccio. Marta era così minuta e dall'aspetto fragile che mi ricordò un uccellino. Le ossa del suo viso erano coperte da una pelle rugosa e sottile come pergamena, e i capelli bianchi e radi erano raccolti in una crocchia. Ma i suoi occhi erano luminosi e vispi. «Sono così felice di conoscerti,» mi disse, dopo che io e Alex ci eravamo presentati. «Per favore, venite in salotto. Non posso lasciare mio marito a lungo, ha la demenza.»

La nipote di Marta si presentò. «Sono Giorgia,» disse.

«Giorgia ha preso il nome da suo nonno,» chiarì Marta. Alex tradusse mentre attraversavamo il pavimento di marmo fino al punto in cui un uomo estremamente anziano dormiva profondamente su una poltrona *La-Z-Boy*. «Al suo ritorno dalla guerra, abbiamo avuto cinque figli. I nostri dodici nipoti si alternano per stare con noi, così non dobbiamo andare in una casa di riposo.»

«Che meraviglia.» Un sorriso mi tirò le labbra. «Vivono tutti a Venezia?»

«Naturalmente. Siamo veneziani come tua nonna.» Con l'aiuto di Giorgia, Marta si sdraiò sul divano. «Per favore, sedetevi e vi racconterò quello per cui siete venuti.»

Facemmo come ci aveva detto. Alex raccontò quello che sapevamo del passato di Elena. Poi Marta ci riferì di come la nonna avesse voluto continuare a combattere con la Resistenza dopo aver avuto un aborto spontaneo a causa delle torture e delle violenze subite. Aveva preso parte alla liberazione di Venezia, sparando e uccidendo fascisti. Fu solo dopo aver appreso il destino del suo povero padre ad Auschwitz che non era più riuscita a far fronte a tutto ciò che le era successo.

Fui travolta dallo shock alle sue parole. *Mia nonna aveva avuto un aborto spontaneo. Il mio bisnonno aveva vissuto la Shoah. La nonna aveva ucciso delle persone.* «Ho cercato il nome Moretti, sul monumento del ghetto,» dissi con voce tremante, «ma non l'ho trovato.»

«Il vero nome di Elena era Lidia De Angelis e suo padre si chiamava Samuele,» ci disse Marta. «Dovette cambiare la sua identità quando fuggì da Venezia.»

Ascoltai con il cuore spezzato, mentre Marta ci raccontava che mia nonna aveva perso sua madre quando aveva appena quattordici anni, di come era stata separata dal suo primo amore, di come era stata costretta a rinunciare ai suoi studi di medicina a causa delle leggi razziali, e di come suo padre, che era un medico, fosse diventato il centro della sua vita.

«Non volle vivere a Venezia senza di lui.» Una lacrima scivolò lungo la guancia di Marta. «La pregai di restare, ma aveva già preso la sua decisione.» Marta singhiozzò. «Le feci visita in ospedale prima che partisse per l'Inghilterra. Le diedi la fotografia che ci ritraeva insieme ai nostri amici dopo la liberazione della città. Mi disse che aveva deciso di lasciarsi il passato alle spalle per potersi concentrare sul futuro con David. E poi... e poi,» i singhiozzi di Marta si fecero più forti, «mi promise che mi avrebbe scritto ma non lo ha mai fatto.»

Giorgia si precipitò ad abbracciare sua nonna, ma Marta se la scrollò di dosso.

Tirai fuori il mio telefono e le mostrai la fotografia. Marta sussultò e il suo viso si illuminò quando indicò se stessa nella foto. «Eravamo così felici quel giorno,» sorrise tra le lacrime.

«Ho trovato la foto nel cassetto della nonna. È la dimostrazione che non ti aveva dimenticato.» Mi fermai a raccogliere i miei pensieri. «Credo che probabilmente soffrisse di stress post-traumatico e che se avesse ripensato al passato, avrebbe potuto avere una ricaduta.»

Marta annuì. «Le assomigli così tanto...»

«Ha vissuto una bella vita,» rassicurai l'anziana. «Sia lei che mio nonno hanno completato gli studi a Cambridge. La nonna è diventata pediatra e il nonno avvocato. Hanno lavorato con gli indigenti nell'East End di Londra.»

«Hanno avuto figli?» chiese Marta.

«Solo mia madre.» Decisi di tenere per me il rapporto distaccato di mia madre con mia nonna. E quando Marta aveva fatto il nome di David, avevo avuto la conferma che i miei nonni si erano conosciuti in Italia, non a Cambridge come avevano detto alla figlia. «Mia nonna aveva qualche altro parente a Venezia?»

«No. Era figlia unica, così come i suoi genitori.»

Avere un solo figlio sembrava essere una costante in quella famiglia, pensai tra me e me.

«Ora sei qui. Devi andare all'appartamento,» disse Marta di punto in bianco.

«Appartamento? Quale appartamento?» La fissai, incapace di non restare a bocca aperta.

«Il dottor De Angelis lo cedette al suo vicino, il signor Rossi, nel 1943, perché i fascisti non glielo confiscassero come stava succedendo a tutte le proprietà degli ebrei. E il signor Rossi disse a suo nipote, cioé il suo erede, che l'appartamento era di tua nonna. Ho sempre tenuto d'occhio la situazione nella speranza che un giorno Lidia cambiasse idea e tornasse a Venezia.»

«Mia nonna ha lasciato tutti i suoi beni a me e a mia madre,» mormorai, con la mente annebbiata. «Quindi l'appartamento potrebbe essere nostro...»

«Il nipote del signor Rossi abita ancora nella casa accanto. Lui e sua moglie si sono presi cura del tuo appartamento magnificamente. Ci saranno delle bollette di mantenimento e delle tasse da rimborsare, ma mi ha sempre assicurato che se la famiglia di Lidia lo avesse voluto, lui glielo avrebbe restituito.»

«Puoi darci l'indirizzo, per favore?» chiesi con la voce tremante.

«Certo.» Gli occhi di Marta brillarono. «E io telefonerò e dirò loro che stai arrivando.»

Insistette per accompagnarci alla porta con l'aiuto di Giorgia. «Fatti viva,» mi implorò. «Soprattutto se deciderai di tenere l'appartamento e di vivere a Venezia.»

Ci scambiammo gli indirizzi e-mail e i numeri di telefono con Giorgia mentre mi girava la testa.

Un appartamento a Venezia? Il luogo in cui era cresciuta la nonna. Avevo finalmente trovato le mie radici? Il suggerimento di Marta che avrei potuto vivere a Venezia mi aveva fatto battere il cuore. È troppo, troppo presto, dissi a me stessa.

Alex mi mise un braccio intorno alle spalle mentre ci dirigevamo verso il motoscafo. «Stai bene?» chiese.

«*I'm gobsmacked*,» esclamai.

Alex inarcò un sopracciglio. «Non conosco il termine che hai appena usato.»

«Significa sbalordita.» Feci l'elenco con le dita. «Mi è stato confermato che il nonno era l'inglese che la nonna aveva conosciuto sul Monte Grappa; che ebbe un aborto spontaneo dopo essere stata violentata; che sparò e uccise i fascisti durante la battaglia per la liberazione di Venezia; che il mio bisnonno morì ad Auschwitz e che la nonna soffriva di un disturbo da stress post-traumatico. Oh, e che forse ho ereditato un appartamento a Venezia.» Feci una risata isterica.

«Davvero delle rivelazioni molto importanti,» disse Alex, aiutandomi a salire sull'imbarcazione.

La sua calma era rassicurante. Oh, quanto lo amavo.

Vittorio ci portò lungo il Rio Croce nel Canale della Giudecca e percorse il litorale fino a raggiungere un molo vicino alla stazione del vaporetto Zitelle.

Io e Alex scendemmo dal motoscafo e lui controllò l'indirizzo che ci aveva dato Marta, leggendo il numero sul muro di un bel palazzo rivestito di marmo.

«Siamo arrivati,» disse.

Suonammo il citofono e ci presentammo. Rispose una voce maschile che ci aprì per farci salire al primo piano.

Sul pianerottolo ci stava aspettando un uomo alto con i capelli brizzolati. «Sono Edoardo Rossi,» si presentò in un buon inglese. «Ho sempre sperato che un giorno si facesse vivo il legittimo proprietario di questo appartamento.»

«Grazie per la tua correttezza,» replicai. «Significa molto.» Quelle parole erano inadeguate. Avrei voluto abbracciarlo, ma sarebbe stato inappropriato.

«Sono professore di matematica all'università. Ci si ricorda ancora della tua bisnonna. Sapevi che ha insegnato inglese alla Ca' Foscari? Come potrei prendermi qualcosa che non mi appartiene?»

La mia gola si serrò per le lacrime non versate. Ero così commossa dalle sue parole che non riuscivo a parlare, ma solo a sorridere.

Si frugò in tasca ed estrasse un mazzo di chiavi. «Queste sono tue,» disse. «Avremo bisogno di un notaio per rendere l'atto ufficiale. Ma può aspettare.» Mi porse il suo biglietto da visita. «Chiamami quando sei pronta. Il codice del citofono è sul retro.»

«Sono onorata che ti fidi così tanto di me,» riuscii a dire.

«Ci terremo in contatto,» aggiunse Alex. «Nel frattempo, però, posso chiederti di tenere d'occhio l'appartamento per Lottie e sua madre?»

«Allora prenderò la chiave di riserva,» disse Edoardo Rossi. «E sarò felice di farlo per voi.»

Gli restituimmo la chiave di riserva, promettendo che lo avremmo chiamato il prima possibile.

Con il cuore in gola, aprii la porta con dita tremanti.

Entrammo in un corridoio buio. Alex premette un interruttore e vidi sei porte.

Spinsi quella davanti a me ed emisi un sussulto. La stanza era luminosa. Non esisteva una parola diversa per descriverla. Una porta-finestra con colonne ai lati, un arco sopra e una balaustra in marmo bianco si affacciavano sul panorama mozzafiato della laguna. Attraversai di corsa la stanza col pavimento di marmo e spalancai le finestre guardando rapita l'acqua scorrere verso il Palazzo Ducale e il profilo nebbioso delle Dolomiti alle spalle. Per un attimo ero Lidia, mia nonna, che aveva spalancato le finestre per perdersi in quell'incredibile panorama. Mi chiesi quante volte lo avesse fatto.

La sentii nel mio cuore. Sentii il suo coraggio che mi supportava e ne fui orgogliosa.

Per la seconda volta in una settimana, mi ero innamorata. Innamorata dell'appartamento della nonna. E in quel momento mi resi conto che era proprio quello il posto a cui appartenevo.

Capitolo 29

Charlotte, 2010

«Questa stanza è perfetta,» dissi ad Alex, tirandolo per la mano, sopraffatta dall'entusiasmo.

Fissai meravigliata le lampade e i paralumi in stile Art Déco, i tavolini in legno di noce con i loro dettagli finemente intarsiati e il divano e le poltrone in pelle beige dallo schienale alto e dall'aria confortevole.

Alex indicò il pavimento avorio e grigio-bianco. «Oggigiorno costa una fortuna una cosa del genere. Sembra autentico marmo di Carrara.»

«Vediamo il resto dell'appartamento,» suggerii.

Uscimmo dal soggiorno ed entrammo in corridoio. Trascinai Alex con me fino a una porta in fondo. La stanza era immersa nell'oscurità perché le imposte erano chiuse. Premetti l'interruttore della luce e vidi che si trattava della cucina. A parte una pulizia e una spolverata, sembrava che nulla fosse stato toccato per quasi settant'anni. Il lavandino a parete aveva i piatti impilati di lato e uno spazio vuoto sotto. Non riuscivo a vedere nessun piano di lavoro. Davanti a una parete piastrellata bianca c'era un piano cottura indipendente, con accanto quella che sembrava una ghiacciaia. Adoravo il tavolo e le sedie rettangolari di quercia, e immaginai la nonna seduta lì mentre faceva colazione con suo padre. Quanto doveva essersi sentita devastata dopo aver saputo che era morto ad Auschwitz?

Alex mi cinse le spalle con un braccio. «Vieni, vediamo cosa c'è nella camera accanto.»

Le imposte erano chiuse anche lì. Attraversai la stanza per aprirle. «Oh. Il retro dell'appartamento si affaccia su un giardino.» Ammirai lo spazio verde sottostante costituito da un ampio prato, da aiuole e pini marittimi. Bellissimo.

«L'isola della Giudecca ospitava storicamente alcuni grandi palazzi con giardini,» mi informò Alex. «Suppongo che potresti usufruirne in quanto fa parte della struttura di questo condominio.»

La stanza era chiaramente una sala da pranzo, con mobili scuri e pesanti che non erano di mio gusto. Presi la mano di Alex e lo trascinai in corridoio. Aprimmo la porta della stanza di fronte che era arredata in modo spoglio con un letto singolo, un comodino, una cassettiera e un armadio. Fissai gli scaffali vuoti e mi chiesi cosa fosse successo ai libri che dovevano esserci stati. Al mio bisnonno non doveva essergli stato permesso di portarli con sé al campo. Pensai che volevo saperne di più sulla deportazione degli ebrei da Venezia. *Quando ce l'avrei fatta ad affrontare l'argomento.*

Nell'appartamento c'era un solo bagno. Vecchio stile. Una vestigia del passato con una vasca in porcellana solida. Accesi la luce nell'ultima stanza in cui entrammo: era la seconda camera da letto, e doveva essere quella della nonna. Mi vennero le lacrime agli occhi quando aprii il delizioso guardaroba antico in stile veneziano. Gli abiti degli anni '40 con le maniche a sbuffo erano appesi in fila ordinata. Chiusi la porta e andai ad aprire le tende e le persiane. Sgranai gli occhi: il panorama era incredibile quanto quello che si vedeva dal soggiorno.

La brezza afosa che stava soffiando dalla laguna, mi accarezzò il viso. Passai le mani sul freddo davanzale di marmo e guardai dall'altra parte della laguna. Le barche si spostavano avanti e indietro, intrecciandosi tra i pali che sembravano definire una sorta di rotta di navigazione che si estendeva da un'enorme chiesa bianca con una cupola tondeggiante a sinistra, agli edifici più pedonali del Lido all'estrema destra.

Percepii di nuovo la presenza della nonna: era come se fossero le sue dita calde ad accarezzarmi invece della brezza della laguna, e nella mia testa sentii la sua voce che mi spingeva a prendere la decisione che sapevo avrebbe cambiato la mia vita.

«Voglio vivere qui,» dissi ad Alex. «Pensi che io sia pazza?»

Un lento sorriso si allargò sul suo viso. «Non avevamo già assodato che siamo entrambi pazzi?» Mi tirò a sé per abbracciarmi. «E il tuo lavoro e la tua vita a Londra?»

«Dovrò dare un preavviso a metà trimestre a scuola. La successione sta andando avanti e presto riceverò l'eredità di mia nonna, perciò una volta venduta la sua casa a Islington, spero che avrò abbastanza soldi per rimborsare le spese al signor Rossi, rimodernare questo appartamento e tirare avanti finché non troverò un lavoro a Venezia.»

«Sembra che tu abbia già deciso,» ridacchiò, guardandomi negli occhi. «Non vuoi pensarci ancora un po'?»

Scossi la testa. «È la decisione giusta, anche se devo ammettere che è un po' impetuosa,» dichiarai con una risata ironica. «Certo, dovrò mettermi d'accordo anche con mia madre. Voglio dire, ha anche lei voce in capitolo in questa situazione, no?»

Quel pensiero mi fece battere forte il cuore. E se mia madre avesse insistito per vendere quel bellissimo appartamento? Mi si sarebbe spezzato il cuore.

Alex mi invitò a pranzare in una piccola osteria di sua conoscenza, vicino alla fermata del vaporetto Palanca. Ci aveva accompagnato Vittorio lì, e, mentre eravamo seduti davanti a un caffè dopo aver mangiato una deliziosa insalata di mare, dissi ad Alex: «Prima di tornare a Sant'Illaria, ti dispiacerebbe se visitassimo il memoriale dell'Olocausto nel Ghetto?»

«Penso che sia una buona idea, *tesoro.*» Si chinò verso di me e mi diede un bacio sulla guancia. «Ti darà una sorta di chiusura.»

Circa mezz'ora dopo, stavamo camminando mano nella mano in direzione del monumento sul muro di mattoni rossi che avevo visitato non appena ero arrivata a Venezia un paio di settimane prima.

L'immagine di un treno che rovesciava il suo carico di esseri umani condannati mi fece venire le lacrime agli occhi. Cercai il nome del mio bisnonno e lo trovai scolpito nella targa: Samuele De Angelis, quarantotto anni. Lacrime calde mi rigarono le guance.

Alex mi abbracciò. Seppellii la faccia nel suo petto mentre lui mi stringeva. «È così triste.» Piansi per una vita recisa nel fiore degli anni. Piansi per la nonna, perché il padre le era stato portato via tragicamente. E piansi per tutte le altre vittime dei campi di concentramento, che avevano sofferto tutto quel male.

«Vieni, Lottie, torniamo a casa,» disse Alex quando smisi di piangere. Eravamo rimasti seduti per un po' su una panchina al centro della piazza.

«Va bene,» risposi. «Devo telefonare a mia madre, ma lo farò al ritorno.»

Camminammo dal Ghetto a Piazzale Roma, poiché Alex aveva incaricato Vittorio di tornare con il motoscafo al Lido. Folle di turisti riempivano le calli, così diverse dalla Giudecca che era più tranquilla e abitata da gente del posto. Come sarebbe stato entrare a far parte di quella comunità? Non farti illusioni, Lottie, dissi a me stessa.

Sulla strada di ritorno da Venezia trovammo un traffico intenso, perciò arrivammo a Sant'Illaria solo in serata. Troppo tardi per telefonare a Hong Kong, ma sarebbe stata la prima cosa che avrei fatto l'indomani.

Alex andò a controllare la situazione in hotel e a prendere Gabriele, che Simonetta gli aveva permesso di tenere per alcuni giorni.

Mi venne un'idea. Effettuai l'accesso a Google e feci delle ricerche sulle unità delle forze speciali britanniche nel Nord Italia durante la guerra. Scorsi in basso e sussultai. Lì, sullo schermo, c'era la foto di un gruppo di inglesi, scattata a Belluno nel maggio del 1945. Sotto l'immagine comparvero i nomi. Mi cadde la mascella. Il terzo a destra era il capitano David Roden. Alto. Biondo. In uniforme. Non vedevo l'ora di dirlo a mia madre.

Pensai a cosa le avrei detto. Se avesse voluto vendere l'appartamento a Venezia, lo avrei riacquistato con il ricavato della mia quota della vendita della casa della nonna. Quei soldi li avrei comunque usati per acquistare un appartamento a Londra.

Il giorno dopo, mi svegliai presto. Alex aveva dormito nel suo letto. Eravamo d'accordo che fosse troppo presto per rivelare la nostra relazione a Gabriele. Avevo passato una bella serata con loro due. Alex aveva preparato un'enorme ciotola di spaghetti alla carbonara e poi avevamo visto il DVD di *Alla ricerca di Nemo*. Quando Gabriele si era addormentato, io e Alex ci eravamo seduti sul portico a sorseggiare prosecco e a parlare della nostra giornata a Venezia. «Sono determinata a vivere lì,» gli avevo detto. «Ma non voglio fare progetti finché non avrò parlato con i miei genitori.»

La mattina rotolai fuori dal letto, feci la doccia, indossai un paio di pantaloncini e una maglietta, poi presi una tazza di caffè e il mio telefono.

Mia madre rispose subito alla mia chiamata. «Com'è andata a Venezia?» chiese.

Con il cuore in gola, le raccontai ciò che mi aveva rivelato Marta, e cioè che il vero nome della nonna era Lidia De Angelis e che aveva combattuto con i partigiani per liberare Venezia. Poi proseguii raccontandole il coinvolgimento del nonno nella storia.

«Non posso credere che mio padre fosse in Italia durante la guerra,» disse mia madre in tono sorpreso.

«Ha sempre detto che era stato di stanza in Medio Oriente.»

«Stava supportando la nonna,» dissi. «La stava aiutando a non ricadere nel disturbo da stress post-traumatico.»

«Sei sicura che le siano accadute quelle cose?» Mia madre sembrò dubbiosa. E con buona ragione. La storia che le avevo appena raccontato sembrava uscita da un film, ma era successa davvero, e non solo a mia nonna ma anche a tanti altri.

Presi un respiro profondo. «E non è tutto.» Andai avanti, raccontando a mia madre dell'appartamento. «Voglio tenerlo,» aggiunsi.

«Dici sul serio, Lottie?» Sembrava incredula. «E il tuo lavoro di insegnante?» Alzò la voce. «E cosa faresti a Venezia?»

«Vorrei prendermi una pausa dal lavoro, imparare l'italiano, e poi mi troverò un impiego. È una città internazionale. Sono sicura che ci siano molte opportunità.» Andai avanti spiegandole la mia idea di comprare la sua quota dell'appartamento una volta che la casa della nonna fosse stata venduta.

«Non lo so, tesoro. Devo parlare con tuo padre. Ti chiamo più tardi, dopo che sarà tornato dall'ufficio e avremo discusso.»

«Okay,» emisi un respiro. «Aspetterò la tua chiamata.»

Secondo i miei calcoli, mio padre sarebbe tornato a casa dopo circa tre ore. Fino a quel momento sarei stata sulle spine.

Alex passò da me e mi chiese come fosse andata. Gli raccontai la conversazione che avevo avuto con mia madre e poi per tenermi occupata, mi offrii di fare da babysitter a Gabriel a bordo piscina.

Alex acconsentì e Gabriele strillò di gioia, salutando suo padre senza protestare dopo che lui ebbe preso il suo costume. Gabriel e io passammo la mattinata nuotando, giocando con il suo pallone da spiaggia e prendendo il sole. Poco prima di mezzogiorno, lo accompagnai da suo padre. Il bambino aveva chiacchierato tutto il tempo in italiano e io in inglese. Usando la lingua dei segni, eravamo riusciti a comunicare in qualche modo. Era un ragazzino fantastico e non vedevo l'ora di conoscerlo meglio.

Più tardi, ero seduta al fresco nel mio salotto mentre aspettavo la chiamata con i nervi a fior di pelle. "Dài, mamma. Chiama," mi ripetevo continuamente nella testa. Presi il libro di preghiere della nonna dalla mia valigia e me lo strinsi al petto, sperando che il suo spirito mi aiutasse.

Alla fine, dopo essermi stufata di aspettare, proprio nel momento in cui stavo per chiamare mia madre, squillò il telefono.

Rispose mio padre che mi avvisò che avrebbe messo la chiamata in vivavoce. «Sei sicura di questo, Lottie? So che sei un'adulta e sei in grado di prendere le tue decisioni, ma ci hai riflettuto davvero?»

«Mi sono sempre sentita come un pesce fuor d'acqua in Inghilterra,» risposi. «Essendo cresciuta a Hong Kong, mi sono sempre sentita un'estranea.» Feci un respiro veloce. «Ma in Italia non è così. Le persone qui sono così affettuose e accoglienti. Ho fatto amicizia. Ho trovato dei buoni amici.»

«E che mi dici di questo Alex? È più di "un amico"?» si intromise mia madre. «È lui il vero motivo per cui vuoi vivere a Venezia?»

«In parte,» ammisi. «È ancora presto. Siamo innamorati, certo, ma non abbiamo fatto progetti per il futuro.»

«Non voglio che tu soffra di nuovo,» ribatté mia madre in tono preoccupato.

Mi resi conto che non stavo più pensando a Gary né lui si era fatto sentire, grazie a Dio.

«Mamma, Alex è l'esatto opposto di Gary. Non mi farebbe mai del male.» Di quello, ne ero certa.

«Be', se sei sicura. Tuo padre e io ne abbiamo discusso, e l'ultima cosa di cui abbiamo bisogno è la seccatura di un appartamento a Venezia. Né vogliamo che tu ci liquidi.»

Il mio cuore sprofondò. *Voleva vendere l'appartamento della nonna.*

«Dunque,» cominciò a dire mia madre, «abbiamo deciso di cedertelo a titolo definitivo.»

Non potevo credere alle mie orecchie. «Vuoi dire che l'appartamento è mio?»

«Ma bada bene, sarai tu a dover rimborsare al signor Rossi tutte le spese che lui e suo zio hanno sostenuto negli anni,» disse mio padre. «Ma spero che con la quota che riceverai dalla vendita dell'appartamento di tua nonna a Londra, riuscirai a ricavare abbastanza denaro per mantenerti fino a quando non ti sarai sistemata.»

Non riuscivo a smettere di sorridere. «Ringrazio entrambi. Significa molto per me.»

«Lo avevo capito,» rise mia madre. «Bene, io e tuo padre dobbiamo andare a cena fuori. Chiamami non appena torni a Londra. Nel frattempo, mi metterò in contatto con il nostro avvocato per scoprire a che punto è la liquidazione del patrimonio di tua nonna.»

Ci salutammo e chiusi la chiamata. Ero così elettrizzata che non potei fare a meno di lanciare un urlo, poi presi un respiro profondo per calmarmi e andai in albergo per dirlo ad Alex.

Una settimana dopo, Alex mi accompagnò all'aeroporto Marco Polo per salutarmi prima di prendere il volo per Heathrow. Dopo aver registrato il mio bagaglio, mi portò al gate di partenza. Ci abbracciammo così forte che sembrava ne andasse della nostra vita.

Il giorno prima era venuto con me a trovare Rosina e alla fine le avevo chiesto come avesse ottenuto l'indirizzo del nonno.

«Incontrai il capitano Roden quando chiamò alla villa per cercare Leonessa dopo la fine della guerra,» aveva detto. «Era il giorno libero della signora Bernardi e servii il caffè al conte e a quello che tutti conoscevamo come David.» Fece una pausa. «Avevo appena lasciato la stanza quando lui uscì di corsa. Capii che il conte Corradini gli aveva raccontato quello che era successo a Elena, così chiesi a David il suo indirizzo e lui me lo diede. Non avevo idea che tua nonna si sarebbe trasferita in Inghilterra. Glielo chiesi semplicemente per un capriccio e lui fu così gentile da darmelo.» Rosina guardò me e Alex con calore. «Vederti davanti a me ora, è una gioia per il mio vecchio cuore. Elena soffrì tanto ma trovò l'amore.» Rosina aveva sospirato profondamente. «Anch'io conobbi mio marito sul monte Grappa. Il suo nome di battaglia era Falco. Festeggiammo sessant'anni di matrimonio prima che morisse.» Alex e io le avevamo espresso il nostro cordoglio e l'avevamo ringraziata per le sue rivelazioni prima di andare via. «Per favore, fatti sentire,» aveva detto, e noi le avevamo promesso che lo avremmo fatto.

Simonetta era venuta a prendere Gabriel la mattina, e io e Alex avevamo passato la notte insieme, i nostri corpi intrecciati, e ci eravamo amati finché non ci eravamo saziati l'uno dell'altra.

In quel momento, mi teneva stretta a sé, la sua faccia sepolta tra i miei capelli, e mi abbracciava così forte che sentivo ogni respiro. Impressi nella memoria le sue guance ispide, la pressione delle sue labbra, il sapore della sua bocca e il sale delle sue lacrime. Mi baciò come mi aveva baciato la prima volta e quelle dopo: con tutto se stesso, senza risparmiarsi. Ma quel bacio aveva il gusto amaro dell'addio misto alla dolcezza di una nuova speranza.

Mi guardò profondamente negli occhi. «Torna presto da me, amore mio.»

«Lo farò. Te lo prometto, *tesoro*,» risposi.

Epilogo

Charlotte, Venezia, 2011

Il mio cellulare trilla per l'arrivo di un messaggio da parte di Alex.

Sono sul vaporetto.

Il segnale che indica che devo incontrarlo alla fermata Zitelle.

È passato un anno dalla prima volta che ho visto quell'appartamento, e che anno! Un vero e proprio giro sulle montagne russe: ho dato le dimissioni alla Tower High, venduto la casa della nonna, mi sono trasferita a Venezia e ho dovuto occuparmi di un sacco di scartoffie burocratiche per intestarmi l'appartamento.

Prima di lasciare Londra, dopo aver finito a scuola e in attesa che la vendita della casa di Islington fosse completata, ho frequentato il corso "Insegnamento dell'inglese come lingua straniera", pensando che potesse tornarmi utile, e infatti è stato così. Grazie al passaparola di Edoardo Rossi all'università, ora ho molti studenti che fanno lezione privata con me per migliorare le loro capacità linguistiche. I soldi che sto guadagnando mi permettono di cavarmela senza toccare ciò che resta della mia eredità.

Quasi sette decenni di bollette e tasse sulla proprietà hanno intaccato una grossa fetta dei miei fondi e ho speso un'altra somma sostanziosa per la nuova cucina, il bagno, l'arredamento e altri lavori di ristrutturazione. Ma non me ne pento nemmeno per un secondo. Mi sento a casa in questo posto e lo adoro. Quando non insegno inglese, sono coinvolta in un progetto di ricerca. Studio anche l'italiano online e vado in giro tra la gente per mettere in pratica ciò che imparo, ma allo stesso tempo apprendo anche il dialetto veneto.

Edoardo e sua moglie Ada sono fantastici. Sono diventati per me dei genitori adottivi e mi hanno preso sotto la loro ala protettiva. Mi hanno presentato al figlio e alla figlia, entrambi sposati e residenti alla Giudecca, che a loro volta mi hanno fatto conoscere i loro amici. Sono tutti incredibilmente cordiali e non mi sento affatto sola, anche se ho nostalgia di Alex e mi manca quando non è qui con me o quando non vado a Sant'Illaria per una breve visita.

Lui è fantastico, poiché rispetta il mio desiderio di vivere per conto mio per il momento, mentre prendo confidenza con la mia nuova vita. Ha anche iniziato a chiamarmi la sua "ragazza di Venezia", dopo aver appreso da Rosina che David chiamava Leonessa in quel modo.

Sento sempre la presenza di mia nonna e sono pervasa dal suo coraggio che spero mi aiuterà a diventare più simile a lei. Era una donna meravigliosa. Rispetto il suo bisogno di volersi staccare dal passato e credo che anche mia madre se ne sia fatta una ragione. Ognuno ha un proprio modo di reagire di fronte alle situazioni.

La storia di Leonessa mi ha spinto a fare ricerche sulle donne italiane che hanno combattuto durante la Resistenza, con l'obiettivo di poter scrivere di loro un giorno. Ho intenzione di prendere anche un master in storia alla Ca' Foscari, ma prima devo migliorare il mio italiano. Mi frullano così tante cose per la testa che mi sento piena di energie.

In ogni caso, penso sempre al passato. Conservo il libro di preghiere della nonna nel cassetto del comodino insieme alle lettere di Rosina, che ormai, siccome conosco abbastanza bene l'italiano, sono in grado di leggere, e ho incorniciato una stampa della fotografia scattata a Palazzo Ducale. L'ho appesa alla parete della mia camera da letto accanto a una foto della nonna e dei suoi genitori che ho trovato nascosta nella sua cassettiera. Si vede mia nonna ancora adolescente e i miei bisnonni sulla quarantina. Tutti sono rigidamente in posa davanti a una palma in vaso e hanno un'espressione severa sul volto come si confaceva a quel periodo. Il mio pensiero va a loro ogni volta che guardo quella fotografia e ne ho dato una copia a mia madre quando è venuta a trovarmi insieme a mio padre il mese scorso.

È stato in quell'occasione che io e Alex abbiamo detto loro che siamo fidanzati, che ci sposeremo l'anno prossimo nella chiesa di Sant'Eufemia alla Giudecca e che daremo il ricevimento nel lussuoso hotel Cipriani. Quella era la prima data disponibile per la prenotazione, ma non ci importa. Siamo devoti l'uno all'altra, e il matrimonio ha l'unico scopo di mostrare il nostro impegno al mondo. Ci auguriamo solo che Rosina e Marta vivano abbastanza a lungo per parteciparvi. Giorgio è morto a gennaio dopo una lunga malattia. Le due formidabili amiche della nonna, tuttavia, hanno la sua stessa tempra. Le vado a trovare regolarmente e le ammiro tanto.

Sospiro tra me e me quando penso a Gary. Mi ha contattato al ritorno da Londra, chiedendomi ancora una volta di incontrarci. Ma è stato un sollievo mollarlo definitivamente nel momento in cui gli ho detto che ho incontrato un altro. Di recente ho sentito che lui e Mel sono tornati insieme. Spero che saranno felici. Come diceva George Sand: "C'è solo una felicità nella vita: amare ed essere amati." E io ho trovato la mia con Alex. Lui è tutto ciò che voglio e di cui ho bisogno.

Per quanto riguarda il futuro, forse prima o poi andrò a vivere definitivamente a Sant'Illaria, ma terrò l'appartamento di Venezia per le vacanze quando deciderò di provare ad avere un bambino. Ma non abbiamo fretta: ho solo venticinque anni e Alex sette anni più di me. Lui ha Gabriele e io ho imparato ad amare quel ragazzino come se fosse mio, proprio come ho imparato ad amare la mia nuova famiglia italiana. Francesca è come una sorella per me, e Lorenzo il fratello che non ho mai avuto.

Quando ripenso alla vecchia Lottie, a quanto fosse infelice, non mi riconosco più in lei, forse perché non lo sono più. Tuttavia, non sono semplicemente felice, ma sicura di me. Niente mi turba o mi trattiene. Mi basta ricordare la nonna e il suo coraggio e ogni mio ostacolo appare insignificante.

Mi aggrappo alla mia nuova vita e ne faccio tesoro, non dandola per scontata. Anche se può sembrare un cliché, è vero. La vita è piena di alti e bassi, ma con Alex affronterò le tempeste del futuro, e prego affinché resti al mio fianco per tutti gli anni a venire.

Prendo le chiavi dal tavolo davanti alla porta d'ingresso ed esco dall'appartamento, scendo le scale e arrivo alla fondamenta sottostante. Percorro il breve tragitto per raggiungere la stazione del vaporetto Zitelle, ed eccolo lì, bello come sempre con la sua camicia bianca col colletto sbottonato e i jeans neri.

«Come sta la mia ragazza di Venezia?» mi chiede, prendendomi tra le braccia.

«Amo la mia vita,» rispondo, sollevando il viso per ricevere il suo bacio.

Spero che *La Ragazza di Venezia* ti sia piaciuto. Se è così, ti sarei enormemente grata se trovassi un po' di tempo per lasciare un voto o scrivere una breve recensione. Mi piacerebbe conoscere la tua opinione, e aiuterebbe nuovi lettori a fare il grande passo e a scoprire uno dei miei libri.

Nota dell'autore

La prima volta che ho visitato Venezia, ero una bambina di dieci anni. Conservo ancora le foto in bianco e nero che scattai con la Brownie di mio fratello: mia sorella che dava da mangiare ai piccioni in piazza San Marco e del nostro giro in gondola sul Canal Grande. La città mi affascinava allora e continua ancora a incantarmi.

Sono nata e cresciuta a Hong Kong, figlia di genitori emigrati come Charlotte de *La Ragazza di Venezia*. Mia madre e mio padre acquistarono a metà degli anni Sessanta in Veneto una casa per venirci a vivere dopo la pensione, e che divenne la nostra seconda casa. Ora vivo qui con mio marito, il nostro cucciolo Havanese e due gatti randagi.

Non dimenticherò mai la mia prima impressione del Viale dei Martiri nella vicina Bassano del Grappa. Lo shock e l'orrore quando ho visto quegli alberi. Ma è stata la storia dei contadini nei dintorni a impressionarmi di più. I nostri vicini avevano nascosto una coppia ebrea durante la guerra, e mi sono ispirata a loro per la famiglia di Rosina.

Il mio villaggio immaginario di Sant'Illaria è ispirato e basato sui villaggi ai piedi del Monte Grappa, i quali hanno perso giovani uomini in circostanze orribili nel 1944. Gli eventi de

La Ragazza di Venezia sono tutti costruiti sui fatti avvenuti a Venezia e nel Veneto in quel periodo buio della storia italiana. Eventuali errori o abbellimenti ai documenti reali che ho usato per riempire le lacune storiche o migliorare la storia, sono una mia aggiunta e sono stati fatti in buona fede. I nomi di persone reali sono stati cambiati, per rispetto della loro memoria. Lidia è un personaggio immaginario, come lo sono tutti i protagonisti principali.

Per trarre inspirazione e ricavare informazioni ho letto i seguenti libri:

Maria de Blasio Wilhelm, *The Other Italy, The Italian Resistance in World War II*

Lorenzo Capovilla, Federico Maistrello, *Assalto al Monte Grappa*

Paolo Maggetto, Roberto Zonta, *I massacri nazifascisti a sud del Monte Grappa*

Luigi Meneghello, *The Outlaws*

Caroline Moorehead, *A House in the Mountains, The Women Who Liberated Italy from Fascism*

Sonia Residori, Filippo Simioni, *Partigiani del Grappa*

Maria Teresa Sega, *Voci di Partigiane Venete*

David Stafford, *Mission Accomplished, SOE and Italy 1943-1945*

Maria Teresa Tomada, *Volti abbronzati e fucili arrugginiti, il diario di Filomena Dalla Palma, Gina, partigiana sul Grappa*

H. W. Tilman, *When Men & Mountains Meet*

Ringraziamenti

Ho così tante persone da ringraziare per l'aiuto che mi hanno dato con questo libro.

Innanzitutto, Stefy Ma per la sua splendida traduzione delle mie parole in italiano.

Il mio meraviglioso caporedattore, John Hudspith, un vero e proprio "dottore delle parole, un chirurgo della scrittura". Anche Trenda Lundin, la mia editor di contenuti, per i suoi commenti sulla bozza finale.

La mia favolosa designer di copertine, Jane Dixon Smith, per la sua pazienza durante i vari cambiamenti.

La mia famiglia: i miei genitori, Veronica e Douglas Bland, per aver creduto in me e per avermi portata in Italia da bambina; mio fratello Diarmuid, e mia sorella Clodagh, per avermi sempre incoraggiata.

Victor, mio marito, per il suo amore e il suo sostegno. Nostro figlio Paul, e sua moglie, Lili, per il loro supporto tecnologico.

Infine, ma non per questo meno importante, ringrazio te, caro lettore, per aver acquistato questo libro e averlo letto.

Biografia

Siobhan Daiko è un'autrice inglese di romanzi storici e un'amante di tutte le cose italiane. Vive in Veneto con suo marito, il suo Bichon Havanese e due gatti randagi. Dopo una vita romantica e avventurosa passata a Hong Kong, in Australia e nel Regno Unito, Siobhan ora trascorre il suo tempo scrivendo e godendosi la vita nei pressi di Venezia. Puoi scoprire qualcosa in più sui suoi libri cliccando su https://siobhandaiko.org/

ALTRI LIBRI DI SIOBHAN DAIKO

Signora di Asolo

La Cortigiana Veronica (novella erotica)

La Ragazza di Bologna (in arrivo prima della fine del 2022)

Printed by Amazon Italia Logistica S.r.l.
Torrazza Piemonte (TO), Italy

34717493R00173